CB067932

A DIVINA COMÉDIA

Conheça os títulos da coleção SÉRIE OURO:

1984
A ARTE DA GUERRA
A DIVINA COMÉDIA - INFERNO
A DIVINA COMÉDIA - PURGATÓRIO
A DIVINA COMÉDIA - PARAÍSO
A IMITAÇÃO DE CRISTO
A INTERPRETAÇÃO DOS SONHOS
A METAMORFOSE
A MORTE DE IVAN ILITCH
A ORIGEM DAS ESPÉCIES
A REVOLUÇÃO DOS BICHOS
ALICE NO PAÍS DAS MARAVILHAS
ALICE ATRAVÉS DO ESPELHO
CARTAS A MILENA
CONFISSÕES DE SANTO AGOSTINHO
CONTOS DE FADAS ANDERSEN
CRIME E CASTIGO
DOM CASMURRO
DOM QUIXOTE
FAUSTO
MEDITAÇÕES
MEMÓRIAS PÓSTUMAS DE BRÁS CUBAS
MITOLOGIA GREGA E ROMANA
O DIÁRIO DE ANNE FRANK
O IDIOTA
O JARDIM SECRETO
O LIVRO DOS CINCO ANÉIS
O MORRO DOS VENTOS UIVANTES
O PEQUENO PRÍNCIPE
O PEREGRINO
O PRÍNCIPE
O PROCESSO
ORGULHO E PRECONCEITO
OS IRMÃOS KARAMÁZOV
PERSUASÃO
RAZÃO E SENSIBILIDADE
SOBRE A BREVIDADE DA VIDA
SOBRE A VIDA FELIZ & TRANQUILIDADE DA ALMA
VIDAS SECAS

Conheça os títulos da coleção SÉRIE LUXO:

JANE EYRE
O MORRO DOS VENTOS UIVANTES

DANTE ALIGHIERI

A DIVINA COMÉDIA

PARAÍSO

Integralmente traduzida, anotada e comentada por
Cristiano Martins

GARNIER
DESDE 1844

GARNIER
DESDE 1844

Fundador: **Baptiste-Louis Garnier**

Copyright desta tradução © IBC - Instituto Brasileiro De Cultura, 1980

Título original: La Divina Commedia
Reservados todos os direitos desta tradução e produção, pela lei 9.610 de 19.2.1998.

1ª Impressão 2025

Presidente: Paulo Roberto Houch
MTB 0083982/SP

Coordenação Editorial: Priscilla Sipans
Coordenação de Arte: Rubens Martim (capa)
Precedida da biografia do poeta: Cristiano Martins
Ilustração: Paul Gustave Doré
Produção Editorial: Eliana Nogueira
Revisão: Mirella Moreno
Apoio de revisão: Gabriel Hernandez e Lilian Rozati

Vendas: Tel.: (11) 3393-7727 (comercial2@editoraonline.com.br)

Foi feito o depósito legal.
Impresso na China

Dados Internacionais de Catalogação na Publicação (CIP)
de acordo com ISBD

A411d   Alighieri, Dante

A Divina Comédia - Série Ouro: (Parte 3 Paraíso) / Dante Alighieri. –
Barueri : Editora Garnier, 2024.
232 p. ; 15,1cm x 23cm.

ISBN: 978-65-84956-89-6

1. Literatura italiana. 2. Poesia. I. Título.

2024-3588   CDD 851
                                    CDU 821.131.1-1

Elaborado por Elaborado por Vagner Rodolfo da Silva - CRB-8/9410

IBC — Instituto Brasileiro de Cultura LTDA
CNPJ 04.207.648/0001-94
Avenida Juruá, 762 — Alphaville Industrial
CEP. 06455-010 — Barueri/SP
www.editoraonline.com.br

DANTE ALIGHIERI

SUMÁRIO

TERCEIRA PARTE: PARAÍSO
CANTO I 10
CANTO II 16
CANTO III..23
CANTO IV 29
CANTO V 35
CANTO VI 42
CANTO VII 49
CANTO VIII 55
CANTO IX 62
CANTO X 68
CANTO XI..74
CANTO XII 81
CANTO XIII...88
CANTO XIV 94
CANTO XV 102
CANTO XVI 108
CANTO XVII 116
CANTO XVIII..122
CANTO XIX 131
CANTO XX 139
CANTO XXI 145
CANTO XXII 153
CANTO XXIII 160
CANTO XXIV 166
CANTO XXV 172
CANTO XXVI 178
CANTO XXVII 185
CANTO XXVIII...192
CANTO XXIX 199
CANTO XXX 205
CANTO XXXI 213
CANTO XXXII 220
CANTO XXXIII 227

TERCEIRA PARTE
PARAÍSO

CANTO I

O poeta invoca Apolo para que o inspire a cantar sua ascensão ao Paraíso. E narra como se sentiu, no ápice do Monte do Purgatório, transumanar ao lado de Beatriz, que lhe advertiu de que já se achava adentrando a aura luminosa, rumo ao céu, e lhe explicou como isso se tornava possível.

1   A glória do Criador, que a tudo anima,
    penetra no universo e resplandece
    menos abaixo e muito mais acima.

4   Ao céu que mais de sua luz se aquece
    eu fui, e coisas vi que mencionar
    não sabe, ou pode, quem de lá regresse:

7   porque, a ansiada meta a demandar,
    nosso intelecto se aprofunda tanto
    que a memória é incapaz de o acompanhar.

10 Na verdade, quanto eu do reino santo
    pude na mente conservar, revel,
    matéria me dará ao novo canto.

13 Faze-me, ó bom Apolo, o teu fiel seguidor,
    nesta faina derradeira,
    como os que escolhes para o grão laurel.

16 Até aqui bastou-me uma cimeira
    do Parnaso, mas ora invoco as duas,
    por descrever a plaga sobranceira.

---

3. Menos abaixo e muito mais acima: a glória (a luz) de Deus, princípio da vida e do movimento, se espalha por todo o universo, esplendendo, porém, com maior ou menor intensidade segundo as matérias ou coisas em que incide. De acordo com a teoria de Ptolomeu, em voga no tempo (ano de 1300), e a que Dante se reporta, em torno da terra desenvolvem-se em esferas concêntricas os nove céus — e o poeta figura, então, a glória e a luz do Criador a se incrementarem à medida em que se ascende de céu em céu.
4. Ao céu que mais de sua luz se aquece: ao nono céu (o Primo Mobile) ou, mais propriamente, ao Empíreo, imaginado contíguo ao nono céu, e que sendo, por dizer assim, a sede da divindade, mais intensamente resplandece de sua luz. Se o poeta ali chegou é porque passou pelos oito céus anteriores. E diz que viu coisas que é impossível reter na memória, ou descrever, de sorte que apenas uma parte de suas experiências se transmite ao seu canto (versos 10 a 12).
13. Faze-me, ó bom Apolo: Dante invoca, então, a Apolo, o deus da poesia e guia das Musas, para que o ajude naquela última tarefa (a de cantar o Paraíso, depois de ter cantado o Inferno e o Purgatório), tornando-o, no desempenho de tão ambicioso propósito, digno do laurel de poeta.
16. Até aqui bastou-me uma cimeira: para cantar o Inferno e o Purgatório, o poeta se socorrera apenas das Musas, mas agora, para cantar o Paraíso, necessitava do auxílio do próprio Apolo. Imaginava-se o monte do Parnaso como tendo dois cimos distintos: o primeiro, Elícona, reservado às Musas, e o segundo, Cirra, reservado ao próprio Apolo, deus da poesia.

PARAÍSO

19 Ao peito meu infunde as vozes tuas,
    como quando a Marsias submetendo
    lhe deixaste da pele as carnes nuas.

22 Se o grão poder me fores estendendo
    por que o reflexo, ao menos, do esplendor
    celeste, como o vi, vá descrevendo,

25 tu me verás chegar ao lenho em flor
    e cingir o laurel, dele somente
    pelo tema e por ti merecedor.

28 E se as folhas se veem raramente
    a fronte ornar do herói ou do poeta
    — opróbrio e culpa da mesquinha gente —,

31 há-de a deidade délfica dileta
    alegrar-se, se alguém, com todo o ardor,
    faz da fronde peneia a sua meta.

34 De tênue chispa vem grande esplendor:
    depois de mim, talvez, melhores vozes
    possam granjear de Cirra o alto favor.

37 A luz do mundo, por diversas fozes,
    se demonstra aos mortais; mas é naquela
    em que os giros, em cruz, se unem velozes

---

20. Como quando a Marsias submetendo: segundo a fábula, o sátiro Marsias desafiou Apolo ao canto; e, vencido, foi esfolado pelo deus.
25. Tu me verás chegar ao lenho em flor: o poeta afirma que, se fosse distinguido pelo favor de Apolo, tinha a esperança de poder, enfim, chegar ao loureiro (o lenho em flor), e ali cingir a coroa de louros; e ainda que não o fizesse por seu próprio mérito, fá-lo-ia em razão da altitude do tema e por haver sido inspirado por Apolo.
28. E se as folhas se veem raramente: e se só muito raramente se vê o laurel cingir a fronte de um herói ou de um poeta (pelas naturais limitações da espécie humana), deveria ser grato a Apolo (que, tendo o seu templo em Delfos, se designa como a deidade délfica) ver alguém, como eu, aspirar tanto à coroa de louros.
33. Faz da fronde peneia a sua meta: a fronde do loureiro é dita peneia porque nessa árvore fora transformada Dafne, filha de Peneu.
34. De tênue chispa vem grande esplendor: e assim como a simples centelha engendra uma grande chama, é possível que a minha ousadia em defrontar tema tão alto sirva de estímulo a que, depois da minha, melhores vozes se ergam e consigam obter o inteiro favor de Cirra, isto é, de Apolo, se eu não o conseguir (veja-se a nota ao verso 16).
37. A luz do mundo, por diversas fozes: a luz do mundo, isto é, o sol, se demonstra aos mortais a partir de pontos diferentes (diversas fozes), segundo a inclinação de sua marcha, o curso do tempo e a sucessão dos signos e das estações.
38. Mas é naquela em que os giros, em cruz, se unem velozes: mas quando se mostra no ponto do horizonte (naquela foz) em que se entrecruzam os quatro círculos — o horizonte, o equador, o zodíaco e o coluro equinocial — é que o sol encontra sua fase mais propícia, sob a constelação de Áries (a forte estrela) — e isto ocorre na Primavera.

40 que mais esplende, sob a forte estrela,
    e à tenra cera que se lhe confia
    abranda a seu prazer, molda e chancela.

43 Era essa luz que ali amanhecia
    no horizonte translúcido e irisado,
    enquanto aqui a treva se estendia,

46 quando, volvendo ao seu esquerdo lado,
    eu vi Beatriz, o sol a contemplar,
    que nunca da águia fora assim fitado.

49 E tal o novo raio que a emanar
    de outro, que incide, sobe, em reflexão,
    como um romeiro regressando ao lar

52 — assim, movido a acompanhar-lhe a ação,
    também levei ao sol a vista alçada,
    contrariamente à elementar razão.

55 Ah! Muita coisa ali é facultada
    que aqui não se concede — pertinente
    à esfera à humana espécie só franqueada.

58 Não sei se muito, ou pouco, mas à frente
    pude vê-lo expandir o seu fulgor,
    como o ferro a sair da forja ardente.

61 E pareceu-me, então, que ao esplendor
    do dia se juntava um novo dia,
    e no céu mais um sol punha o Criador.

---

43. *Era essa luz que ali amanhecia*: sob essa luz da propícia primavera o dia começava no alto do Monte do Purgatório (isto é, no Éden, onde o poeta e Beatriz se encontravam), enquanto lá no outro Hemisfério (na Itália, naturalmente) era noite.
52. *Assim, movido a acompanhar-lhe a ação*: a atitude de Beatriz, fitando longamente o sol, levou o poeta a fazer o mesmo, embora contrariando o hábito terreno de se abster de tal contemplação, nociva ao sentido da vista.
55. *Ah! Muita coisa ali é facultada*: e porque pôde fitar firmemente o sol, o poeta observa que ali, no Éden, e naturalmente na aura luminosa que se propagava ao alto, são facultadas coisas que não se permitem nas paragens terrenas. E tal se explica pela natureza sagrada daqueles sítios, franqueados apenas aos homens (à alma humana), e não aos outros seres da terra.
63. *E no céu mais um sol punha o Criador*: depois de contemplar o sol (e não sabia se por muito ou pouco tempo) Dante volveu os olhos a Beatriz, e encontrou-a nimbada em luz, como se ao dia nascente se tivesse juntado um novo dia, ou Deus houvesse posto no céu um outro sol. Parece que Beatriz já estava suspensa no ar e se iniciava assim a ascensão de ambos à esfera luminosa.

PARAÍSO

64 Beatriz fitava, absorta, a etérea via,
    enquanto eu tinha nela o olhar fixado,
    da outra luz esquecido, que fulgia.

67 Ao mirá-la, por dentro fui mudado,
    como Glauco, que à herbática poção,
    aos deuses se sentiu equiparado.

70 E, pois, que a havida transumanação
    não se pode explicar — que o exemplo baste
    a quem reserva a graça esta lição.

73 Se, então, eu era só qual me criaste
    por derradeiro, ó ser onipotente,
    tu bem o sabes, pois que à luz me alçaste.

76 Fitando a esfera ali, que, docemente,
    atenta ao teu influxo, deslizava,
    com a harmonia que lhe deste à frente,

79 eu vi que o céu inteiro se abrasava
    tanto da luz do sol que na verdade
    mais do que a chuva ou os rios se espraiava.

82 O nunca ouvido som, a claridade
    acenderam em mim o grão desejo
    de a causa conhecer da novidade.

85 E Beatriz, que me via qual me vejo,
    por serenar meu íntimo tormento
    — antes que eu de indagar tivesse ensejo —

88 "Tu mesmo", disse, "em falso pensamento
    te deixas enlear, e divagando
    não vês o que verias, dele isento.

68. *Como Glauco, que à herbática poção*: segundo a lenda, o pescador Glauco, havendo ingerido uma poção de erva mágica, transformou-se num deus marinho; assim Dante, ao contemplar Beatriz, sentiu mudar-se interiormente, transumanando-se para o voo à esfera luminosa.

73. *Se, então, eu era só qual me criaste por derradeiro*: sentindo-se transumanado, o poeta afirma que só Deus poderia saber se ele ainda conservava seu corpo terreno ou se era só a essência nele por último infundida. Segundo a concepção dantesca, a alma se infundia no corpo quando a gestação deste, no útero materno, estava praticamente concluída (veja-se o Purgatório, Canto XXV, versos 67 a 78).

85. *E Beatriz, que me via qual me vejo*: Beatriz, que lia nos meus pensamentos como eu mesmo, percebendo a minha curiosidade em conhecer a causa da transformação do céu e do incremento da luz, apressou-se a responder-me, antes que eu a interrogasse.

91 Já não estás no mundo miserando;
    e o raio, desde o céu precipitado,
    não voa como tu que o vais buscando".

94 E, pois, daquela dúvida aliviado
    pelas palavras plácidas e breves,
    em outra me encontrei embaraçado.

97 "A insistência", roguei-lhe, "me releves:
    entendo o que disseste, todavia
    não sei como ultrapasso os corpos leves."

100 Com um suspiro, a sua vista pia
    a mim volveu, mostrando no semblante
    o cuidado da mãe que ao filho guia:

103 "As coisas", disse, "que verás adiante
    ordenam-se entre si, e tal é a forma
    que torna o mundo a Deus consemelhante.

106 As criaturas, às quais uma alma informa,
    sentem do Eterno as marcas, nisto, expostas
    fim verdadeiro da predita norma.

109 As várias naturezas vão dispostas
    nesta ordem, mas por modo variado,
    dele mais perto ou mais distante postas.

112 E movem-se, por um ou outro lado,
    no vasto mar do ser, cada uma à frente,
    do pendor à feição, que lhes foi dado.

115 E este é que impele à lua o fogo ardente,
    aos mortais corações leva o calor,
    e faz unir-se a terra interiormente.

---

91. Já não estás no mundo miserando: Beatriz explica a Dante que ele já não estava na terra (e nem no Purgatório), mas galgando o espaço rumo ao céu; e nisso ia com maior rapidez do que a do raio que se desprende da altura.
99. Não sei como ultrapasso os corpos leves: o poeta não logra apreender a razão porque, estando vivo, podia assim transcender o ar e a luz (os corpos leves).
106. As criaturas, às quais uma alma informa: os seres dotados de inteligência (os homens, racionais), percebem claramente na ordem natural das coisas a mão do Criador, visto que tal ordem (versos 103 a 105), tornando o universo semelhante a Deus, tem em Deus o seu fim último e necessário.
109. As várias naturezas vão dispostas: às diversas naturezas, quer animadas, quer inanimadas, foi dado um lugar, ou uma função, nesta ordem universal, umas mais perto, outras mais longe de Deus.

PARAÍSO

118   Nem só dos que carecem do vigor
       da inteligência vai a seta empós,
       mas dos que seguem intelecto e amor.

121   A Providência, que esta lei dispôs,
       de sua luz inunda o céu parado,
       no qual desliza o outro mais veloz.

124   Ao sítio, então, a nós predestinado
       nos leva o nosso instinto, do arco, de onde
       célere corre ao alvo desejado.

127   Mas tal como nem sempre corresponde
       a forma rude à inspiração da arte
       se à alma acaso a matéria não responde,

130   a criatura por vezes não comparte
       a natural tendência, em seu poder
       de volver-se, querendo, a uma outra parte;

133   e como o raio do alto a se abater,
       pode esse impulso se fraudar também,
       quando tolhido por um vão prazer.

136   Não há, pois, que admirar — se vejo bem —
       mais do teu voo do que da água represa
       que do monte se atira, ao fundo, além.

139   Razão seria, certo, de surpresa
       ver o teu corpo, livre, se quedar,
       ou ver, na terra, imota, a chama acesa".

142   Assim disse, volvendo ao céu o olhar.

---

118. Nem só dos que carecem do vigor da inteligência: o instinto, ou, melhor, a força latente em todas as naturezas, se atribui tanto aos seres racionais (os homens), como aos irracionais.

122. De sua luz inunda o céu parado: o céu parado é o Empíreo, em que gira o nono céu (ou Primo Mobile), que é de todos, por ser o de maior circunferência, o que se desloca mais rapidamente. Imagina-se o Empíreo como a sede da Providência, da vontade divina.

124. Ao sitio, então, a nós predestinado: este sítio é o Empíreo, que se destina à criaturas racionais, às almas das criaturas racionais. Para ele tende naturalmente o desejo (ou o instinto) humano, como a seta a um alvo prefixado.

133. E como o raio do alto a se abater: e como o raio, desprendendo-se das nuvens para baixar à terra, contraria a tendência natural do fogo, que é a de subir, assim sucede defraudar-se, pela vontade errônea ou viciosa, o ínsito impulso da alma para o Empíreo.

CANTO II

O poeta chega à Lua, quer dizer, ao primeiro céu, que é, dentre as nove esferas concêntricas do sistema de Ptolomeu, a mais próxima da terra e mais distante do Empíreo. A uma pergunta de Dante sobre as manchas da lua, Beatriz lhe explica que os astros, no espaço, brilham diversamente em relação uns aos outros, segundo a influência recebida de seu princípio informativo, o Primo Mobile.

1   Ó vós, que frágeis barcas tripulando,
    pela ânsia de escutar-me compelidos,
    seguistes minha nau, que vai cantando,

4   volvei aos vossos portos protegidos:
    Não vos lanceis ao largo, pois no mar,
    se me perderdes, estareis, perdidos!

7   Esta água não se viu antes sulcar:
    Minerva me impulsiona, Apolo guia,
    fazem-me as Musas a Ursa divisar.

10 Mas vós poucos, que alçastes, dia a dia,
    por longo tempo a mente ao pão ideal,
    que nos nutre na terra e não sacia,

13 podeis as vossas naus pelo estendal
    das ondas aproar, ao sulco rente
    da minha, que se entreabre e fecha igual.

16 Em Colchos os guerreiros, certamente,
    não se admiraram mais que o fareis vós,
    quando viram Jasón arando à frente.

---

1. Ó vós, que frágeis barcas tripulando: o poeta se dirige aos leitores que, levados apenas pela curiosidade, mas carentes da indispensável base filosófica, se preparam para acompanhá-lo no cântico do *Paraíso*, depois de terem escutado o Inferno e o Purgatório, menos transcendentes. E procura fazê-los desistir de tão difícil empresa...
7. Esta água não se viu antes sulcar: o tema que agora me proponho é como um mar desconhecido, que ninguém se atreveu antes a percorrer.
8. Minerva me impulsiona, Apolo guia: Minerva, a deusa da sabedoria, Apolo, o deus da poesia, me conduzem à frente; e as Musas me demonstram o rumo a seguir (a Ursa é a constelação que, nos mares, servia de referência ao navegante para determinar o seu rumo).
10. Mas vós poucos, que alçastes, dia a dia: depois de descoroçoar os leitores apenas curiosos (versos 1 a 6), o poeta apela para que o sigam os que se devotaram, longamente, ao estudo da filosofia e à busca da verdade (o pão ideal).
18. Quando viram Jasón arando à frente: os Argonautas, que empreenderam em Colchos (Cólchida) a conquista do velo de ouro, maravilharam-se vendo à frente seu líder, Jasón, domar os touros ferozes e atrelá-los ao arado.

PARAÍSO

19   A inata sede nos premia, e nós
     buscávamos o céu, que fulgurava,
     quase igual nosso voo à luz veloz.

22   Beatriz para o alto olhava, e eu a fitava;
     e em menos tempo do que o dardo ardente
     do arco reteso, presto, se destrava,

25   achei-me onde algo de magnificente
     a vista me atraía; e, pois, aquela
     a que nada se esconde em minha mente

28   para mim se volveu, plácida e bela:
     "Rende graças a Deus, que neste instante
     chegas ao seio da primeira estrela!"

31   Uma nuvem eu via flamejante,
     espessa e densa, límpida e contida,
     como, do sol ferido, o alvo diamante.

34   De fato, a eterna pérola brunida
     nos envolvia, como a água que prende
     no fundo a luz, permanecendo unida.

37   Mas, pois que eu era vivo, e não se entende
     aqui jamais que uma corporeidade
     penetre em outra, que não se distende,

40   eu sentia mais vívida a ansiedade
     de desvendar aquela essência à frente
     em que se dá com Deus nossa unidade.

43   Nela se pode ver o que somente
     pela fé nos foi antes incutido,
     como verdade, indemonstradamente.

---

19. A inata sede: a sede, não ocasionalmente despertada, mas ínsita na alma como um de seus atributos, de se elevar ao seu Criador.
30. Chegas ao seio da primeira estrela: a primeira estrela, a lua. Quer dizer que Beatriz e Dante já se encontravam no primeiro céu, o céu da lua, que é o mais próximo da terra (o centro) dentre os nove céus a que se refere o sistema ptolomaico. Ali se encontravam, como veremos a seguir (Canto III), as almas dos que não puderam manter inteiramente o voto religioso.
35. Como a água que prende no fundo a luz: a lua envolvia, pois, a Dante e Beatriz, como a massa de água que recebe, em seu interior, um raio de luz, sem se ter aberto ou fraccionado para isso.
38. Aqui jamais que uma corporeidade: aqui, quer dizer, na terra, no mundo dos vivos. Pois que o poeta estava vivo, é natural que se sentisse surpreso por ter alcançado o interior da lua (um corpo-sólido, versos 32 a 34) sem que esta se abrisse. E isto só se podia explicar pela vontade divina.
41. Aquela essência à frente: o conjunto dos nove céus, ou, mais especificamente, o Empíreo, sede da divindade.

46   "Senhora", respondi-lhe, comovido,
     "rendo graças a Deus por ter-me enfim
     do mundo dos mortais aqui trazido.

49   Mas estas sombras o que são, que assim
     ressurgem pela lua, e, pois, na terra
     fazem a tantos relembrar Caim?"

52   E disse-me, a sorrir: "Se é certo que erra
     o juízo dos mortais, condicionado
     pelos sentidos vãos a que se aferra,

55   não devias mostrar-te impressionado
     por esta confusão do pensamento,
     à ilusória aparência arrebatado.

58   Mas exprime o teu próprio julgamento.
     "Penso", eu disse, "provir a variedade
     ou da leveza, ou peso, do elemento."

61   "Verás deste argumento a falsidade",
     ponderou-me, "se deres atenção
     às razões que lhe oponho, à saciedade.

64   Há, mais acima, astros em profusão,
     todos, na qualidade e na grandeza,
     entre si, diferentes à visão.

67   Viesse do peso o brilho, ou da leveza,
     pelo efeito estariam igualados,
     variando em grau, mas não na natureza.

70   Decerto, efeitos vários são causados
     por princípios formais, que tu, então,
     farias, menos um, aniquilados.

49. Mas estas sombras o que são: Dante manifesta aqui (e dirige a pergunta a Beatriz) o desejo de conhecer a causa das manchas que se observavam na lua e em que o sentimento popular via a representação de Caim com seu feixe de espinhos.
60. Ou da leveza, ou peso, do elemento: a rogo de Beatriz, Dante exprime a sua própria opinião sobre as manchas lunares, dizendo que elas lhe parecem resultar da maior ou menor densidade (do peso, ou da leveza) das matérias de que se constituía o satélite.
64. Há, mais acima, astros em profusão: mais acima, quer dizer, então, no oitavo céu, que é o das estrelas fixas. Beatriz lhe explica que as estrelas emitem brilho desigual, não só quanto à intensidade, mas também quanto à natureza (em seu aspecto e coloração).
67. Viesse do peso o brilho, ou da leveza: a diversidade do brilho das estrelas decorre de ser ele efeito de princípios formais diversos, em cada caso. A opinião de Dante anteriormente manifestada (versos 59 e 60) importaria, no fundo, em negação de tais princípios formais, para subsistir tão-somente o princípio da densidade como causa da variação da luz.

PARAÍSO

73   Se tal fosse das manchas a razão
ter-se-ia que ao planeta, como norma,
faltara a necessária concreção,

76   ou que ele, como um corpo que se informa
de peso e de fluidez, se alteraria
constantemente em seu volume e forma.

79   A hipótese primeira se veria
no mero eclipse, quando a luz fecunda
do sol pela fluidez penetraria.

82   Mas isto não ocorre; e ora à segunda
hipótese irei, por refutar
o teu sentir, com vista mais profunda.

85   Se a luz não logra o fluido ultrapassar
há-de ser porque encontra algo pesado
que não se deixa dela permear;

88   e, pois, um raio emite, renovado,
como o que se desprende, em reflexão,
do vidro em chumbo por detrás pintado.

91   Dirás que o raio se escurece, então,
mais nesse ponto do que em outra parte,
por lhe vir mais do fundo a projeção.

94   Mas podes de tal dúvida isentar-te
através da experiência, simplesmente,
que é na terra a nutriz da melhor arte.

97   Pega de três espelhos; põe à frente
o primeiro e o segundo, lado a lado,
e o outro no meio, mais profundamente.

100   Por observá-los, faze seja alçado
um lume, atrás, que a todos clareando,
retorne a ti, por eles refractado.

---

79. A hipótese primeira se veria: a hipótese de serem as manchas ocasionadas pela menor densidade (a transparência, a fluidez da lua). Neste caso, ver-se-iam, no eclipse do sol, os raios solares atravessarem o disco lunar, o que não ocorre, obviamente.
82. E ora à segunda hipótese: a hipótese de serem as manchas determinadas pela maior densidade (o peso, a opacidade) de certas partes da lua.
90. Do vidro em chumbo por detrás pintado: se a luz solar, atravessando as partes fluidas da lua, porventura se detivesse nalguma parte opaca, deveria nela bater e ressaltar, pela reflexão, como no símile do espelho (o vidro com chumbo por trás).

103 Inda que no tamanho discrepando,
logo verás que a imagem mais recuada
se vai, no brilho, às outras igualando.

106 E como à luz solar exacerbada
a neve se dilui, do antigo aspecto
de cor e frio aos poucos despojada

109 — assim pretendo aqui teu intelecto
iluminar com foco tão vivaz,
que se transformará no seu conspecto.

112 Sob o alto céu da sempiterna paz
gira uma esfera a cuja influência bela
se anima tudo o que por dentro jaz.

115 A esfera embaixo, à vez de cada estrela,
torna essa influência em partes dividida,
dela distantes, mas contidas nela.

118 Os outros céus, segundo a parte havida
em tal distribuição, diversamente
encaminham-na à meta pretendida.

121 Estes órgãos do mundo, gradualmente,
vão, pois, para mais baixo trasladando
o que do alto lhes vem primeiramente.

124 Olha como procedo, enveredando
pelo caminho certo e verdadeiro,
por que te vás a ele acostumando.

127 Das esferas a força e o voo ligeiro
provêm tão só do superior desvelo,
como a arte do martelo do ferreiro.

103. Inda que no tamanho discrepando: a imagem refletida no espelho mais distante deverá ser menor do que as outras; mas o brilho das três será de igual intensidade. E assim se refuta o argumento de que a reflexão, vinda de mais fundo ou de mais longe, poderia obscurecer o raio de luz refractado (versos 91 a 93).
112. Sob o alto céu da sempiterna paz: sob o Empíreo, sede imóvel da divindade, gira o nono céu (ou Primo Mobile), que é o fundamento, o princípio motor de todas as coisas que se contêm no seu âmbito (os outros céus, portanto, e a terra; em suma, o universo inteiro).
115. A esfera embaixo, à vez de cada estrela: a esfera embaixo é o oitavo céu, o das estrelas fixas, e que, por intermédio exatamente de tais estrelas, fragmenta e reparte a influência motriz recebida do nono céu (ou Primo Mobile), para transmiti-la aos céus inferiores.

PARAÍSO

130 O céu, por tanta estrela feito belo,
     da mente profundíssima que o impele,
     refaz em si a imagem, como um selo.

133 E assim como a alma, sob a carne e a pele,
     aos membros corporais, na realidade,
     empresta a força própria que os compele

136 — a Inteligência a sua faculdade
     difunde entre as estrelas, variamente,
     do fulcro de sua íntima unidade.

139 E faz com elas liga diferente,
     segundo a cada qual aquece e aviva,
     e, tal a vida em vós, anima à frente.

142 À feição do lugar de onde deriva,
     tal força nas esferas, pois, reluz,
     como a alegria na pupila viva.

145 Eis a razão porque varia a luz,
     e não pela fluidez ou densidade;
     eis o formal princípio, que produz,

148 à própria essência, a sombra e a claridade".

130. O céu, por tanta estrela feito belo: o oitavo céu, ou céu das estrelas fixas, recebe, pois, diretamente, a influência divina (o princípio motor), que se fragmenta, multiplicada, pelas estrelas.
139. E faz com elas liga diferente: a suma Inteligência engendra, através das estrelas, e segundo princípios formais diversos, efeitos diferentes, tal como a vida conforma e afeiçoa variamente os seres humanos.
145. Eis a razão porque varia a luz: essa virtude informativa, ou princípio motor, como emanação da divindade, é que determina a variedade da luz das estrelas (e, especialmente, no caso, as manchas da lua), erroneamente atribuída à sua própria fluidez ou densidade.

"Assim vi alguns vultos bem defronte,
como a querer falar (...)"

(Par., III, 16/7)

CANTO III

Ao divisar, ali, no primeiro céu, ou céu lunar, algo semelhante a figuras vagas e imprecisas, o poeta se certifica, às palavras de Beatriz, de que tais transparências luminosas eram as almas dos que, votados ao bem, se viram impedidos de cumprir integralmente o voto religioso. E ouve Picarda Donati, que lhe aponta uma de suas companheiras, a imperatriz Constança.

1   O sol, que me inflamou de amor o peito,
    à prova e contraprova do argumento
    me revelara da verdade o efeito.

4   Por demonstrar-lhe meu contentamento,
    tanto quanto o exigia a situação,
    eu lhe volvi o olhar e o pensamento.

7   Mas surgiu-me, ao fazê-lo, uma visão,
    atraindo-me a si tão fortemente
    que me fez olvidar a confissão.

10 E como o nosso rosto em transparente
    vidro, ou de um lago à lâmina tranquila,
    não tão profundo que se turve à frente,

13 tão ao de leve os traços seus instila,
    que a pérola a adornar uma alva fronte
    não fere mais vivaz nossa pupila

16 — assim vi alguns vultos bem defronte,
    como a querer falar; e no erro entrei
    contrário ao que prendeu Narciso à fonte.

1. O sol, que me inflamou de amor o peito: o poeta designa por sol a Beatriz, a quem amara em sua juventude, e que lhe havia acabado de explicar a razão de ser desigual, ou diferente, o brilho dos astros, e especialmente a causa das manchas lunares (Canto anterior, versos 49 a 51, e 59 a 61).
4. Por demonstrar-lhe meu contentamento: ante aquelas explicações o poeta voltou-se para Beatriz, no intuito de lhe manifestar sua satisfação e reconhecimento. Mas uma visão surgida naquele instante (versos 10 a 17), atraindo-lhe a atenção, não lhe permitiu fazê-lo.
13. Tão ao de leve os traços seus instila: à superfície do vidro, ou na água remansosa e clara, a imagem de quem se olha nelas reflete-se tão tênue e fugidia que os respectivos traços ressaltam menos que o discreto brilho da pérola numa fronte alabastrina. Com essa metáfora, o poeta alude às figuras que de súbito percebeu ali por perto, mas tão imprecisas que pensou tratar-se de mero reflexo projetado na luminosidade ambiente.
18. Contrário ao que prendeu Narciso à fonte: ao contrário de Narciso, que julgava ser pessoa real a sua imagem projetada na fonte, o poeta imaginou que via reflexos quando na verdade via as próprias almas (*vere sustanze*, verso 29) que se encontravam no primeiro céu (as almas dos que não lograram cumprir até o fim o voto religioso).

19   No instante mesmo em que eu os divisei,
       julgando-os só reflexos de semblantes,
       por ver de onde provinham me voltei.

22   Mas nada achei, e a vista, como dantes,
       à face ergui de minha doce guia,
       que ria pelos olhos cintilantes.

25   "Não te espantes", falou, "de que eu sorria
       ante o teu infantil alheamento,
       que inda não se te abriu a graça pia,

28   e padeces do humano julgamento:
       pois são as próprias almas que ora vês,
       postas aqui por falta ao juramento.

31   Fala-lhes, e verás o que não crês:
       da verdade suprema a luz gloriosa,
       que as faz brilhar, lhes prende ao foco os pés."

34   A uma alma, por falar mais ansiosa,
       eu me volvi, ligeiro, como alguém
       que se rende à vontade poderosa:

37   "Ó ser eleito, que do eterno bem
       fruis a suma doçura, que somente
       quando provada se compreende bem

40   — rogo-te que me digas, gentilmente,
       qual é teu nome e como foi teu fado."
       Tornou-me, presta, co'o olhar ridente:

---

24. *Que ria pelos olhos cintilantes*: Dante alude, repetidas vezes, ao sorriso que se manifesta mais pelo olhar do que pela boca. Veja-se, adiante, o verso 42.

27. *Que inda não se te abriu a graça pia*: pois ainda não tens o pleno conhecimento da verdade divina...

30. *Postas aqui por falta ao juramento*: as almas dos que, de algum modo, haviam rompido o seu juramento (o compromisso, o voto religioso).

31. *Fala-lhes, e verás o que não crês*: se lhes falares, então — diz Beatriz a Dante — compreenderás aquilo em que a princípio não acreditaste, isto é, que estás vendo as almas, em si mesmas, ou concretamente, e não o simples reflexo, a mera projeção de imagens distantes.

32. *Da verdade suprema a luz gloriosa*: a luz gloriosa e verdadeira (*la verace luce*, a vontade divina), através da qual estas almas se entremostram à visão mortal, não permite que elas se afastem de sua esteira (o foco), quer dizer, da fé e da verdade. Se, pois, as interrogares, serão verazes no responder.

34. *A uma alma, por falar mais ansiosa*: ao entrever, de início, aquelas formas vagas e imprecisas, o poeta percebeu que demonstravam o desejo de falar (verso 17). Dirigiu-se, então, àquela que parecia revelar mais ao vivo tal desejo: a alma de Picarda Donati, florentina, referida nominalmente no verso 49.

PARAÍSO

43 "Nenhum desejo bom é aqui negado,
    pois nossa caridade é como aquela
    que quer a si, em si, tudo igualado.

46 Eu fui no mundo *vergine sorella*;
    se algo de lá tua memória guarda,
    verás quem sou, inda que aqui mais bela.

49 Em tua terra eu me chamei Picarda;
    e ora me vês entre os beatificados,
    nesta esfera, de todas a mais tarda.

52 Nossos anelos, só iluminados
    do Santíssimo Espírito ao fulgor,
    aprazem-se, em Sua ordem conformados.

55 Tal sorte, na aparência inferior,
    nos coube porque em nós foram rompidos
    de nosso voto os liames e o rigor."

58 "A todos vejo aqui", eu disse, "influídos
    pela divina luz, em tal mudança,
    que os primitivos traços vão perdidos.

61 Não fui, por isso, presto na lembrança:
    mas ajudado pelo que me dizes,
    recupero a memória, na esquivança.

64 Mas conta-me se acaso estão felizes,
    ou se aspiram a voar mais alto ainda,
    por ver melhor as célicas raízes?"

---

45. Que quer a si, em si, tudo igualado: nossa caridade (diz aquela alma, Picarda) nos impõe satisfazer a todo legítimo desejo, pois é idêntica à própria caridade divina, que quer que todos os bem-aventurados participem e desfrutem igualmente de seus dons. E esta é a razão porque respondo à tua pergunta.
46. Eu fui no mundo *vergine sorella*: *vergine sorella* (vergine, virgem; sorella, irmã, freira) era o nome porque se designavam geralmente as monjas da Ordem franciscana de Santa Clara, na qual Picarda havia professado.
49. Em tua terra eu me chamei Picarda: Picarda Donati, florentina, a quem Dante conhecera pessoalmente. Era irmã de Corso Donati, líder dos Negros de Florença, e de Forese Donati, grande amigo do poeta. Já Dante havia indagado a Forese sobre o destino de sua irmã (Purgatório, Canto XXIV, versos 10 e 13 a 15).
51. Nesta esfera, de todas a mais tarda: recorde-se que a estrutura do Paraíso dantesco se baseia na concepção ptolomaica dos nove céus concêntricos, girando uniformemente à roda da terra (o centro). O céu da lua, onde se encontrava Picarda, sendo o mais próximo da terra, e, portanto, o menor, era o que girava mais lentamente.
55. Tal sorte, na aparência inferior: a disposição dos nove céus concêntricos implicava uma gradação de baixo para cima, desde a terra até ao Empíreo, donde a ideia de maior ou menor valoração entre eles (vejam-se, adiante, os versos 65 e 66). Mas tal valoração era só aparente, e não real, segundo a demonstração de Picarda.

67   Dentre os demais sorriu, preclara e linda;
       e respondeu-me à pressa, como quem
       arde do primo Amor na chama infinda:

70   "O nosso anseio, irmão, se aquieta ao bem
       da caridade e o faz por entender
       que o que temos nos basta e nos convém.

73   Se fôssemos movidos a ascender
       longe estaria em nós nossa vontade
       da vontade que aqui nos quer manter;

76   o que não pode ser, na realidade,
       nesta etérea paragem, submetida
       ao bem por sua própria qualidade.

79   É condição da alta e serena vida
       sujeitar-se à divina volição,
       que torna sua própria, co' ela unida.

82   Por isto a natural distribuição
       de céu em céu, ao reino inteiro apraz,
       e apraz ao rei da universal criação.

85   Sua vontade é, para nós, a paz:
       o grande oceano que recebe, à frente,
       o que ela cria e a natureza faz."

88   E eu vi que tudo ali, coerentemente,
       era um só paraíso, inda que a pia
       graça opere os seus dons diversamente.

91   Como alguém que de um cibo se sacia,
       mas logo a outro se volve, cobiçoso,
       e a este rejeita e àquele se confia

94   — assim, ao gesto e à voz, eu, curioso,
       dela indaguei aonde a lançadeira
       se esquivara ao tecido rigoroso.

---

69. Arde do primo Amor na chama infinda: arde no amor de Deus.
78. Ao bem por sua própria qualidade: a essência da caridade é justamente ser ela emanação da vontade divina.
82. Por isto a natural distribuição de céu em céu: refere-se Picarda à distribuição das almas, ali, pelos nove céus, observando que tal distribuição contenta a todos e a cada um dos que neles se encontram, do mesmo modo como satisfaz ao seu fautor, Deus.
95. Dela indaguei aonde a lançadeira: usando a metáfora da lançadeira que falha em completar a trama do tecido, o poeta na realidade pede a Picarda para explicar ela mesma como se dera a ruptura de seu voto religioso.

97 "Verás aqui", tornou-me, "sobranceira,
    nobre e gentil senhora, cuja norma
    traja na terra e vela a face inteira

100 a quem a vida, até ao fim, conforma
    à lei daquele esposo, o qual a aceita,
    quando da própria luz se anima e informa.

103 Por segui-la, inda jovem, satisfeita,
    fugi do mundo e o hábito enverguei,
    devotada somente à santa seita.

106 Mas uns homens tão maus qual mais não sei
    arrancaram-me à força da clausura;
    só Deus conhece o que depois passei.

109 Esta outra, que tu vês, ínclita e pura,
    ao meu lado direito, e que se acende
    de toda a luz que neste céu fulgura

112 — o que digo de mim, dela se entende:
    foi freira, tal como eu, e foi forçada
    a se despir do véu que a todas prende.

115 Apesar de no mundo restaurada,
    contra a vontade e contra toda a usança,
    jamais lhe foi do véu a alma privada.

118 A luz contemplas da gentil Constança,
    que da estirpe suábica segunda
    a terceira gerou final pujança."

121 Disse; e a cantar, em voz clara e profunda,
    a Ave-Maria, lenta se esvaiu,
    como um corpo que imerge na água funda.

---

98. *Nobre e gentil senhora, cuja norma*: a nobre e gentil senhora que se posta mais no alto (sobranceira), decerto no Empíreo, era Clara de Assis, fundadora da Ordem (a norma) na qual Picarda professara ainda muito jovem.

105. *Devotada somente à santa seita*: a santa seita, a ordem de Santa Clara. O poeta emprega a palavra seita (setta) na acepção de ordem, ou regra religiosa, obviamente.

106. *Mas uns homens tão maus qual mais não sei*: registram as crônicas florentinas que Corso Donati, irmão de Picarda, invadiu, à frente de seus asseclas, o mosteiro de Santa Clara, e dali retirou, pela violência, a jovem freira, forçando-a a desposar Rosselino della Tosa.

109. *Esta outra, que tu vês*: a que estava ao lado de Picarda era a imperatriz Constança, referida nominalmente no verso 118, e de que se dizia haver sido, também pela violência, retirada da vida claustral para se tornar esposa do Imperador Henrique VI, da Casa de Suábia, da Alemanha.

119. *Que da estirpe suábica segunda*: pela segunda estirpe de Suábia alude-se ao marido de Constança, Henrique VI, filho de Frederico Barbarossa, este o primeiro da mesma Casa a reinar. De Henrique, Constança gerou Frederico II, que ocupou o trono da Apúlia e da Sicília, e foi assim o terceiro Imperador — e ao mesmo tempo o último — dentre os de sua família.

124 O meu olhar, que o vulto lhe seguiu,
até se haver ao longe dissipado,
ao fanal se volveu, que o conduziu,

127 na imagem de Beatriz reconcentrado;
e em tanta luz senti-a fulgurar,
que fiquei, por instantes, ofuscado

130 — e não a pude logo interrogar.

---

126. Ao fanal se volveu, que o conduziu: ao desaparecer Picarda, Dante volveu de novo o olhar a Beatriz, a luz que o havia guiado até ali, naturalmente desejoso de propor-lhe alguma questão.
130. E não a pude logo interrogar: entretanto, ofuscado pela fulguração de Beatriz, quando a fitou, o poeta não conseguiu falar-lhe, imediatamente.

CANTO IV

No primeiro Céu, Dante é tomado por duas intensas dúvidas, que Beatriz se apressa em solver. Uma se referia ao ensinamento de Platão de que as almas volvem, com a morte, às estrelas de onde provieram; a outra à questão de poder a violência exercida sobre a vontade de alguém acarretar a diminuição do mérito de quem a sofre.

1   Vendo-se entre dois cibos colocado,
    que o seduzissem, o homem morreria,
    inda que livre, antes de os ter tocado;

4   e um cordeiro decerto hesitaria
    entre dois lobos, pávido, transido;
    e um galgo, entre dois gamos, pararia:

7   assim, por grandes dúvidas tolhido,
    eu me calava, e aqui não me lamento,
    nem louvo, porque a tal fui constrangido.

10 Mas em meu rosto o oculto pensamento
    se demonstrava, e mais do que o revel
    discurso descobria o meu tormento.

13 Beatriz agiu tal qual o fez Daniel
    ao impedir Nabucodonosor
    de levar ao extremo a ira cruel:

16 "Em ti observo", disse-me, "o rigor
    da dúvida sem fim que te tortura,
    e não consegues nem sequer expor.

---

1. Vendo-se entre dois cibos colocado: para descrever sua perplexidade, presa de pensamentos contraditórios, o poeta recorre ao símile da pessoa que, a igual distância de dois manjares, que a atraíssem com a mesma intensidade, não se decidiria por nenhum, até, nessa indecisão, morrer de fome. No entanto, o homem é livre, ao contrário dos animais, como o cordeiro e o cão, mencionados logo a seguir, mas a eles se igualará, acaso, sob este aspecto. Apesar de ter liberdade, um intenso apelo dos sentidos e a perplexidade podem impedir o homem de exercer convenientemente o raciocínio, para determinar-se em certas situações.
13. Beatriz agiu tal qual o fez Daniel: o rei Nabucodonosor teve um sonho, que esqueceu, mas queria, a todo custo, relembrar. O profeta Daniel logrou reconstituí-lo, e com isso obteve do rei o perdão para os sábios e adivinhos que não haviam conseguido fazê-lo, e tinham, em consequência, sido condenados à morte. Beatriz procedeu ali do mesmo modo em relação ao poeta: adivinhando-lhe as dúvidas e explicando-as, livrou-o do embaraço que o tolhia.

19 Não podes admitir em quem perdura
    o desejo do bem que uma opressão
    alheia lhe defraude a grã ventura.

22 E, por igual, preocupa-te a questão
    do regresso das almas às estrelas,
    como a doutrina o ensina de Platão.

25 Sobre esta e aquela, ansioso, te interpelas;
    de ambas eu falarei, a primazia
    dando à que mais crucial se mostra entre elas.

28 O Serafim da máxima hierarquia,
    um dos dois Joões que escolhas à vontade,
    e Moisés e Samuel, digo, e Maria

31 estão da mesma esfera à claridade
    que estas almas agora aqui mostradas,
    e assim será por toda a eternidade.

34 Entanto, ao sumo céu juntas alçadas,
    desfrutam variamente a doce vida,
    de Deus mais perto ou longe situadas.

37 Se sua luz aqui viste acendida,
    tal ocorreu somente por mostrar
    o grau menor, que é o seu, na corte fida.

40 A alguém, que é vivo, impõe-se assim falar,
    a alguém que os fatos reais primeiro apreende
    por só depois na ideia os ponderar.

19. Não podes admitir em quem perdura: Dante estava impressionado com o sucedido a Picarda e Constança (veja-se o Canto anterior). E não compreendia porque a invencível opressão exercida de fora sobre a vontade de ambas lhes pudesse apoucar o merecimento aos olhos de Deus.
24. Como a doutrina o ensina de Platão: Platão, pela boca de um de seus personagens (o filósofo Timeu, no Diálogo do mesmo nome), manifestou a doutrina de que a alma, após a morte, volve à estrela de que desceu no momento em que foi criado o respectivo corpo.
28. O Serafim da máxima hierarquia: tanto o Serafim que se encontrasse mais perto de Deus (os Serafins ocupam, na hierarquia angélica, o grau mais elevado), como São João Batista e São João Evangelista (um dos dois Joões que escolhas), Moisés, Samuel e até Nossa Senhora — todos assistiam, na realidade, no mesmo local em que estavam as almas que há pouco ali se haviam demonstrado. Quer dizer, todos permaneciam no Empíreo, a sede da divindade, pois nenhum dentre os bem-aventurados tinha domicílio nos céus inferiores, como, entretanto parecia acontecer.
34. Entanto, ao sumo céu juntas alçadas: alçados coletivamente ao Empíreo, os bem-aventurados fruíam, entretanto, diversamente da graça divina, segundo os seus méritos os intitulassem a estar mais próximos ou mais distantes de Deus.
37. Se sua luz aqui viste acendida: se o poeta, pois, havia visto no primeiro céu, onde se encontrava, algumas almas, isto constituía apenas um sinal a demonstrar concretamente que tais espíritos (os que haviam rompido o voto monacal) eram os de menor grau na predita hierarquia celeste.
40. A alguém, que é vivo, impõe-se assim falar: este sinal, assim manifestado, era o meio de fazer com que a limitada percepção humana (Dante estava vivo) apreendesse a natureza da diversidade existente no Paraíso.

PARAÍSO

43 Por isto é que a Escritura condescende
à humana lei, e empresta pé e mão
a Deus, mas de outro modo o compreende;

46 e a Gabriel e Miguel a Igreja, então,
sob corpórea forma representa,
bem como ao que a Tobias tornou são.

49 O que Timeu das almas argumenta difere,
pois, do que este céu revela,
se é que ele o sente tal como apresenta.

52 Afirma que a alma, ao fim, regressa à estrela
da qual desceu quando Natura à frente
um corpo lhe engendrou, propícia e bela.

55 Mas seu conceito acaso é diferente
do que na voz lhe soa, acobertando
uma intenção mais funda e pertinente.

58 Se quis dizer que à estrela vão tornando
os influxos, tão só, dela emanados,
algo veraz andou manifestando.

61 Seus argumentos, mal assimilados,
levaram muitos povos à ilusão,
diante de Marte e Júpiter prostrados.

64 Menos nociva vejo a outra questão,
uma vez que decerto não desvia
para longe daqui tua atenção.

---

43. A Escritura condescende à humana lei: a humana lei, quer dizer, a condição humana, referida nos versos 41 e 42, segundo a qual o homem deve partir da percepção de um fato concreto para só depois se elevar, pelo pensamento, ao seu significado espiritual ou alegórico.
48. Bem como ao que a Tobias tornou são: o arcanjo Rafael, que restituiu a visão ao cego Tobias.
49. O que Timeu das almas argumenta: a doutrina platônica da volta das almas às estrelas parecia desmentida pelo que se observava no primeiro Céu. Os espíritos ali vistos eram dos que haviam rompido o voto religioso e não dos que tiveram o seu nascimento influído por aquela estrela (a lua).
55. Mas seu conceito acaso é diferente: era possível que Platão tivesse querido, na realidade, significar que as influências, tão-somente, boas e más, emanadas das estrelas, é a elas retornavam, e com isso não andaria longe da verdade. Mas suas ideias, mal assimiladas neste ponto, induziram muitos povos à adoração de falsos deuses, como Marte, Mercúrio e Júpiter, e outros, simbolizados nas estrelas.
64. Menos nociva vejo a outra questão: a outra questão (versos 19 a 21) era o efeito da alheia violência na ruptura do voto religioso. Beatriz a considera menos perigosa do que a primeira, que havia, como vimos, levado os povos a uma falsa crença.

67 Mostrar-se injusta a alta justiça pia
aos olhos dos mortais é argumento
mais de fé que de pérfida heresia.

70 Sendo capaz o humano entendimento
de apreender a verdade nisto infusa,
logo a terás, por teu contentamento.

73 Se força existe quando a quem a usa
em nada o que a padece alarga ou cede,
não se segue daí que a alma se escusa,

76 pois a vontade, que não retrocede,
é como o fogo que ressurge ardente
a cada vez que a ventania o impede.

79 Quem aceita a opressão nela consente;
as que viste o fizeram, lado a lado,
deixando de ir ao claustro novamente.

82 Se houvessem a vontade preservado,
qual Lourenço, da grelha à asperidade,
ou Múcio, ao se queimar, por ser culpado,

85 ela mesma as teria, na verdade,
reconduzido à via antes seguida;
mas é mui rara tal integridade.

88 Por esta explicação, se compreendida,
creio desfeito o incômodo argumento
que te trazia há pouco a alma tolhida.

67. Mostrar-se injusta a alta justiça pia: o fato de, por vezes, afigurar-se à razão humana (aos olhos dos mortais) injusta a justiça divina (como no caso dos efeitos da violência alheia sobre a reta vontade) constitui melhormente razão para estimular a fé que para propagar a heresia. Pois que se nem sempre a razão comum logra justificar os fins a que visa a vontade divina, ou os meios através dos quais ela se realiza, é certo que a fé o fará em qualquer situação.
73. Se força existe quando a quem a usa: a violência se configura quando o que a sofre na própria vontade em nada cede a quem a promove. Mas nem só por isso se escusa a vontade, porque, ao desaparecer a opressão, ela poderia exercer-se novamente em toda a sua plenitude.
80. As que viste o fizeram, lado a lado: as que viste, aqui, isto é, Picarda e Constança, de algum modo cederam, uma e outra (lado a lado), à violência, porque, quando esta já não se fazia mais sentir, deixaram de volver ao claustro, podendo fazê-lo.
83. Qual Lourenço, da grelha à asperidade: São Lourenço, posto sobre um braseiro, não se submeteu à vontade de seus algozes e continuou até o fim a proclamar a sua fé cristã.
84. Ou Múcio, ao se queimar, por ser culpado: Múcio Cévola, que, por ter errado o golpe desfechado contra Porsena, inimigo de Roma, auto-castigou-se, estendendo a mão ao fogo, até que se queimasse inteiramente.

PARAÍSO

91   Mas inda te perturba o pensamento
uma nova questão que certamente
não poderás solver, sem meu alento.

94   Eu mesma fiz por te incutir na mente
não poder, posta aqui, a alma mentir,
por à eterna verdade estar presente.

97   No entanto, acabas de a Picarda ouvir
que Constança do véu não abriu mão,
como ao meu argumento a contravir.

100   Mas por fugir a um grande mal, irmão,
é comum ver-se uma alma sensitiva
proceder contra a própria convicção,

103   como Almeón, que à ansiosa rogativa
do pai investe contra a mãe, irado,
e, por amor, de todo amor se priva.

106   Quando o ânimo se faz, destarte, aliado
da força que o constrange, é curial
que não se pode ter por escusado.

109   A vontade absoluta opõe-se ao mal;
mas a que enfim se abstém nele consente,
inda que por temor certo e real.

112   Falando-te, Picarda tinha em mente
esta vontade, eu a primeira, entanto;
e, pois, fomos verazes, igualmente."

115   De sua voz o fluir, qual rio santo,
emanado das fontes da verdade,
devolveu-me da paz o ansiado encanto.

---

94. *Eu mesma fiz por te incutir na mente*: já no Canto III, versos 32 e 33, Beatriz afirmara a Dante que, se interrogasse as almas ali, ouviria delas a verdade, pois não podiam mentir.
98. *Que Constança do véu não abriu mão*: e, de fato, Picarda, falando ao poeta, observara-lhe que, apesar da violência usada contra ela, a alma de Constança jamais se desprenderia do véu monacal (Canto III, versos 115 a 117). E nisto parecia contradizer a declaração de Beatriz de que ambas, podendo depois voltar ao claustro, deixaram de fazê-lo (vejam-se os versos 80 e 81, e 85 a 87).
103. *Como Almeón, que à ansiosa rogativa*: a rogo de seu pai, Anfiarau, Almeón investiu contra a própria mãe, Erifile, e a matou, punindo-a por sua traição (Purgatório, Canto XII, versos 49 a 51, e respectiva nota).
110. *Mas a que enfim se abstém nele consente*: se a vontade absoluta se opõe sempre à violência, a vontade que simplesmente se abstém de resistir ou só resiste temporariamente (a vontade relativa) acaba por nela consentir, ainda que o faça para evitar um mal maior.
113. *Esta vontade; eu a primeira, entanto*: ao aludir à perseverança de Constança no voto (Canto III versos 115 a 117), Picarda referia-se naturalmente à vontade relativa, ao passo que Beatriz, vendo a questão sob outro aspecto, considerava tão-somente a vontade absoluta (verso 109). Por isto, ambas falavam a verdade.

118 "Ó querida de Deus, alta beldade",
eu disse, "a cuja luz ora me inundo
de serena certeza e claridade,

121 não disponho de engenho tão facundo
que possa retribuir-te esta alegria;
que o faça, então, por mim o céu profundo.

124 A nossa vã razão não se sacia
senão quando se aclara à essência vera
fora da qual a luz não se anuncia.

127 Nela se abriga, tal no fojo a fera;
e que a atinja é mister, por finalmente
a angústia dominar, que a desespera.

130 Ao pé do vero a dúvida latente,
como na planta o broto, põe Natura;
e assim de grau em grau nos leva à frente.

133 Isto me anima, ó dama sábia e pura,
a te propor ainda outra questão,
que mais difícil sinto e mais obscura:

136 — acaso não se pode o voto, então,
por obras meritórias compensar
que à balança não sejam peso vão?"

139 Beatriz fixou em mim o claro olhar,
em tão divinos raios incendido,
que eu, incapaz de à frente o sustentar,

142 recuei, confuso, quase sucumbido.

---

130. Ao pé do vero a dúvida latente: ao pé da verdade, a dúvida desponta constantemente, como a vergôntea na planta, e ela é que, de degrau em degrau, como dispôs a Natureza, nos leva à suma altura. A dúvida suscita o estudo e a crítica, e, pois, através dela, chega-se à verdade.
136. Acaso não se pode o voto, então: o poeta pergunta a Beatriz, finalmente, se o voto religioso não pode ser objeto de comutação, isto é, se não pode ser substituído por outras obras que se apresentem meritórias aos olhos de Deus.

CANTO V

Ainda no primeiro céu, ou céu da Lua, Beatriz, respondendo à pergunta de Dante, explica-lhe a natureza do voto religioso e discorre sobre o problema de sua comutação ou compensação. Imediatamente, os dois se elevam ao segundo céu, ou céu de Mercúrio, onde se mostram as almas dos que praticaram o bem movidos pelo desejo de alcançar fama e glória.

1   "Se ao brilho meu te sentes ofuscado
    mais que o comum na natureza humana,
    da força de teus olhos despojado,

4   não te perturbes, pois isto dimana
    da celeste visão, que logo apreende
    o bem dele se toca e se engalana.

7   Percebo como, intensa, já resplende
    em tua mente esta divina luz,
    que, apenas vista, em nós amor acende.

10 Quando outra coisa aos vivos lá seduz,
    é reflexo tão só dela emanado
    e que confusamente lhes transluz.

13 Indagas se por algo comutado
    pode o rompido voto ser, e tanto
    que a alma se veja livre do pecado."

16 Assim principiou Beatriz o canto;
    e como quem o engenho tem disserto,
    ela seguiu no seu discurso santo:

---

1. *Se ao brilho meu te sentes ofuscado*: ao final do Canto anterior, o poeta, não podendo suster o brilho dos olhos de Beatriz, teve que desviar dela a sua vista, sentindo-se quase desfalecer. Beatriz lhe explica, então, que não havia porque se perturbar com tal fato, mero efeito da visão beatífica; a alma, em presença de Deus, naturalmente se inflamava de sua luz.
10. *Quando outra coisa aos vivos lá seduz*: lá, quer dizer, na terra, no mundo dos vivos. Sempre que os homens, na terra, se sentem atraídos por algo em que divisam, ainda que erroneamente, seu bem ou seu prazer, aí estará decerto algum reflexo ou vestígio da luz divina, que, imperfeitamente conhecida por muitos, não logra impedi-los de marchar, por sua própria vontade, ao mal e ao pecado.
13. *Indagas se por algo comutado*: Beatriz se dispõe a responder à pergunta formulada pelo poeta (Canto IV, versos 136 a 138), e vem a ser se havia possibilidade de compensar a ruptura do voto religioso com alguma obra meritória.

19   "O dom maior de Deus, sublime e certo,
      o que mais lhe reflete a faculdade
      e que de seu amor está mais perto,

22   foi do querer a inata liberdade,
      à criatura outorgada inteligente,
      e a ela tão só, com exclusividade.

25   Podes disso aferir seguramente
      do voto o alto valor, quando de fato
      Deus, como quem o faz, nele consente.

28   E quem, ante o Senhor, firma tal pacto
      renuncia com isto à volição
      por espontâneo e irretratável ato.

31   Como lhe oferecer compensação?
      Pois retomando aquilo que foi dado
      pretenderia o bem com torpe ação.

34   O fulcro do problema eis demonstrado;
      mas como a Igreja o pode dispensar
      — em contrário ao que tenho revelado —

37   convém um pouco à mesa inda esperar,
      que o que tomaste rígido alimento
      requer ajuda por se assimilar.

40   Ao que te vou dizer fiques atento,
      e guarda-o bem, porque não chega à ciência
      quem ouve e não retém no pensamento.

43   Duas coisas distinguem-se na essência
      do voto: e uma é o dom a ele inerente;
      das vontades, a outra, a plena anuência.

22. Foi do querer a inata liberdade: a liberdade do querer (o livre-arbítrio) é estimada como o mais alto dos dons outorgados por Deus, na obra da criação; e foi reservado tão-somente às criaturas racionais, os homens.
26. Do voto o alto valor: a circunstância de poder o homem auto-determinar-se já revela o valor do voto religioso, quando assumido livremente e constituído sobre matéria que, moral e espiritualmente, possa merecer a aprovação divina.
29. Renuncia com isto à volição: o engajamento no voto implica em eventual renúncia à própria vontade, no sentido de que não poderá mais o promitente exercer o seu arbítrio naquilo que constitua matéria do compromisso ou a ela esteja ligada. A substituição, por exemplo, de uma por outra promessa, importaria em mal (a violação da primeira promessa), não sendo possível a ninguém alcançar o bem através do mal.
35. Mas como a Igreja o pode dispensar: depois de ter posto assim a essência do problema do voto, em relação a quem o faz ou promete, Beatriz declara, entretanto, que a Igreja o pode dispensar — o que só na aparência contradiz sua afirmação inicial.
43. Duas coisas distinguem-se na essência do voto: há que distinguir no voto dois aspectos: a) o seu objeto, isto é, a matéria sobre que incide a promessa livremente manifestada; b) a sua forma, que é a expressão de duas vontades, a de quem se engaja a fazer determinada coisa, e a de Deus, quando assente na promessa que lhe foi feita.

PARAÍSO

46   A segunda não pode, certamente,
ser cancelada, e sobre a convenção
é que me referia justamente,

49   tal como entre os Hebreus a obrigação
de prometer, embora substituída
pudesse ser esta promessa, então.

52   A primeira, a matéria prometida,
é susceptível de ser alterada,
sem mal, quando numa outra convertida.

55   Mas que ninguém a faça transformada,
por seu próprio prazer, a nuto, sem
da chave branca a ajuda e da dourada;

58   e mérito decerto não advém
se na promessa nova a anterior
como o quatro no seis não se contém.

61   E se a matéria é tal que o seu valor
faz pender a balança verdadeira,
não se lhe pode, em troca, outra propor.

64   Ai de quem leva o voto em brincadeira,
tomando-o à toa, irrefletidamente,
como Jefté movido à ânsia ligeira!

67   Melhor será dizer 'Errei' que à frente
seguir, cumprindo, o pior, como a dureza
de Agamenón, que fez, indignamente,

---

47. E sobre a convenção é que me referia: ao afirmar a impossibilidade da compensação do voto (versos 28 a 33), Beatriz tinha em vista não a matéria do voto (que já entre os Hebreus se permitia fosse substituída), mas sua forma de convenção bi-lateral; pois esta não poderia ser rompida unilateralmente, mas só mediante intervenção da Igreja.
57. Da chave branca a ajuda e da dourada: no Purgatório (Canto IX, versos 115 a 120) foram nomeadas as duas chaves, branca e amarela, confiadas por São Pedro ao Anjo porteiro, as quais, segundo os comentadores, simbolizariam, respectivamente, a ciência teológica e a autoridade do sacerdote na confissão. Somente com a ajuda dessas chaves (isto é, através da Igreja) podia tornar-se viável a substituição do voto.
58. E mérito decerto não advém: e não seria meritória, nem justificável, a permuta se o novo voto não ultrapassasse em valor ao primitivo, tal como quem, se houvesse prometido quatro, passasse a prometer, pelo menos, seis.
62. Faz pender a balança verdadeira: quando a matéria do voto é de tal peso que nenhuma outra poderia fazê-la deslocar-se na balança — qualquer compensação torna-se impossível.
66. Como Jefté movido à ânsia ligeira: Jefté, líder dos Hebreus na guerra contra os Amonitas, fez, imprudentemente, um voto impróprio. Jurou sacrificar a Deus, se obtivesse a vitória, a primeira pessoa que encontrasse, ao regressar. E quem encontrou foi, justamente, sua própria filha.
69. De Agamenón, que fez, indignamente: outro exemplo de voto impróprio e precipitado. O rei Agamenón, à partida da expedição contra Troia, empenhou no sucesso de suas armas o que de mais belo pudesse haver na Grécia. Com isto foi levado a sacrificar sua própria filha, Ifigênia, fato relatado por Homero na Ilíada, e cuja leitura até hoje faz chorar, pela sua profunda tristeza, tanto os sábios quanto os ignorantes.

70   Ifigênia chorar sua beleza,
       levando os vãos e os sábios a prantear,
       até hoje, escutando tal crueza.

73   Sede cautos, Cristãos, no professar;
       não vos abandoneis, qual pluma ao vento;
       que água não achareis por vos lavar.

76   Tendes o novo e o velho Testamento
       e da Igreja o pastor que ao bem vos guia:
       mais não requer o vosso salvamento.

79   Se a ambição se mostrar em vossa via,
       sede homens, sim, e não obtuso gado,
       exposto dos Judeus à zombaria.

82   Olhai o cordeirinho que, apartado
       do leite maternal, vivaz, ardente,
       ao próprio fim caminha, descuidado!"

85   Assim falou Beatriz, exatamente;
       e o rosto ergueu, ansiosa, a contemplar
       a parte em que o universo é mais luzente.

88   Sua mudez, e o aspecto a se alterar,
       fizeram silenciar o meu profundo
       desejo de algo mais lhe perguntar;

91   e como o dardo que penetra fundo,
       antes de a corda se aquietar, na meta,
       alçamo-nos ao céu que era o segundo.

94   Ao entrar minha dama na dileta
       aura daquela esfera que fulgia,
       vi cintilar mais vivo o seu planeta.

97   Se a própria estrela, a se mudar, sorria,
       que, então, de mim, que tenho a natureza
       sensível e sujeita à fantasia!

79. Se a ambição se mostrar em vossa via: quando a ambição vos instigar a prometer sacrifícios a Deus para a obtenção de vantagens pessoais, deveis resistir, como homens, em lugar de a ela vos abandonardes, como o gado inconsciente que se deixa levar a qualquer parte ou marcha à própria ruína.
80. Exposto dos Judeus à zombaria: nos primeiros tempos da Igreja, os Judeus ridicularizavam nos Cristãos o descumprimento dos princípios de sua própria religião, especialmente em matéria de voto.
93. Alçamo-nos ao céu que era o segundo: do primeiro céu, ou céu da Lua, Beatriz e Dante se alçaram, então, ao segundo céu, ou céu de Mercúrio, onde divisaram as almas dos que, em vida, foram ativos e diligentes na prática das virtudes, embora o tivessem feito com o intuito de conquistar a glória e a fama.

PARAÍSO

100   Tais os peixes na plácida represa,
      vindo em cardume, aos mínimos rumores,
      à espera da ração ou de outra presa,

103   assim eu vi ali mil esplendores
      rumando a nós, e sua voz clamava:
      "Eis o que nutrirá nossos ardores!"

106   E quando cada qual se aproximava,
      distinguia-se uma alma claramente
      em meio à luz que dela dimanava.

109   Decerto ficarias impaciente,
      leitor, se o que ora aqui te vai mostrado
      não tivesse sequência, normalmente.

112   Podes, pois, ver por ti como inflamado
      era o desejo meu de lhes falar
      e conhecer melhor de seu estado.

115   "Ser de eleição, que acabas de chegar,
      por mãos da graça, à sempiterna paz,
      estando a grã milícia inda a integrar,

118   é a luz tão só da esfera que nos faz
      fulgir aqui, e se algo, pois, te instiga
      a perguntar, pergunta o que te apraz."

121   Ouvi ressoar destarte a voz amiga.
      "Responde-lhe", ordenou-me, então, Beatriz,
      "e podes crer em tudo quanto diga."

124   "Já te distingo agora, alma feliz,
      nimbada dessa luz que se revela
      mais clara nos teus olhos quando ris.

103. Assim eu vi ali mil esplendores: as almas que se achavam no céu de Mercúrio, e que se aproximavam às centenas, em sua aparência de esplendentes focos de luz, à semelhança dos peixes que se movem ao fundo de um lago cristalino, e que afluem, juntos e velozes, à margem quando alguém da mesma se acerca.
117. Estando a grã milícia inda a integrar: ainda na condição de ser vivente. Pois que merecera a graça de subir, vivo, ao Paraíso, o recém-chegado (Dante) devia ser necessariamente um Cristão; e por milícia se designavam os membros da Igreja praticante.
121. Ouvi ressoar destarte a voz amiga: a alma que se dirigia, por essa forma, ao poeta, era a do Imperador Justiniano, como se verá no Canto seguinte.

"Assim eu vi ali mil esplendores
rumando a nós, e sua voz clamava:
'Eis o que nutrirá nossos ardores!'"

(Par., V.103/5)

PARAÍSO

127   Mas não sei quem tu és, nem por que bela
ação tu te demonstras nesta esfera
que o sol, a nós mortais, oculta e vela."

130   Tal foi minha resposta à alma sincera
que me falara, e que se fez, então,
mais luminosa do que dantes era.

133   Como o sol, que se oculta em seu clarão,
quando o calor faz dissolver-se o véu
da suave e matinal vaporação

136   — assim também aos poucos se escondeu
em seu fulgor a alma radiosa e santa,
e em meio a intensa luz me respondeu,

139   tal como o Canto que se segue canta.

---

129. Que o sol, a nós mortais, oculta e vela: o planeta Mercúrio, que se situava no segundo céu, ou esfera, e lhe dava o nome, não era visível da terra, velado pelos raios do sol que nele incidiam diretamente, com intenso fulgor.
132. Mais luminosa do que dantes era: o incremento da luminosidade das almas, no Paraíso, era um sinal de sua alegria.
139. Tal como o canto que se segue canta: no canto seguinte (VI), a alma que se demonstrara a Dante, a do Imperador Justiniano, responde, longamente, à pergunta que lhe dirigiu o poeta (aqui, versos 127 a 129).

CANTO VI

No segundo céu, ou céu de Mercúrio, a alma do Imperador Justiniano fala a Dante, fazendo um retrospecto das glórias do Império Romano; em seguida, esclarece que ali se mostram os espíritos dos que, na terra, praticaram o bem, mas visando à conquista da própria fama; e informa, por fim, que tal era o caso de Romeu, que servira à corte da Provença.

1 "Depois que Constantino a águia sagrada
contra o curso celeste trasladou,
invertendo de Eneias a jornada,

4 por cem anos mais cem ela ficou
na remotíssima oriental paragem,
perto dos montes onde se criou;

7 dali geriu, a alçar sua plumagem,
por várias mãos, o grão rebanho humano,
até que a tive às minhas, de passagem.

10 César eu fui, e sou Justiniano;
pela divina graça iluminado,
nossas leis expurguei do injusto e insano.

13 Antes de ser a tal missão votado,
supunha haver em Cristo tão somente
uma natura, e o tinha por provado.

---

1. Depois que Constantino a águia sagrada: a águia sagrada, a insígnia do Império Romano. O Imperador Justiniano (nominalmente referido no verso 10) inicia o seu discurso com a referência à trasladação, de Roma para Bizâncio, pelo Imperador Constantino, da sede do Império. A águia foi levada do Ocidente para o Oriente (contra o curso celeste) numa jornada inversa à de Eneias que, saindo de Troia para o Lácio, ali desposou Lavínia, filha do rei Latino, e lançou as bases do futuro Império Romano.
6. Perto dos montes onde se criou: com a sede do Império em Bizâncio, a águia romana como que voltava às suas origens. As montanhas de Troia estavam perto, e dali ela se trasladara, com Eneias, considerado o fundador do Império, ao Lácio.
8. Por várias mãos: através de vários Imperadores, nos dois séculos de sua permanência em Bizâncio, até que, pela ordem da sucessão, passou às suas próprias mãos (de Justiniano).
10. César eu fui, e sou Justiniano: Justiniano ascendeu ao trono no ano de 527, e distinguiu-se sobretudo pela sábia e bem sucedida codificação das leis do Império, o chamado Código Justiniano.
14. Supunha haver em Cristo tão somente: Justiniano teria professado inicialmente a seita herética de Eutique, que negava a ocorrência em Cristo das duas naturezas — a humana e a divina — só reconhecendo nele a segunda.

PARAÍSO

16 Mas Agapito, que foi Papa, à frente
    me demonstrou da fé a santa via,
    através de seu verbo sábio e fluente.

19 Cri nele; e o que ele, então, me descobria
    vejo ora claro, como vês, eu sei,
    o vero e o falso em toda antinomia.

22 Tão depressa na Igreja me integrei,
    Deus me outorgou o dom extraordinário
    de a obra inspirar-me, a que me devotei.

25 As armas pus nas mãos de Belisário;
    e o céu lhe deu ajuda, de tal jeito,
    que a paz nos abriu logo o seu sacrário.

28 Tens, em parte, o desejo satisfeito;
    mas já que a fatos tais eu fiz menção,
    é mister alargar-lhes o conceito,

31 porque vejas melhor a sem-razão
    de quem se move contra a águia sagrada,
    por desafio, ou por usurpação.

34 Pensa como de glórias foi coroada,
    e de respeito, desde que Palante
    morreu por dar-lhe a sede ambicionada.

37 Sabes o que ela em Alba fez durante
    os séculos ali de sua estada,
    até que três de três andaram diante;

---

24. De a obra inspirar-me a que me devotei: a tarefa de codificar as leis do Império, escoimando-as das disposições inúteis, inconvenientes e injustas, como referido no verso 12.
28. Tens, em parte, o desejo satisfeito: no Canto V, versos 127 a 129, o poeta indagara daquela alma quem era ela e porque se achava no céu de Mercúrio. A primeira parte da pergunta estava, pois, respondida; e a segunda o seria mais adiante (versos 112 a 114).
32. De quem se move contra a águia sagrada: Justiniano alude, de passagem, aos inimigos atuais (o ano era o de 1300) do Império (a águia sagrada), quer por desafiá-lo abertamente (os Guelfos), quer por tentar usurpá-lo (os Gibelinos). E volverá ao mesmo tema logo a seguir (vejam-se os versos 97 a 109).
34. Pensa como de glórias foi coroada: Justiniano passa a fazer, deste verso até o 96, o retrospecto da história e dos feitos do Império (sempre simbolizado na águia), a partir da morte, no Lácio, de Falante, que lutava, por Eneias, contra Turno.
37. Sabes o que ela em Alba fez: um dos filhos de Eneias, Ascânio, fundara o reino de Albalonga, onde se manteve, por trezentos anos, o poder da águia, até que os três Horácios romanos travaram com os três Curiáceos albanos a luta de que resultou a unificação do Império e sua sede em Roma.

40   e fez, desde as Sabinas à pranteada
      Lucrécia, ao investir sobre as facções,
      por sete reis, da gente rebelada;

43   e fez também, à frente das legiões
      romanas, contra Breno e Pirro astuto,
      e contra muitos chefes e nações,

46   quando Torquato, e Quíncio, que do hirsuto
      cabelo se nomeou, viram da fama,
      como os Décios e os Fábios, presto, o fruto.

49   Ela abateu dos Árabes a flama,
      que no rastro de Aníbal se lançaram
      aos montes de que o Pó recolhe a lama.

52   À sua sombra, jovens, se exaltaram
      Cipião e Pompeu; e ao seu revoar
      tuas natais colinas prantearam.

55   Depois, antes um pouco de implantar
      no mundo o céu seu módulo sereno,
      Roma entendeu de a César a confiar;

58   e tudo o que ela fez, do Varo ao Reno,
      o Isére o viu, bem como o Loire e o Sena,
      e do Ródano, inteiro, o vale ameno.

61   O seu fulgor, quando deixou Ravena,
      e o Rubicão passou, foi tão veloz
      que à língua escapa, como foge à pena.

40. Desde as Sabinas à pranteada Lucrécia: no chamado período dos sete reis, isto é, desde o rapto das Sabinas (sob Rômulo) até à morte da inditosa Lucrécia, mulher de Colatino (sob Tarquínio), a águia romana empreendeu numerosas lutas, vencendo, aqui e ali, seus vizinhos insubmissos ou rebelados.
44. Romanas, contra Breno e Pirro astuto: alude-se, entre outras, às vitórias romanas, contra os Galos de Breno, que invadiram o Império, e as hostes de Firro, rei do Épiro.
46. Quando Torquato, e Quíncio: Tito Mânlio Torquato, que conduziu a resistência contra os Galos, e Quíncio, chamado Cincinato em razão de sua grenha hirsuta e revolta, bem como os Décios e os Fábios, distinguiram-se então, por notáveis atos de heroísmo, bravura e desprendimento, granjeando imensa fama.
54. Tuas natais colinas prantearam: porque se havia rebelado contra os Romanos, a cidade de Fiesole foi por eles destruída. Ela se situava no alto da montanha do mesmo nome, ao pé da qual se iria erguer depois Florença, pátria de Dante.
56. No mundo o céu seu módulo sereno: e, depois, quando já se aproximava o instante da universal salvação (a vinda de Cristo ao mundo), encarnou-se em Júlio César, por vontade de Roma, o poder da águia. Daqui até o verso 72 é feito, então, o relato das vitórias do Império sob o primeiro César.
58. Do Varo ao Reno: alude-se à notável campanha de César na Gália, cujo território se distendia entre esses dois rios.

PARAÍSO

64 Guiou suas legiões à Espanha, após,
e a Durazzo, e à Farsália, que puniu,
causando ao próprio Nilo dano atroz.

67 Antandro e Simoenta então reviu,
de onde partira, e o túmulo de Heitor;
e logo a Tolomeu destituiu.

70 Volveu, ardente, a Juba o seu furor;
e dali retornou ao Ocidente,
da pompeína tuba ante o clangor.

73 O que fez, sob o César subsequente,
choram-no Bruto e Cássio em pleno inferno,
e Módena e Perúgia, juntamente;

76 e Cleópatra também, co'o triste e terno
olhar, que se passou, desesperada,
por obra da serpente, ao mundo eterno.

79 Com ele, ao mar chegou da água encarnada;
e a terra se cobriu de tanta paz
que a assembleia de Jano foi cerrada.

82 Tudo o que a insígnia proclamar me faz,
iniciado para o bem futuro
do reino inteiro que ante os pés lhe jaz,

85 como que se amesquinha e queda escuro
se às mãos do novo César se lhe mira
com claro olhar e sentimento puro:

66. Causando ao próprio Nilo dano atroz: a derrota de Pompeu, na Farsália, no curso da chamada guerra civil, abalou o seu então grande aliado, o Egito.
67. Antandro e Simoenta então reviu: nessas novas campanhas, a águia romana reviu a cidade de Antandro e, às margens do rio Simoenta, o túmulo de Heitor, na região de Troia, de onde ela havia partido, séculos atrás, com Eneias, rumo ao Lácio (verso 6).
69. E logo a Tolomeu destituiu: Tolomeu, rei do Egito, que foi deposto por César, ascendendo ao trono Cleópatra.
70. Volveu, ardente, a Juba o seu furor: Dali atacou Juba, rei da Mauritânia, bem no interior da África (nascentes do Nilo), mas logo se trasladou ao Ocidente, na Espanha, onde se reorganizavam os antigos adeptos de Pompeu.
73. O que fez, sob o César subsequente: Augusto foi o César subsequente, o segundo César, pois, que sucedeu ao primeiro, Júlio. Puniu os assassinos de seu antecessor, Bruto e Cássio, mandando-os, assim, ao inferno (Inferno, Canto XXXIV, versos 64 a 67). Módena e Perúgia, que se haviam levantado contra sua autoridade, foram vencidas e ocupadas.
79. Com ele, ao mar chegou da água encarnada: com Augusto, a águia romana, vencidos os seus últimos inimigos, estendeu seus domínios até às costas do Mar Vermelho; e seguiu-se um período de tanta paz que em Roma o templo de Jano, onde se faziam os votos para o sucesso militar, permaneceu fechado.
86. Se às mãos do novo César se lhe mira: o novo César, isto é, o terceiro, foi Tibério. E Justiniano (que é quem fala) apressa-se em declarar que todas essas glórias romanas pareciam apoucar-se diante das que se verificaram sob Tibério.

88   que a justiça divina, que me inspira,
     lhe concedeu, à prova do que digo,
     o bem de relevar a sua ira.

91   Não cause espanto o que a dizer prossigo:
     que ela, depois, com Tito, se vingou
     da vingança tomada ao mal antigo.

94   E quando o Longobardo à Sé rosnou,
     acorreu, sob as asas imperiais,
     Carlos Magno, que à espada a sustentou.

97   Já podes bem julgar dos desleais
     que de início acusei, e têm causado
     os nossos infortúnios atuais.

100 Um à sagrada insígnia opõe, ousado,
     os lírios de ouro, enquanto o da outra parte
     pretende estar por ela acobertado.

103 Escolha o Gibelino outro estandarte,
     pois que não pode à águia se elevar
     quem do justo e do bem já não comparte.

106 Guarde-se o novo Carlos de a atacar
     pelos seus Guelfos, que o esporão afiado
     a mais forte leão já fez sangrar.

109 A um filho, às vezes, sendo o pai culpado,
     se vê sofrer, e acreditar é vão
     que ela se incline ao lírio redourado.

90. O bem de relevar a sua ira: alude-se, então, a essa glória superior. Foi sob o reinado de Tibério, e em território sob jurisdição romana, que ocorreu o sacrifício de Cristo para remir a humanidade. Justiniano considera que o Céu escolheu Roma para seu instrumento no divino e transcendente episódio. Sua ira, o castigo de Adão e Eva, que privou os homens do Paraíso.
93. Da vingança tomada ao mal antigo: o mal antigo, a desobediência de Adão e Eva. O poeta chama vingança, numa acepção especial (*vendetta del peccato antico*), ao sacrifício de Jesus; e foi ainda a Roma que coube, muito tempo depois, através do Imperador Tito, que sitiou e destruiu Jerusalém, vingar o sangue de Cristo (*a far vendetta corse/ de ta vendetta del peccato antico*).
97. Já podes bem julgar dos desleais: Justiniano retoma a acusação anteriormente feita (versos 31 a 33) aos adversários atuais (o ano era o de 1300) da águia romana, os Guelfos e os Gibelinos, responsáveis pelos males que afligiam a Itália.
100. Um à sagrada insígnia opõe, ousado: o Guelfo, que pretendia substituir a águia (símbolo do Império) pelos lírios dourados da Casa de França.
101. Enquanto o da outra parte: o da outra parte, do outro partido, era naturalmente o Gibelino, que pretendia apoderar-se das glórias do Império, usurpando-lhe a força e o poder.
106. Guarde-se o novo Carlos de a atacar: o novo Carlos era Carlos II d'Anjou (Casa de França), que reinava sobre Nápoles, e, como seu pai, Carlos I, se aliara aos Guelfos. Não cometesse Carlos II a temeridade de atacar a águia romana, que já havia abatido leões mais fortes.
109. A um filho, às vezes, sendo o pai culpado: nova advertência a Carlos II, para que não viesse a sofrer pelos erros de seu pai, abstendo-se de os repetir. Deveria ter percebido, desde o início, que a águia romana jamais se curvaria aos lírios de França.

PARAÍSO

112   As almas nesta estrela, em multidão,
        votaram-se na terra, diligentes,
        ao bem, por haver fama e projeção;

115   mas tais desejos, quanto mais ardentes,
        debilitam, decerto, o vero amor,
        cujos raios nos vêm menos luzentes.

118   E cotejar então nosso valor
        co' o prêmio havido é parte desta glória,
        que mor não nos parece, nem menor.

121   Destarte nutre a graça meritória
        em nós a justa e plácida alegria,
        e mantém integral nossa memória.

124   De vozes desiguais nasce a harmonia;
        e os graus, que vês, da célica escalada
        combinam-se na eterna melodia.

127   Cintila nesta pérola dourada
        o brilho de Romeu, cuja obra imensa
        se achou, na terra, mal recompensada.

130   Mas quantos o acusaram na Provença
        não puderam sorrir, que ao mal caminha
        quem julga o alheio bem-fazer ofensa.

133   Raimundo Berlinghieri, o conde, tinha
        quatro filhas, e de uma em uma as fez
        o próvido Romeu uma rainha.

136   Porém, cedendo à voz da intriga soez,
        chamou-o o conde, as contas reclamando
        a quem lhe havia dado doze em dez.

---

112. *As almas nesta estrela, em multidão*: nesta estrela, Mercúrio, que é a estrela do segundo céu, encontram-se as almas numerosas dos que, em vida, foram diligentes, na prática da virtude, mas visando ao seu próprio proveito e glória pessoal. E ali estavam, felizes, na consciência da justiça de sua posição na hierarquia celeste. Justiniano responde, assim, à segunda parte da pergunta de Dante (Canto V, versos 127 a 129).

127. *Cintila nesta pérola dourada o brilho de Romeu*: nesta pérola dourada, no planeta Mercúrio. Parece tratar-se de um peregrino espanhol. Romeu de Vilanova, que chegou à Provença no tempo do conde Raimundo Berlinghieri; e, por seu mérito e diligência, ascendeu ao posto de gestor da fazenda da Corte, que organizou e fez prosperar.

134. *Quatro filhas, e de uma em uma as fez*: tão grandes eram a competência, habilidade e dedicação de Romeu, que conseguiu negociar vantajosas núpcias para as quatro filhas do conde, fazendo de cada uma delas uma rainha.

138. *A quem lhe havia dado doze em dez*: sob a administração de Romeu o erário provençal fora acrescido na razão de doze por dez. Mas, cedendo à insatisfação dos invejosos, Berlinghieri passou a desconfiar dele, chamando-o à prestação de contas.

139   Pobre e já velho, foi o servo andando:
      se o mundo o visse, à triste romaria,
      o seu sustento a estranhos mendigando,

142   se tanto o exalta, mais o exaltaria.

139. Pobre e já velho, foi o servo andando: ante a humilhação, Romeu despediu-se e deixou a Provença, pobre como havia chegado, mas já envelhecido.
142. Se tanto o exalta, mais o exaltaria: a desgraça de Romeu, na corte provençal, não parece ter tido, historicamente, a importância que se lhe atribui neste passo. É provável que o poeta se tenha deixado sensibilizar por alguma correspondência que encontrava nela com a sua própria situação pessoal. E, com efeito, depois de ter prestado relevantes serviços a Florença, Dante foi ali condenado à morte e teve confiscados os seus bens, vendo-se forçado, no exílio, a haver de estranhos o seu pão, quase na condição de mendicante, como Romeu.

CANTO VII

As palavras de Justiniano, no segundo céu, ou céu de Mercúrio, sobre a crucificação de Cristo e o castigo por isso depois imposto a Jerusalém pelo Império Romano, ocasionaram profundas dúvidas no espírito do poeta. Beatriz solve-lhe essas dúvidas, revelando-lhe o procedimento da justiça divina para a redenção dos homens e falando-lhe da imortalidade da alma e da ressurreição final.

1   "Osanna, sanctus Deus sabaoth,
    superillustrans claritate tua
    felices ignes horum malacoth!"

4   E, assim, a alçar-se, como quem flutua,
    eu vi cantando a fúlgida substância,
    à dupla luz que nela se insinua,

7   à frente das demais, que à eterna instância
    foram velozes, na aura fugidia,
    como chispas sumindo na distância.

10 Em funda hesitação, eu me dizia:
    "Fala, fala à senhora peregrina
    que tua sede, plácida, sacia."

13 Mas a intensa emoção que me domina
    ao simples mencionar de BE ou IZ,
    tolheu-me a voz, que me fugiu mofina.

---

1. *Osama, sanctus Deus sabaoth*, etc.: Quer dizer, "Salve, ó Deus sacrossanto das armadas,/ que lanças do alto a claridade tua / por sobre as almas, nas regiões sagradas!". No trecho, em latim, se incluem três palavras hebraicas: *Osanna*, salve!; *sabaoth*, dos exércitos, das armadas; e *malacoth*, reinos, regiões.
5. *Eu vi cantando a fúlgida substância*: a alma do Imperador Justiniano, que falara longamente ao poeta (Canto anterior), começou a mover-se, entoando este cântico (versos 1 a 3), e, à frente do numeroso grupo com que surgira, desapareceu na distância.
6. *À dupla luz que nela se insinua*: referência, provavelmente, à dupla glória de Justiniano, que se notabilizara como conquistador e como legislador.
10. *Em funda hesitação, eu me dizia*: as palavras de Justiniano quanto à vingança havida de Jerusalém pela morte de Cristo (Canto VI, versos 92 e 93), perturbaram o poeta. Queria falar a Beatriz sobre esta questão, mas não pôde fazê-lo, pois sua emoção diante dela privava-o, agora, como de outras vezes, do uso da expressão.
13. *Ao simples mencionar de BE ou IZ*: ao pronunciar ou ouvir o nome de Beatriz, ou parte dele, sua sílaba inicial BE ou seu acento final IZ.

16 Ao perceber o meu torpor, Beatriz
principiou, abrindo-se num riso
capaz de a qualquer um fazer feliz:

19 "Não compreendes, decerto, ao meu aviso,
que uma justa vingança justamente
fosse vingada, e se era tal preciso.

22 Mas o nó solverei em tua mente:
Presta atenção ao que te vou dizer,
e alta verdade te será patente.

25 Porque não quis o arbítrio submeter
ao sumo arbítrio, o pai que não nasceu
sofreu e à sua prole fez sofrer.

28 A espécie humana, então, triste, gemeu
no decurso dos séculos a dor,
até que o santo Verbo a nós desceu,

31 e a ela, que se afastara do Fautor,
uniu a si na mística pessoa,
por efeito tão só de seu amor.

34 Abre o intelecto ao que ora se arrazoa:
A espécie humana, ao seu Fautor unida,
ao ser criada era sincera e boa.

37 Mas pela própria culpa foi banida
do Paraíso, que ela conspurcou,
a verdade deixando e a doce vida.

40 A pena que na cruz, pois, se penou,
se nos homens se pensa, certamente
ao rigor da justiça se adaptou.

19. Não compreendes, decerto, ao meu aviso: mais uma vez, Beatriz lia na mente de seu companheiro. O poeta estranhava, de fato, que a vingança, tomada por Deus, com o sacrifício de Cristo, do pecado de Adão e Eva, sendo necessariamente um ato santo e misericordioso, pudesse, por sua vez, ser vingada ou punida pelos homens, como o fizera o Imperador Tito, destruindo Jerusalém (veja-se o Canto anterior, versos 88 a 93).
26. O pai que não nasceu: o pai, o homem que não nasceu, foi Adão, criado direta e inicialmente por Deus; e porque não quis submeter sua vontade à vontade divina, viu-se expulso do Paraíso, legando à sua descendência a mancha do pecado original.
30. Até que o santo Verbo a nós desceu: o santo Verbo, Cristo, que se fez homem para remir a humanidade, repondo-a na senda da salvação.
40. A pena que na cruz, pois, se penou: o sacrifício de Cristo. Tal sacrifício, visto em relação à natureza humana assumida pelo Salvador, era, em si, necessária e transcendentemente, justo, porque o homem, perdido pelo pecado, só pela extrema penitência poderia retornar à graça anterior. Mas, visto em relação à natureza divina de Cristo, o sacrifício terá sido, mais do que nenhum outro, ilógico e surpreendente.

PARAÍSO

43 No entanto, outra não foi mais surpreendente,
da pessoa em razão que se puniu,
divina e humana, simultaneamente.

46 Tal ato efeitos vários produziu:
Aos Judeus, como a Deus, aprouve o mal;
tremeu, por ele, a terra, e o céu se abriu.

49 Já não deve ressoar-te como irreal
dizer-se que a vingança merecida
vingada foi por justo tribunal.

52 Mas tua mente sinto inda tolhida,
de degrau em degrau, numa ilusão
que mais que tudo queres ver solvida.

55 Dizes contigo: 'Entendo o que ouço, então;
mas não porque haja Deus determinado
por este modo a nossa redenção.'

58 Semelhante decreto está vedado
a todos que não têm o olhar da mente
pela flama do amor iluminado.

61 E a quem vacila do mistério à frente
direi que o modo usado foi também
de todos o mais digno e conveniente.

64 A divina bondade, que mantém
longe de si a inveja, a irradiação
de seu fulgor estende ao mundo além.

67 O que ela faz, diretamente, então,
resulta eterno, e nunca se dilui
de seu sinete a nítida impressão.

46. Tal ato efeito vários produziu: tão singular e extraordinário foi o sacrifício do Salvador que produziu efeitos os mais diversos e contraditórios. Ele aprouve a Deus, pois que a miraculosa Redenção satisfez à superior justiça, mas aprouve também aos Judeus, que exerceram os seus sentimentos de ira, inveja e vingança; fez a terra tremer ante o impacto da morte do filho de Deus, e fez, ao mesmo tempo, abrir-se o céu para acolher a Humanidade redimida.
50. Dizer-se que a vingança merecida: e por isto hás de compreender agora (Beatriz fala a Dante) a afirmação de Justiniano de que Roma (o justo tribunal), se vingou, com a destruição de Jerusalém por Tito, da vingança (o sacrifício de Cristo) tomada ao mal antigo (o pecado de Adão e Eva). A frase de Justiniano, que ocasionou a perplexidade do poeta, consta dos versos 92 e 93 do Canto VI.
57. Por este modo a nossa redenção: satisfeito, embora, quanto à sua primeira dúvida (versos 19 a 21), o poeta ainda não percebia claramente a razão de haver sido necessário, para a redenção da Humanidade, o sacrifício de Jesus. Beatriz se apressa, então, em lhe esclarecer esse ponto.

70 O que, diretamente, dela flui
    é livre, porque à força não subjaz
    que uma segunda natureza intui.

73 Mais se lhe iguala, tanto mais lhe apraz;
    de cada coisa a luz, que se irradia,
    na que lhe está mais perto é mais vivaz.

76 De dons tamanhos se beneficia
    o ser humano, mas se um lhe falece
    de imediato decai na hierarquia.

79 Em razão do pecado se entorpece
    e se vê distanciar de seu Fautor,
    cuja luz aos seus olhos se obscurece.

82 Por retornar à graça anterior
    deverá o vazio ocasionado
    pelo erro seu preencher co' a própria dor.

85 Quando, pois, com Adão, foi ao pecado
    o humano ser de sua dignidade,
    tal como do Éden, viu-se despojado.

88 E a ela não volveria, na verdade
    — se ponderas o caso com sapiência —
    senão nos termos desta dualidade:

91 ou que Deus o isentasse, por clemência,
    ou que ele, por si mesmo, penitente,
    reparo desse à atroz desobediência.

94 Segue a minha palavra atentamente
    que os arcanos da suma volição
    descerrados verás à tua frente.

---

72. Que uma segunda natureza intui: o que, na obra da Criação, foi feito por Deus, diretamente, e sem qualquer intermediação, resulta tanto eterno quanto livre (e este foi o caso do homem, criatura racional, como se verá a seguir). O mesmo não ocorre, todavia, com o que na Criação se produziu, indiretamente, como efeito ou projeção de coisas já criadas e providas da virtude de gerar situações e consequências de natureza temporária ou condicionada.

76. De dons tamanhos se beneficia: ao homem, criatura racional, foram, pois, atribuídas a eternidade (versos 67 a 69), a liberdade (versos 70 a 72) e a própria semelhança com Deus (verso 73) — razões mesmas de sua hierarquia. Mas, desmerecendo de algum desses atributos, o homem decairá necessariamente, como no caso da falta de Adão e Eva.

88. E a ela não volveria, na verdade: o homem não poderia readquirir a dignidade perdida com a desobediência primeira senão num dos seguintes termos: ou pelo simples perdão de Deus; ou dando, ele próprio, pelo seu sacrifício e penitência, e de maneira adequada, a satisfação de seu erro.

PARAÍSO

97 Em sua natural limitação
    era ao homem defeso o reparar,
    não podendo remir-se, à humilhação,

100 quem julgou pela culpa se elevar.
    E por aí se vê que não devia
    por si a humanidade se salvar.

103 Somente ao Céu sereno é que cabia
    restaurá-la na primitiva vida,
    para tal escolhendo a idônea via.

106 E, pois, que pelo autor é preferida
    a obra que da esperança mais comparte
    do coração no qual foi concebida,

109 o sumo Bem, que luz em toda a parte,
    achou, por nos remir, de usar inteira
    a força inesgotável de sua arte.

112 Do primo dia à noite derradeira
    jamais ato maior foi praticado,
    similarmente, de uma ou outra maneira.

115 Demonstrou-se o Criador mais abnegado
    dando-se em prol de nossa salvação
    do que se nos tivesse só perdoado.

118 Para a eficácia de tal remissão
    era mister que o Filho à humanidade
    baixar fizesse, pela Encarnação.

121 A melhor aplacar tua vontade
    algo já dito relembrar desejo,
    por que o vejas, como eu, à saciedade.

105. Para tal escolhendo a idônea via: e como o homem não podia, por si mesmo, oferecer reparação satisfatória do pecado original, sua salvação ficou tão-somente nas mãos de Deus, que podia, para isso, escolher uma das duas vias referidas (versos 91 a 93), isto é, ou perdoá-lo, simplesmente, ou habilitá-lo a oferecer a reparação que ainda não estava ao seu alcance, ou ainda (quem sabe?) usar de ambas as vias ao mesmo tempo.
114. Similarmente, de uma ou outra maneira: desde o dia da Criação até a última noite (segundo alguns comentadores, o Juízo Final) não se terá visto nada tão extraordinário como o procedimento adotado para a redenção dos homens, quer se considere a redenção pela misericórdia (a primeira maneira), quer se considere a redenção pela justiça (a segunda maneira). É que, para satisfazer à necessidade de justiça, a bondade divina, combinando as duas vias, ofereceu-se a si mesma como instrumento e penhor da reparação.
122. Algo já dito relembrar desejo: Beatriz retoma ao tema pouco antes referido (versos 67 a 75), e a que já aludira na passagem pelo primeiro céu (Canto II, versos 112 a 123, e 136 a 141), relativamente à distinção necessária entre a criação feita diretamente por Deus (os céus, as estrelas, os anjos, o homem) e a criação feita indiretamente, isto é, através da força informativa derivada dos céus e das estrelas.

124 Tu pensas: 'Vejo a água, o fogo vejo,
a terra, o ar, seus fluidos e misturas,
juntos se corrompendo, a breve ensejo;

127 mas se tais coisas foram criadas puras,
se o que disseste é certo e verdadeiro,
deviam contra o mal estar seguras.'

130 Os anjos, meu irmão, e o céu fagueiro
em que te encontras, foram conformados
de início, como os vês, no ser inteiro.

133 Porém os elementos apontados
e as coisas que dos mesmos se produzem
são desta criada essência derivados.

136 Criada a matéria foi de que se induzem,
e criada a sua força informativa
nos astros que ao redor deles reluzem.

139 A alma do bruto, a alma da planta viva
nascem da complexão potenciada,
que, só ela, das mãos de Deus deriva.

142 A nossa alma, entretanto, é suscitada
pelo divino Amor diretamente,
do qual ela se queda enamorada.

145 Podes disso inferir seguramente
a nossa corporal ressurreição,
se lembras como a vida, inicialmente,

148 foi dada ao par primeiro, na Criação".

133. *Porém os elementos apontados*: a água, o fogo, a terra, e o ar, a que o poeta acabara (mentalmente) de aludir (versos 124 e 125), não constituíam criação direta de Deus, mas derivada, tal como num segundo tempo ou movimento, da essência ou substância dos céus e das estrelas: e daí a sua natureza perecível.
140. *Nascem da complexão potenciada*: a complexão potenciada é a causa substancial criada, diretamente, e sem intermediação, por Deus (os céus, as estrelas), e dela é que provêm a alma sensitiva dos animais e a alma vegetativa das plantas, diversas, assim, da alma humana, por Deus diretamente criada.
146. *A nossa corporal ressurreição*: pois que é eterno o que foi criado, diretamente, por Deus (versos 67 a 69), este argumento leva naturalmente ao princípio da ressurreição dos mortos.

CANTO VIII

Dante e Beatriz ascendem ao terceiro céu, ou céu de Vênus, onde avistam as almas dos que, sensíveis ao amor físico, lograram obter, contudo, a salvação. Revela-se ao poeta o espírito de seu contemporâneo e amigo Carlos Martel, que lhe fala sobre a não hereditariedade do caráter das pessoas e sobre o eventual desrespeito, pelos homens, de suas naturais inclinações.

1   Acreditava o mundo em confusão
    vir da bela Cipriota o amor ligeiro,
    do terceiro epiciclo à rotação.

4   E não apenas a ela, lisonjeiro,
    rendia culto e sacrifício infido,
    nas trevas do erro antigo e costumeiro,

7   mas a seu filho e à mãe, Dione e Cupido,
    o qual — dizia — fora suavemente
    uma vez embalado às mãos de Dido.

10 Assim como eu, pondo-a do canto à frente,
    dela tirou o nome desta estrela
    que, acima e abaixo, segue o sol luzente.

13 Não me dei conta da ascensão a ela;
    mas senti que em sua aura me envolvia
    ao ver Beatriz tornar-se inda mais bela.

16 E tal na chama a chispa se anuncia,
    e num coro gentil de vozes ternas
    se distingue a que é firme e a que varia,

---

1. Acreditava o mundo em confusão: imerso na confusão do paganismo, o mundo antigo rendia especial culto a Vênus (dita a bela Cipriota porque supostamente originária de Chipre), acreditando ser ela a inspiradora do amor carnal (o amor ligeiro), em seu epiciclo no terceiro céu.
4. E não apenas a ela, lisonjeiro: tão grande era o fervor do mundo pagão por Vênus que sua reverência se estendia também a sua mãe, Dione, e a seu filho, Cupido; e a este costumava figurar embalado nos braços de Dido, a quem despertou o amor por Eneias.
10. Assim como eu, pondo-a do canto à frente: e do mesmo modo como agora procedo, pondo Vênus ao início deste Canto, o mundo antigo se serviu dela para dar nome a esta estrela (a estrela Vênus, no terceiro céu), que se vê a escoltar o sol tanto quanto ele nasce (acima) como quando se põe (abaixo).
13. Não me dei conta da ascensão a ela: o poeta não se apercebera, então, de que estava ascendendo a Vênus, mas certificou-se de que já se encontrava lá por ver tornar-se mais radiosa a beleza de Beatriz.

19 eu vi na luz ambiente outras luzernas
    fulgindo com velozes movimentos,
    segundo as próprias impulsões internas.

22 Jamais de fria nuvem vieram ventos,
    ou visíveis, ou não, por mais ligeiros,
    que não tivessem parecido lentos

25 a quem houvesse visto estes luzeiros
    do curso se desviando iniciado
    co' os Serafins nos cimos derradeiros.

28 E dentre o grupo, apenas foi chegado,
    um tão suave Hosana ouvi cantar
    que aspiro inda escutar de novo entoado.

31 Um deles se adiantou, por me falar:
    "Estamos prontos, pois que em Deus tu creste,
    a com nossa alegria te alegrar.

34 Aqui giramos, no âmbito celeste,
    seguindo aqueles Príncipes fulgentes
    a que no mundo um dia tu disseste:

37 ó vós que o terço céu moveis sapientes!
    E porque tenhas mor satisfação,
    o voo suspenderemos, entrementes."

40 Depois de os olhos meus erguer, então,
    à minha dama, e haver dos seus colhido
    a serena e bondosa aprovação,

19. Eu vi na luz ambiente outras luzernas: como chispas que se desprendessem de uma labareda, o poeta viu algo a circular na luz ambiente, girando em contínuo e próprio movimento. Tais luzes móveis (as luzernas) eram os espíritos que se demonstravam na estrela Vênus, as almas dos beatificados que, na terra, haviam sido especialmente sensíveis à paixão do amor.
27. Co' os Serafins nos cimos derradeiros: os Serafins são os Anjos de mais alta hierarquia, sediados no Empíreo, ou Primo Mobile (nono e último céu). Quer dizer que aquelas almas, que relanceavam como chispas numa fogueira, haviam começado no Empíreo o giro que as levava até ao terceiro céu. E deixaram, por instantes, o seu natural trajeto para se aproximarem do homem vivo que ali se apresentava.
31. Um deles se adiantou, por me falar: a alma que se destacou do grupo para falar ao poeta era (como se verá a seguir) Carlos Martel, filho do rei de Nápoles e Sicília Carlos II d'Anjou, e ele próprio rei da Hungria. Martel, falecido ainda jovem, havia sido contemporâneo e amigo de Dante, que provavelmente o tinha visitado, mais de uma vez, em Florença e Nápoles.
35. Seguindo aqueles Príncipes fulgentes: na concepção dantesca, os nove céus obedeciam, cada um, a um princípio motor diferente, representado pelos Anjos. Já vimos que o nono céu (ou Primo Mobile) era presidido pelos Serafins (verso 27). O terceiro céu, ou céu de Vênus, o era pelos Príncipes (outra categoria na ordem angélica).
37. Ó vós que o terço céu moveis sapientes: o próprio poeta já se referira antes a estes anjos, Príncipes, na primeira canção do Convivio: *voi che intendendo il terzo ciel movete...* Vê-se, pois, que aquela alma (Carlos Martel) reconhecera imediatamente o poeta, e, relembrando um de seus versos, de certo modo o homenageava.

43 para a luz me volvi, que eu tinha ouvido,
e "Quem és tu?", por fim lhe perguntei,
em tom a um tempo grato e comovido.

46 Mais avultar-se o brilho seu notei,
como se lhe somasse outra alegria
à alegria anterior, quando falei!

49 "Na terra", disse, "curta eu tive a via,
mas se mais tempo houvesse lá ficado
muito mal haverá que não seria.

52 O próprio bem torna-me aqui mudado,
e ao meu redor fulgindo, pois, me esconde
como o bicho-da-seda encasulado.

55 Tu me estimaste, e sei porque e aonde;
e se inda vivo eu fora, te mostrara
do meu afeto mais que a simples fronde.

58 A terra que do Ródano se ampara,
mal as águas do Sorga nele escoam,
como seu dono, em tempo, me saudara;

61 e assim a orla da Ausônia, que povoam
Gaeta, Catona e Bari, juntamente,
lá onde o Tronto e o Verde às ondas voam.

64 Eu já trazia o cetro reluzente
do território que o Danúbio rega,
quando se parte da tedesca gente;

---

49. Na terra, disse, curta eu tive a via: Carlos Martel viveu apenas vinte e quatro anos (1271-1295); e começou dizendo que, se mais tempo houvesse vivido, as desgraças que estavam prestes a se verificar (na Itália, naturalmente) decerto não se verificariam. O ano era o de 1300, e Martel aludia, talvez, profeticamente, aos tristes acontecimentos de que Florença iria ser palco (1301 a 1303), causa dos infortúnios de Dante e de seu exílio.
55. Tu me estimaste, e sei porque e aonde: o próprio Martel invoca a amizade que o ligara ao poeta. E afirma que, se estivesse vivo, ter-lhe-ia demonstrado, de seu afeto, mais do que a simples fronde, quer dizer, também os frutos, no sentido, provavelmente, de que teria estendido a Dante o valor e o prestígio de sua proteção.
58. A terra que do Ródano se ampara: a terra é a Provença, domínio hereditário dos d'Anjou, e a cuja senhoria deveria ele Martel — se estivesse vivo — ascender, em momento oportuno, sucedendo a seu pai Carlos II.
61. E assim a orla da Ausônia: pela orla da Ausônia, onde se estendiam os burgos de Gaeta, Catona e Bari, se designa o reino de Nápoles, então regido pelo mesmo Carlos II, de que Martel era herdeiro. Assim, tal como a Provença, Nápoles o esperava como seu rei, oportunamente.
65. Do território que o Danúbio rega: indica-se a Hungria, cujas lindes se situavam no ponto em que o Danúbio deixava a Alemanha. Carlos Martel ascendera ao trono daquele país, em 1290, com a morte de Ladislau IV.

"A terra que do Ródano se ampara,
mal as águas do Sorga nele escoam,
como seu dono, em tempo, me saudara."

(Par., VIII, 58/60)

PARAÍSO

67 ao passo que a Trinácria, que fumega
do Pachino ao Peloro, recobrindo
o golfo que Euro assola à fúria cega,

70 não por Tifeu, mas por seu fogo infindo,
inda o seu rei aguardaria agora,
por mim, de Carlos e Rodolfo vindo,

73 se o governo que aflige e que apavora
o povo escravizado não levasse
Palermo ao grito irado: "Fora, fora!"

76 Se meu irmão tais fatos ponderasse,
se esquivara à avareza catalã,
por que ela a terra mais não lhe agravasse;

79 e assim devera, com dobrado afã,
atender ao mister de a sua barca
não entulhar de carga tão malsã.

82 Pois que de um nobre pai houve a alma parca,
ajudar-se de gentes lhe impendia
que não cuidassem só de encher sua arca."

85 "Bem podes ver a plácida alegria
que tua voz me infunde nestes céus,
onde termina o bem, e se inicia;

88 e pois que ela se mostra aos olhos teus
recresce em mim, como um regalo raro
da direta visão que tens de Deus.

67. Ao passo que a Trinácria, que fumega: a Trinácria é a Sicília, que fumega pelas erupções do Etna desde o cabo Pachino ao cabo Peloro, recobrindo de fumo o tempestuoso e inóspito golfo de Catânia. Segundo a fábula, o gigante Tifeu fora sepultado nas crateras do Etna. Por esta forma, diz Martel que a Sicília, ocasionalmente sob o domínio espanhol, inda estaria a aguardar seus legítimos reis, vindos, através dele, de Carlos d'Anjou, seu pai, e de Rodolfo de Absburgo, seu sogro.
75. Palermo ao grito irado: "Fora, fora!": alusão às Vésperas sicilianas, ocorridas em 1282, quando, cansado das violências e maus-tratos a que o submetiam os delegados franceses dos d'Anjou, o povo se amotinou e em sangrenta fúria expulsou da ilha os seus opressores.
76. Se meu irmão tais fatos ponderasse: o irmão a que se refere Carlos Martel era Roberto d'Anjou, que, tendo estado, por longo tempo, na Catalunha, se fez acompanhar em seu regresso a Nápoles por vários amigos e agregados catalães, os quais comprometeram seriamente o governo de seu pai, Carlos II, e, depois (iria ascender ao trono em 1309), o seu próprio governo.
82. Pois que de um nobre pai houve a alma parca: provindo de Carlos II, que, apesar de seus erros, era generoso e até pródigo, Roberto foi dotado de caráter mesquinho e avaro, pelo que deveria ter tido o cuidado de cercar-se de ministros e ajudantes que lhe pudessem contrabalançar os defeitos.

91 Feliz, embora, inda não vejo claro
como da rama inflada em doce mosto
possa vir, qual disseste, um fruto amaro."

94 — Falei-lhe; e respondeu-me: "Estou disposto,
se puder, a mostrar-te o que não creste,
desde que volvas ao que digo o rosto.

97 O bem que anima o reino a que ascendeste
a própria providência estende, então,
aos astros todos no dossel celeste.

100 E não se adstringe só à ordenação
das esferas a mente alta e dileta,
mas lhes provê à eterna duração.

103 Tudo o que de seu arco se projeta
célere vai a um fim previsto e certo,
como a flecha expedida para a meta.

106 Se assim não fosse, o céu que vês aberto,
em vez desta ordem, a todos os respeitos,
criara apenas destroços, inexperto.

109 Mas tal só se daria se os efeitos
que o todo movem fossem claudicantes,
e falho Aquele que os não fez perfeitos.

112 Buscarias razões mais relevantes?"
"Não", respondi-lhe, "e acho que é impossível
ver na Criação fraquezas semelhantes".

115 "Não seria", seguiu, "algo de horrível
inexistir a humana sociedade?"
"O que afirmas", tornei-lhe, "é mui plausível".

118 "E não convém a tal a variedade
dos ofícios, em justa proporção,
como o diz de teu mestre a autoridade?"

91. Feliz, embora, inda não vejo claro: apesar de sua alegria por ouvir Martel, Dante cismava sobre sua afirmação (verso 82) de que de um tronco generoso e liberal, como Carlos II, pudesse provir um fruto mesquinho e amargo, como Roberto. E manifestou sua dúvida ao interlocutor.
120. Como o diz de teu mestre a autoridade: teu mestre, Aristóteles; Martel estava, pois, a par do culto de Dante pelo Estagirita. E, com efeito, Aristóteles, na Ética, postula a doutrina da sociedade civil fundada na distribuição da atividade dos indivíduos, segundo os talentos e as inclinações de cada um.

121 Ia de dedução em dedução:
"Eis o princípio, se te fixas nele,
de que decorre a vária inclinação.

124 Este Sólon se faz, Xerxes aquele,
outro Melquisedé, e, finalmente,
outro que à morte, em voo, ao filho impele.

127 Assim vai pondo o selo, indiferente,
ao barro humano a natureza astral,
sem distinguir a quem chancela à frente.

130 A Jacó Esaú não foi igual,
e de origem tão vil era o Quirino,
que lhe deram em Marte um pai ideal.

133 Decerto o ser gerado o seu destino
haveria ao paterno semelhante,
se não prevalecesse o dom divino.

136 O que não vias já te está diante:
mas inda um corolário é manifesto
que a compreendê-lo ajudará bastante.

139 Quando ao ser se apresenta algo funesto
às próprias condições, como a semente,
fora do clima seu, se estiola presto.

142 Se volvessem os homens mais a mente
ao que Natura está a lhes mostrar,
seguindo-a, tudo fora diferente.

145 Mas conduzem, às vezes, ao altar
o que nasceu para cingir a espada,
e ao trono o que nasceu para pregar

148 — e, confusos, se perdem pela estrada".

---

124. Este Sólon se faz, Xerxes aquele: e por essa natural variedade de talentos e inclinações, havidos não por hereditariedade mas por um dom divino, é que acontece surgir um sábio legislador, como Sólon, um notável soldado, como Xerxes, um perfeito sacerdote, como Melquisedé, e ainda um insigne inventor, como Dédalo, que idealizou asas para o homem, embora com isso tivesse ocasionado a morte de seu filho Ícaro, que as utilizava.
131. E de origem tão vil era o Quirino: Rômulo Quirino, primeiro rei de Roma, que, nascido de um pai desconhecido, viu seu povo atribuir-lhe a origem ao deus Marte.
136. O que não vias já te está diante: aquilo que não compreendias (que de uma natureza generosa pudesse provir uma natureza mesquinha; versos 82 e 91 a 93), já podes ver agora, com estas explicações, suficientemente claro.

CANTO IX

Ainda no céu de Vênus, depois de seu encontro com Carlos Martel, Dante ouve Cunizza de Romano, que lhe faz amargas previsões sobre a Marca Trevisana, bem como o trovador Folco de Marselha, que se identifica, e lhe aponta, ali, a alma de Raab, a prostituta de Jericó, que se redimiu abrigando e protegendo os emissários de Josué.

1   Depois de assim me instruir, bela Clemência,
       falou-me Carlos sobre os desenganos
       reservados à sua descendência:

4   "Cala-te", disse, "e espera o vir dos anos."
       Só posso anunciar-te neste instante
       a justa punição de tantos danos.

7   E, pois, aquele lume fulgurante
       rumo ao Sol se afastou, alto e esplendente,
       que a todo o bem ali era bastante.

10   Ó vãos, fúteis mortais que loucamente
       os corações torceis à glória eterna
       só por volverdes à vaidade a mente!

13   Chegou-se a mim, então, outra luzerna,
       demonstrando a sua íntima alegria
       à mor irradiação da luz externa.

16   A Beatriz me volvi, que me sorria,
       e em seus olhos colhi o assentimento
       que tão ansiosamente eu lhe pedia.

---

1. Depois de assim me instruir, bela Clemência: Clemência, uma princesa da família de Carlos Martel, o mesmo que acabara de esclarecer as dúvidas de Dante sobre a hereditariedade do caráter (Canto precedente, versos 94 a 148). Invocando, pois, Clemência, o poeta lhe comunica que Martelo pusera a par dos castigos reservados aos seus descendentes; mas lhe pedira segredo, e assim ele os não podia revelar.
7. E, pois, aquele lume fulgurante: a alma de Carlos Martel, que após falar a Dante (como referido no Canto VIII) se afastara dali, de regresso naturalmente ao Empíreo, onde desfrutava da direta visão de Deus (rumo ao Sol).
13. Chegou-se a mim, então, outra luzerna: a outra luzerna, que se aproximou do poeta, quando Martel se afastou, era a alma de Cunizza de Romano, originária da Marca Trevisana, e referida nominalmente no verso 32. Recorde-se que as almas, no Paraíso, demonstravam a sua alegria e contentamento pela mais vívida cintilação da luz em que se envolviam.

PARAÍSO

19   "Alma feliz, que pões em mim o intento,
     faze-me, enfim", eu disse, "convencido
     de que me podes ler no pensamento!"

22   E o lume, inda por mim não conhecido,
     o canto suspendendo que cantava,
     atendeu desta forma ao meu pedido:

25   "Na itálica região, agreste e brava,
     que se distende entre a ilha do Rialto
     e os dois caudais do Brenta e do Piava,

28   um monte se destaca, não muito alto,
     de onde desceu a tocha que o país
     incendiou, em sanguinário assalto.

31   Nascemos ambos de uma só raiz:
     Sou Cunizza, e se aqui me vês brilhar
     é que a luz desta estrela em vida eu quis.

34   A sorte que me alçou a este lugar
     já não me envolve em sua sombra amara,
     coisa, entre os vivos, certo de estranhar.

37   A alma que vês nesta fulgência rara,
     vindo ao meu lado, como joia iriada,
     deixou na terra fama tão preclara,

40   que há-de ser pelos séculos lembrada:
     assim, todo grande homem sai da vida
     por noutra vida entrar mais dilatada.

---

22. E o lume, inda por mim não conhecido: a alma de Cunizza de Romano, que ainda não se identificara ante o poeta, nem lhe fora por outrem indicada.
25. Na itálica região, agreste e brava: quer dizer, na Marca Trevisana, a província em que se localizavam, entre outras cidades, Veneza, Treviso e Pádua, e que se estendia desde o litoral (Veneza, aqui indicada como a ilha do Rialto) até os rios Brenta e Piave.
28. Um monte se destaca, não muito alto: alude-se à colina de Romano, na Marca Trevisana, onde se localizava o Castelo dos Ezzelinos, senhores da região. A tocha que dali descera era Ezzelino de Romano, que se tornou famoso pela crueldade com que submeteu os habitantes dos arredores e governou Pádua. Dante, aliás, já o encontrara no Inferno, no sítio reservado aos tiranos sanguinários (Inferno, Canto XII, versos 109 e 110).
31. Nascemos ambos de uma só raiz: Cunizza se identifica, então, como a irmã do tirano Ezzelino, e diz que ascendeu ao céu de Vênus porque, na terra, fora extremamente sensível aos influxos daquela estrela. E, de fato, ela se notabilizara pela vida desregrada, de que se arrependeu mais tarde.
34. A sorte que me alçou a este lugar: entretanto, os atos pecaminosos, em razão dos quais, eu, finalmente redimida, vim ter ao céu de Vênus, já não me pesam mais (os beatificados perdiam no Letes a memória de seus erros), embora tal possa parecer estranho ao vulgar entendimento dos vivos.
37. A alma que vês nesta fulgência rara: Cunizza aponta a Dante uma alma vizinha, limitando-se a dizer dela que havia deixado na terra imensa fama. Ver-se-á, mais adiante, que era a alma do trovador Folco de Marselha, nominalmente referido no verso 94.

43   Não pensa de tal modo a turba infida
     que entre o Ádige se posta e o Tagliamento,
     sem se mostrar jamais arrependida.

46   Mas já diviso nítido o momento
     em que em Vicenza o sangue paduano
     tingirá o paúl, como escarmento;

49   e no confluir do Sile e do Cagnano
     vejo uma fronte se elevar mais alta
     por ser colhida ao golpe desumano.

52   Feltro pranteando vejo a negra falta
     de seu pastor, tão grave e deprimente
     que igual inda não foi punida em Malta.

55   Mister seria um vasto recipiente
     por recolher o sangue de Ferrara,
     vertido à falsa-fé, copiosamente,

58   em honra da facção ao padre cara:
     São horrores, no entanto, apropriados
     à cupidez daquela terra ignara.

61   Anjos há nestes céus, Tronos chamados,
     que refletem de Deus o julgamento,
     como o verás nos fatos consumados."

64   Calou-se, procedendo ao movimento
     por retornar ao coro iluminado
     de que saíra só por um momento.

---

44. Que entre o Ádige se posta e o Tagliamento: alusão, ainda, aos habitantes da parte sudoeste, delimitada por esses dois rios, da Marca Trevisana, e onde se erguiam as cidades de Pádua, Vicenza e Feltre.
47. Em que em Vicenza o sangue paduano: vaticínio da sangrenta derrota que, por volta de 1314, os Paduanos iriam sofrer na luta contra Cangrande della Scala, senhor de Verona.
50. Vejo uma fronte se elevar mais alta: predição da morte, em 1312, de Rizzardo de Camino, senhor de Treviso, vítima de uma emboscada.
52. Feltro pranteando vejo a negra falta: vaticínio da traição que iria ser cometida pelo bispo de Feltre, Alexandre Novelo, contra alguns foragidos políticos de Ferrara, a que ele concedera asilo. Dizia-se que o Bispo entregara os seus hóspedes aos Gibelinos ferrarenses, que os fizeram executar. E por crime tão nefando decerto ninguém havia ainda entrado em Malta, um presídio localizado perto do lago Bolsena e destinado à custódia dos condenados à prisão perpétua.
61. Anjos há nestes céus, Tronos chamados: os Anjos, chamados Tronos, estavam na realidade mais acima: são os Anjos que presidem ao movimento do sétimo céu, ou céu de Saturno, e desvendam aos beatificados os decretos de Deus.

PARAÍSO

67   E o lume, então, que lhe estivera ao lado,
a pouco e pouco mais resplandecia
como o rubi da luz solar tocado.

70   Ali pelo esplendor vê-se a alegria,
tal pelo riso aqui, e tal, no inferno,
pela sombra a tristeza que crucia.

73   "Deus tudo vê", eu disse, "sábio e eterno;
e já que estás a essa visão presente,
nada te escapa do querer superno!

76   Por que a tua voz que, docemente,
se une à dos Serafins que vão com três
asas mais três na veste reluzente,

79   minha ansiedade inda não satisfez?
Por mim, já te haveria respondido,
se lesse em ti, tal como em mim tu lês."

82   "O vale mor, que de água é mais provido",
destarte começou o seu discurso,
"afora o mar, que o mundo traz cingido,

85   tanto, entre margens várias, contra o curso
do sol se vai que alteia o meridiano
onde o horizonte antes se via incurso.

88   Nasci naquela praia, no altiplano
entre o Ebro e o Magra, de que o sulco à frente
o Genovês separa do Toscano.

---

67. E o lume, então, que lhe estivera ao lado: a alma que Cunizza indicara a Dante, mas sem a identificar (versos 37 a 42), isto é, a alma de Folco de Marselha.

70. Ali pelo esplendor vê-se a alegria: ali, quer dizer, no céu, a felicidade das almas se demonstra pelo incremento de seu brilho, tal como aqui, isto é, na terra, essa felicidade se traduz pelo sorriso; do mesmo modo como, e por processo análogo, os sofrimentos no Inferno se denunciam pela mor escuridão que envolve os proscritos.

79. Minha ansiedade inda não satisfez?: a nova alma (de Folco de Marselha) se mantivera silenciosa. O poeta toma, então, a iniciativa de falar-lhe, admirando-se de que ela, podendo fazê-lo, não tinha ainda satisfeito a sua curiosidade (o desejo de conhecê-la, naturalmente).

82. O vale mor, que de água é mais provido: alude-se ao Mediterrâneo, que, depois do Oceano, era a maior massa de água conhecida (o vale mor). Para lhe figurar a imensa extensão diz-se que se alguém avançasse por ele do Ocidente para o Oriente, ao chegar ao ponto em que antes tinha divisado a linha do horizonte, na realidade estaria se colocando sob o seu meridiano.

88. No altiplano entre o Ebro e o Magra: a alma (Folco) diz ter nascido na praia mediterrânea, a meia distância entre o Ebro (rio espanhol) e o Magra (o rio que separa as províncias de Gênova e Toscana). Com isto, e com a referência à posição frontal a Bugia, situada do lado oposto, na costa africana, se indica a cidade de Marselha, cujos habitantes haviam sido trucidados pelos Romanos, no tempo de César.

91   Sob uma mesma aurora e um mesmo poente
     estão Bugia e a terra em que nasci,
     a qual verteu no porto o sangue ardente.

94   Por todos fui chamado Folco ali;
     e ora me encontro neste céu tão belo
     porque na terra ao seu influxo ardi

97   mais do que a filha célebre de Belo,
     que a Síqueo e a Creusa mortos agravou,
     e até que se alvejasse o meu cabelo;

112 e mais que a Rodopiana a que enganou
     Demofoonte, e mais que Alcides quando
     de Iole com todo ardor se enamorou.

115 Aqui não nos afeta o mal nefando,
     que não nos volve à mente a culpa antiga;
     à luz de Deus nos vamos alegrando.

118 Aqui a arte se vê que engendra, amiga,
     estes efeitos, e se observa o bem
     que do alto os céus embaixo move e instiga.

121 Mas para que sacies, como convém,
     a ânsia de tudo ver deste planeta,
     a discretear eu seguirei além.

124 Queres saber quem é a luz dileta
     que suavemente junto a mim cintila,
     como o raio de sol sobre a água quieta.

94. Por todos fui chamado Folco ali: a alma se identifica, finalmente, como o trovador Folco de Marselha, que, quando jovem (até que se alvejasse o meu cabelo, verso 99), se entregara à vida mundana. Mais tarde fez-se padre e foi bispo de Tolosa. E, por tudo isto, lhe coubera ali o céu de Vênus.
97. Mais do que a filha célebre de Belo: entreguei-me aos ardores de Vênus com mais intensidade que a viúva Dido (a filha de Belo), que, apaixonando-se por Eneias, ofendeu a um só tempo a memória de seu primeiro marido, Síqueo, e de Creusa, a primeira mulher de Eneias.
100. E mais que a Rodopiana: e nisso ultrapassei também a Fílis, dita a Rodopiana porque nascera em Ródope, na Trácia, e que, traída por Demofoonte, se suicidou.
101. E mais que Alcides: e ultrapassei ainda a Hércules (Alcides), quando se apaixonou por Iole, abandonando sua esposa, Dejanira.
112. Queres saber quem é a luz dileta: Folco sabia que a curiosidade do poeta (verso 79) se estendia também ao lume que lhe brilhava ao lado, a alma de Raab, prostituta de Jericó, que abrigou e protegeu os emissários de Josué, contribuindo assim para a santa vitória por ele obtida.
118. A este céu onde acaba a sombra erguida: segundo a cosmogonia antiga, a terra, iluminada pelo sol, projetava uma sombra cônica no espaço, e o ápice de tal sombra se refletia, exatamente, no planeta Vênus.
123. Que se alcançou unindo palma a palma: que se conquistou através de orações, isto é, com as mãos juntas (unindo palma a palma).

PARAÍSO

127   Fulgura em meio dela a alma tranquila
de Raab, que conosco aqui reunida
entre todos mais alta se perfila.

130   A este céu onde acaba a sombra erguida
da terra ela chegou antes que outra alma,
pelo triunfo de Cristo conduzida.

133   Era bem justo, então, que como palma
aqui ficasse exposta da vitória
que se alcançou unindo palma a palma;

124   que ela artífice foi da suma glória
havida por Josué na Terra-Santa,
hoje banida da papal memória.

127   Tua cidade, amaldiçoada planta
do que volveu as costas ao Criador
e engendrou, pela inveja, angústia tanta,

130   não cessa de espalhar a horrível flor
que separa as ovelhas dos cordeiros
e em lobo transformou o seu pastor.

133   O Evangelho e os Doutores verdadeiros
cederam seu lugar às Decretais,
onde os ganhos se anotam costumeiros.

136   Querem-no assim o Papa e os grãos Cardeais;
e olvidam Nazaré, onde acenou
as asas Gabriel angelicais.

139   Porém o Vaticano, que se alteou
na antiga Roma feita cemitério
da milícia que a Pedro acompanhou,

142   há-de ao fim assistir deste adultério.

126. Hoje banida da papal memória: repita-se que a data suposta da viagem dantesca foi o ano de 1300. Era Papa, então, Bonifácio VIII, a que Dante não perdoava o seu infortúnio político e o seu banimento de Florença. A acusação, pois, de que o Papa já não curava da Terra-Santa é mais uma das farpas com que o poeta alveja, no poema, a Bonifácio VIII.
127. Tua cidade, amaldiçoada planta: Florença, que se estima criação do Demônio (o que volveu as costas ao Criador e levou os homens, no Éden, ao pecado original), continuava a cunhar e espalhar o florim de ouro (dito horrível flor porque em uma de suas faces se estampava o lírio), corrompendo os cidadãos e convertendo em lobo o seu pastor. O seu pastor, Bonifácio VIII, provavelmente.
134. Cederam seu lugar às Decretais: as Decretais, os códigos eclesiásticos, nos quais se instituíam os direitos do clero, inclusive quanto ao recolhimento dos dízimos e espórtulas.
142. Há-de ao fim assistir deste adultério: por adultério o poeta se refere aqui, possivelmente, à simonia, ou comércio pecaminoso das coisas sagradas, ou, em qualquer caso, à cobiça exagerada dos sacerdotes, então. Mas prevê o fim de tal adultério, talvez com a esperada vinda do Veltro (Inferno, Canto I, versos 102 a 111) ou do Quinhentos Dez e Cinco (Purgatório, Canto XXXIII, versos 43 a 45), ou, quem sabe, com a morte de Bonifácio VIII e o advento de um novo Papa.

CANTO X

Ascendendo ao quarto céu, ou céu do Sol, o poeta divisa as almas dos teólogos, envoltos em luz mais viva que a da própria estrela. Um dentre eles lhe dirige a palavra, identificando-se como Tomás de Aquino e mencionando, a seguir, cada um de seus onze companheiros ali.

1   Volvido ao Filho no sublime Amor
    que de um e de outro emana eternamente,
    fez o primeiro e essencial Valor

4   com ordem tal o que idealiza a mente
    ou pelo espaço imensurável gira,
    que enche de gozo a quem o observa e sente.

7   Levanta a vista, então, leitor, e mira
    juntamente comigo àquela parte
    onde um moto sobre o outro o impulso atira:

10 e deixa-te enlevar na esplêndida arte
    do Mestre que a sua obra preza e ama
    tanto que de si mesmo a faz comparte.

13 Vê como obliquamente se derrama
    o círculo dos astros, animado
    por socorrer o mundo que o reclama.

16 Se lhe não fosse o rumo assim traçado,
    a virtude dos céus se apoucaria
    e seu poder seria aqui frustrado;

---

1. Volvido ao Filho no sublime Amor: Deus, o Pai (o primeiro e essencial Valor), volvido ao Filho, através do Espírito Santo (O sublime Amor que de um e de outro emana eternamente), criou com tal perfeição as coisas visíveis e invisíveis que quem as observa não pode deixar de se sentir maravilhado. Designam-se, pois, as três pessoas da Santíssima Trindade, numa preparação à visão, no quarto céu, ou céu do Sol, das almas dos teólogos e mestres na ciência divina, que ali se demonstram.
8. Juntamente comigo àquela parte: aquela parte, no espaço, em que o círculo do Zodíaco se entrecruza com o círculo do Equador.
13. Vê como obliquamente se derrama: o círculo do Zodíaco incide obliquamente sobre o do Equador, o que determina a sucessão das estações e faz com que os planetas levem diversamente sua influência à terra (acreditava-se que o destino dos homens se determinava pelo Zodíaco, à hora do nascimento).
18. E seu poder seria aqui frustrado: e se não fosse, assim, oblíquo o curso dos planetas, os efeitos do céu se frustrariam na terra (aqui).

PARAÍSO

19   e se, por mais, ou menos, de tal via
     acaso se alongasse, o mundo exposto
     à confusão decerto quedaria.

22   E, pois, leitor, à tua banca posto,
     medita no que estou a demonstrar,
     por que prazer te cause e não desgosto.

25   Deixo ao teu apetite este manjar,
     que o meu cuidado já se volve à empresa
     que neste canto me propus cantar.

28   O grande animador da Natureza
     que os efeitos celestes irradia
     e mede o tempo pela flama acesa,

31   à parte que te disse já se unia,
     subindo pelo giro espiralado
     que o faz surgir mais cedo a cada dia.

34   Não percebi como a ele fui alçado,
     como não se percebe o pensamento
     antes de o ter a mente formulado.

37   Era Beatriz ali que num momento
     de um bem me alçava a um bem mais excelente,
     por força de insensível movimento.

40   Quanto brilhava vívido e luzente
     o que dentro do Sol vi cintilar,
     não pela cor, mas pela luz fulgente,

43   forças não tenho para o debuxar,
     inda co' a ajuda do uso, arte e mestria;
     mas pode-se decerto acreditar.

46   É natural que a humana fantasia
     se quede aquém de luz tão alta, então,
     que mais que a luz do Sol resplandecia.

---

28. O grande animador da Natureza: o Sol (veículo das influências celestes), que preside à divisão do tempo, ocasionando o dia e a noite, achava-se naquele momento exatamente na intersecção do Zodíaco com o Equador, referida nos versos 8 a 9 (à parte que te disse já se unia).
34. Não percebi como a ele fui alçado: o poeta verificou já se encontrar no quarto céu, ou céu do Sol, embora não se tivesse apercebido de sua ascensão a ele. Os movimentos de Beatriz, fazendo-o galgar as esferas, eram, de tão rápidos, imperceptíveis.
40. Quanto brilhava vívido e luzente: para que algo pudesse brilhar a ponto de se destacar na claridade do sol, deveria dispor de luz intensíssima. E mesmo tendo-a visto, o poeta não a podia descrever.

49   As almas vi a que na irradiação
     do quarto céu o Pai, diretamente,
     revelava a Trindade e a Encarnação.

52   "Rende graças a Deus onipotente",
     disse-me então Beatriz, "que ao esplendor
     deste lugar te ergueu bondosamente."

55   Jamais um coração com tal ardor
     de devoção e de agradecimento
     pulsou, por se render ao seu Criador,

58   como o meu, a este suave incitamento;
     e tanto o amor em mim para ele afluiu
     que a Beatriz eclipsou no esquecimento.

61   Mas não ficou magoada, e me sorriu;
     e ao volver de seus olhos cintilantes
     a minha alma outra vez se dividiu.

64   Os lumes nos rodeavam palpitantes,
     cantando em tom que o ouvido nos prendia
     mais do que à vista os raios deslumbrantes

67   — como a lua, que em meio à névoa fria
     se vê no espaço às vezes flutuar,
     circundada da flama que irradia.

70   No reino de que acabo de voltar
     existem joias rútilas e belas,
     que dali não se podem retirar.

73   O canto de que falo era uma delas.
     Para apreciá-las só diretamente,
     pois quem as viu não logra descrevê-las.

---

49. As almas vi a que na irradiação: o que brilhava tanto, destacando-se na própria luz solar, eram os espíritos dos teólogos, que ali obtinham a comprovação direta das verdades a cujo estudo se haviam devotado, especialmente quanto à Trindade e à Encarnação (vejam-se os versos 1 e 2).
63. A minha alma outra vez se dividiu: o poeta se absorvera tão profundamente na ideia de seu Criador, para louvá-lo e agradecer-lhe, que se olvidou de Beatriz; mas, a um sorriso desta, emergiu daquela contemplação, para observar de novo o que se passava em derredor (e atentar também em sua companheira).
64. Os lumes nos rodeavam palpitantes: os lumes, os espíritos dos teólogos, dispuseram-se, a cantar, numa roda em torno de Beatriz e do poeta, lembrando a este o halo que por vezes se constitui à volta da lua, quando o ar impregnado de vapores retém ou faz refletir os raios dela emanados.

PARAÍSO

76 E as almas a cantar na luz fulgente
    três vezes nos voltearam, congraçadas,
    como no polo os astros, lentamente,

79 de damas à feição, não desligadas
    do baile, e que se quedam, esperando
    ouvir de novo as notas moduladas.

82 Uma dentre elas começou, falando:
    "Visto que a graça em que o amor se aquece
    para, aquecido, crescer mais amando,

85 em ti tão benfazeja resplandece
    que te guiou ao cimo desta escada
    a que sempre retorna quem a desce,

88 quem te negara à sede a água esperada
    longe da própria essência quedaria
    como a torrente de ir ao mar privada.

91 Indagas de que flores se atavia
    a grinalda que alçamos luminosa
    em torno à dama que te traz e guia.

94 Um anho fui da grei santa e animosa
    que Domingos conduz a seu destino,
    por se nutrir no bem, se for cuidosa.

97 Este, à minha direita, fidedigno
    mestre me foi e quase irmão, Alberto,
    lá de Colônia, e eu sou Tomás de Aquino.

100 A conhecer os mais, segue de perto
    a descrição do meu falar preciso,
    desde o princípio ao fim deste concerto.

82. Uma dentre elas começou, falando: uma das almas dos teólogos, que se haviam postado à roda de Beatriz e Dante, dirigiu a palavra ao poeta. Era, como se verá a seguir, a alma de São Tomás de Aquino, nominalmente referido no verso 99.
88. Quem te negara à sede a água esperada: àquela altura era evidente o desejo (a sede) do poeta de saber que almas eram aquelas, especialmente a que lhe dirigira a palavra. São Tomás de Aquino se dispõe, então, a satisfazer-lhe a curiosidade.
94. Um anho fui da grei santa e animosa: fui uma ovelha do rebanho dominicano...
98. Alberto: Alberto Magno, insigne filósofo e teólogo, também dominicano (1193-1280), que viveu e lecionou em Colônia. Foi, sem dúvida, o principal mestre de Tomás de Aquino.
99. E eu sou Tomás de Aquino: grande doutor da Igreja, autor da Suma Teológica, da Suma contra os Gentios e dos Comentários à Filosofia de Aristóteles. Nascido em 1226, morreu em 1274, quando Dante contava nove anos de idade, mas só foi santificado depois da morte do poeta. O pensamento de Tomás de Aquino inspirou-o, em várias passagens da Divina Comédia.

103 A outra cintilação provém do riso
     de Graciano, que os foros conciliou,
     alcançando um lugar no Paraíso.

106 Vem depois Pedro, que rememorou
     aquela viúva humílima, indigente,
     que à Igreja as duas moedas ofertou.

109 O quinto lume, plácido e fulgente,
     tanto ao carnal amor cedeu que o mundo
     inda do fim lhe indaga, ansiosamente:

112 nele floriu engenho tão profundo,
     que a crer no que se atesta com firmeza,
     a ver como ele não se alçou segundo.

115 Perto fulgura, qual lanterna acesa,
     o que entre os vivos explicou melhor
     dos Anjos a criação e a natureza.

118 Brilha a seguir, naquela luz menor,
     o que da fé foi advogado outrora,
     e de Agostinho teve alto louvor.

121 Se me acompanhas pelo giro afora,
     de lume a lume, com olhar desperto,
     já viste sete, e vês o oitavo agora.

124 Porque o bem distinguiu, seguro e certo,
     fulge aquela alma que a ilusão falaz
     do mundo vão deixou a descoberto;

104. De Graciano, que os foros conciliou: Graciano de Chiuse, beneditino do século XII e jurisconsulto eminente. Empreendeu, em sua obra, a compatibilização das leis eclesiásticas com as leis civis.
106. Vem depois Pedro, que rememorou: Pedro Lombardo, teólogo e moralista. No prólogo de sua obra, invocou o exemplo de uma viúva cuja extrema pobreza não lhe impediu de oferecer tudo o que possuía – duas moedas ao serviço divino.
109. O quinto lume, plácido e fulgente: segundo os comentadores, a alma de Salomão. Apesar de sua imensa sabedoria, foi tão sensível ao amor carnal, como se vê do Cântico dos Cânticos, que persistiam muitas dúvidas quanto à sua salvação.
114. A ver como ele não se alçou segundo: a julgar pelo que diz a Bíblia, espelho da verdade (a crer no que se atesta com firmeza), não houve quem se igualasse a Salomão pela amplitude e profundidade de seu saber.
115. Perto fulgura, qual lanterna acesa: a sexta alma mencionada é de Dionísio Areopagita, cristão de Atenas, que se tornou famoso pelas suas obras sobre a essência e a natureza dos Anjos.
118. Brilha a seguir, naquela luz menor: Paulo Orósio, teólogo espanhol, que advogou com ardor os direitos da Igreja. Santo Agostinho reportou-se com frequência às suas obras, elogiando-as.
125. Fulge aquela alma que a ilusão falaz: Severino Boécio, autor da famosa obra De Consolatione Philosophiae, sobre a precariedade e a falácia das coisas mundanas. Dante revelou, mais de uma vez, sua especial predileção por esse livro.

PARAÍSO

127 o corpo de que foi banida jaz
     lá em Cieldauro, onde sofreu o dano
     do martírio que a trouxe à eterna paz.

130 Eis Isidoro a flamejar ufano,
     como Beda e Ricardo, de que o forte
     engenho se mostrou mais do que humano.

133 E o que resta, por fim, desta coorte,
     na ideia absorto da imortalidade
     proclamava tardia a própria morte:

136 é de Sigieri a intensa claridade,
     que na rua da Palha professando
     a inveja suportou pela verdade."

139 Como o relógio que ressoa quando
     a escolhida de Deus deixa o seu leito,
     ao seu esposo o canto dedicando,

142 e por um moto imprime ao outro o efeito,
     num "tin-tin" tão suave à matinada,
     que nos comove o coração no peito

145 — assim vi a coroa iluminada
     mover-se, e uma canção entoar tão terna
     que não se poderia ouvir cantada

148 senão ali, na beatitude eterna.

---

130. Eis Isidoro a flamejar ufano: Santo Isidoro, arcebispo de Sevilha, e autor de obras teológicas.
131. Como Beda e Ricardo: o Venerável Beda, da Inglaterra, comentador da Bíblia; e Ricardo de San Vittore, autor de obras místicas e contemplativas cuja sublimidade se dizia exceder à condição humana.
136. É de Sigieri a intensa claridade: a duodécima e última das almas ali reunidas, Sigieri de Brabante. Constava ter provocado a inveja de muitos, pelo brilho e a profundidade de suas lições na Universidade de Paris, à rua da Palha.
140. A escolhida de Deus deixa o seu leito: a Igreja, quando dedica a Deus (o esposo) as canções matinais. É referido aqui o relógio que soa ao romper da alva, a despertar os que dormem.
142. E por um moto imprime ao outro o efeito: o engenho, que aciona o relógio, transmite o seu movimento à campânula, fazendo-a ressoar.

CANTO XI

No quarto céu, ou céu do Sol, entre os teólogos, Tomás de Aquino continua a falar ao poeta. E, por melhor lhe esclarecer uma dúvida decorrente de suas palavras, refere os exemplos de São Francisco e de São Domingos e narra a história da vida do Santo de Assis.

1   Ó dos humanos pérfida ambição,
       como são enganosos os motivos
       que as asas te mantêm presas ao chão!

4   Este se vota aos códigos esquivos,
       aquele à medicina ou sacerdócio,
       e outro usa, por reinar, meios nocivos;

7   um rouba, ou abraça o público negócio,
       tal se vê na luxúria chafurdado,
       e qual dissipa a sua vida no ócio.

10   Mas eu, destas tristezas apartado,
       com Beatriz me elevava ao céu fagueiro,
       por ser ali de glórias cumulado.

13   Ao retornar, então, cada luzeiro
       ao posto seu no coro refulgente,
       fixou-se, como a flama no candeeiro.

16   E dentre o grupo o que primeiramente
       se dirigira a mim, recrudescendo
       em brilho, prosseguiu, serenamente:

19   "Pois que do raio celestial resplendo,
       por ele o teu oculto pensamento,
       no seu desabrochar, inteiro, apreendo.

---

13. Ao retornar, então, cada luzeiro: ao completar-se o giro da coroa luminosa em torno de Beatriz e do poeta, cada uma das almas dos doze teólogos voltou à sua primitiva posição, imobilizando-se.
16. E dentre o grupo o que primeiramente: a alma de São Tomás de Aquino, que, pouco antes, havia dirigido a palavra a Dante (Canto precedente, versos 83 a 138).

PARAÍSO

22 A dúvida te enleia em seu tormento;
    e voz devo empregar mais clara, além,
    porque se externe ao teu entendimento.

25 o que eu disse 'Por se nutrir no bem',
    e também disse, 'Não se alçou segundo',
    mostrar na sua essência ora convém.

28 A providência que governa o mundo
    pelo saber ao qual o ser criado
    se inclina antes que possa ver-lhe o fundo,

31 porque melhor se unisse ao seu amado
    aquela que ele, no final instante,
    desposou com seu sangue abençoado

34 — de si segura e nele mais confiante —
    dois príncipes enviou a seu favor,
    a defendê-la e conduzi-la avante.

37 Era um seráfico em cordura e amor;
    e o outro, pela visão, de um Querubim
    à terra trouxe o vívido esplendor.

40 De um só direi, pois de um dizendo, assim,
    de ambos se diz, qualquer seja o escolhido,
    que os dois porfiaram pelo mesmo fim.

---

22. A dúvida te enleva em seu tormento: as almas no Paraíso liam os pensamentos do poeta. Percebendo que algumas de suas palavras não haviam sido, por ele, bem assimiladas, Tomás se propõe a falar-lhe em linguagem mais acessível (*in sì aperta e in sì distesa lingua*).
25. O que eu disse — "Por se nutrir no bem": remissão à anterior afirmação de São Tomás — *U' ben s'impigua*, por se nutrir no bem (Canto X, verso 96), a propósito do rebanho dominicano. Tal afirmação ocasionara a dúvida do poeta, e lhe vai, então, explicada a seguir (vejam-se, adiante, os versos 118 a 139).
26. E também disse — "Não se alçou segundo": remissão à outra afirmação de São Tomás, causa, também, da dúvida do poeta, e constante do verso 114 do Canto X: a ver como ele não se alçou segundo (Salomão). Mas esta dúvida só lhe seria esclarecida mais adiante (veja-se o Canto XIII, versos 47 e 48, especialmente).
31. Porque melhor se unisse ao seu amado: ao seu amado, Jesus Cristo. Aquela que ele, etc.: A Igreja, desposada por Cristo com o seu sangue vertido na cruz. Diz-se, então, que a Providência, para melhor assegurar a união da Igreja a Cristo, tornando-a mais segura de si e nele mais confiante, cuidou de enviar-lhe dois príncipes, etc.
35. Dois príncipes enviou a seu favor: dois poderosos guardiões, que guiassem e defendessem a Igreja. Nomeiam-se os dois guardiões (príncipes): São Francisco de Assis e São Domingos, este fundador, da Ordem a que pertenceu Tomás de Aquino (que é quem fala neste momento).
37. Era um seráfico em cordura e amor: designa-se aqui a São Francisco de Assis, visto serem os Serafins, na ordem angélica, o símbolo da caridade e do amor.
38. E o outro, pela visão, de um Querubim: menciona-se a São Domingos; na hierarquia angélica, os Querubins simbolizam a luz da sabedoria.

DANTE ALIGHIERI

43 Entre o Tupino e o rio desabrido
    que desce a serra do eremita Ubaldo
    estende-se um pendor rude e florido,

46 o qual, à Porta Sol, frio e rescaldo
    leva a Perúgia, tendo à outra vertente,
    sob a triste opressão, Nocera e Gualdo.

49 No ponto em que ele amaina suavemente
    surgiu um sol vivíssimo a raiar,
    qual o que sobre o Ganges se alça, ardente.

52 Quem quiser este sítio designar
    não diga Assis, que pouco e mal diria,
    mas diga Oriente, por melhor falar.

55 Inda os primeiros passos empreendia,
    e seu valor já demonstrava à terra
    os sinais de inefável alegria.

58 Jovem, com o seu pai entrou em guerra
    por certa dama, a quem, tal como à morte,
    a gosto o seu portal ninguém descerra.

61 E ali mesmo, perante a santa corte,
    el coram patre, então a desposou,
    e dia a dia a amou de amor mais forte.

64 Quedara-se ela, desde que enviuvou,
    por bem mais de um milênio, desprezada,
    que ninguém, antes dele, a requestou.

43. Entre o Tupino e o rio desabrido: o Tupino (ou Topino) é um pequeno curso d'água, perto de Assis; o rio desabrido, precipitando-se encosta abaixo no monte Inzino, refúgio do eremita Santo Ubaldo, é o Chiascio. Entre estes dois rios, e desde a crista da serra, desenrola-se um pendor bastante longo e íngreme, ornado de intensa vegetação, e é ele que conduz a Perúgia, através da Porta Sol, os efeitos do verão e do inverno. Na vertente oposta, situavam-se os núcleos de Nocera e Gualdo, então dominados, com violência, por Perúgia.
49. No ponto em que ele amaina: e, ali, onde o rude pendor quebra sua aspereza (quer dizer, em Assis, precisamente), surgiu um sol esplêndido (quer dizer, Francisco).
54. Mas diga Oriente, por melhor falar: pois que ali raiou um sol (Francisco), mais apropriado seria designar-se o sítio por Oriente, e não por Assis, como antes.
58. Jovem, com o seu pai entrou em guerra: ainda jovem, entrou Francisco em conflito com seu pai, o comerciante Pietro Bernardone, por certa dama, pela pobreza. Francisco distribuía entre os necessitados tudo o que lhe vinha às mãos, alarmando o prudente Bernardone, que o considerou um perdulário.
60. A gosto o seu portal ninguém descerra: é com efeito muito raro que alguém acolha voluntariamente a pobreza.
61. E ali mesmo, perante a santa corte: ali mesmo, na cúria episcopal de Assis, e diante do sacerdote, Francisco renunciou a qualquer direito aos bens paternos, devotando-se totalmente à pobreza.
64. Quedara-se ela, desde que enviuvou: tendo ficado viúva, havia mais de onze séculos, de seu primeiro marido (Cristo), a Pobreza se quedava triste e desprezada; porque, antes de Francisco, ninguém mais a requestara.

PARAÍSO

67   Nem lhe valeu ter sido despertada
       na choça de Amiclato, à voz erguida
       que a terra fez tremer, apavorada;

70   nem ter sido tão firme e decidida,
       que onde Maria se abateu, chorando,
       ela se viu com Cristo à cruz subida.

72   Do meu discurso as névoas dissipando,
       sabe que de Francisco e da Pobreza
       é a doce história que te estou narrando.

76   Sua profunda união, a singeleza
       dos modos seus, nas almas, como um dardo,
       impulsos despertavam de pureza.

79   Descalçou-se, primeiro, o bom Bernardo,
       e foi correndo empós daquela paz,
       achando que o fazia a passo tardo.

82   Ó ignota riqueza, ó bem veraz!
       Juntaram-se Silvestre e Egídio, então,
       ao par que tanto à vista lhes apraz.

85   Assim partiu o mestre em comunhão
       com sua dama e aquele grupo eleito,
       a que prendia o humílimo cordão.

88   Sem nutrir qualquer sombra de despeito
       por ser de um Bernardone descendente,
       e estar dos fúteis à irrisão sujeito,

91   foi a Inocênio e expôs-lhe ardentemente
       os preceitos de sua penitência,
       aprovados por ele prontamente.

---

67. Nem lhe valeu ter sido despertada: e não se viu a Pobreza livre de tal abandono pelo fato de haver sido encontrada, na choça do pescador Amiclato, por Júlio César (a voz erguida que a terra fez tremer), que ali pernoitou em paz e segurança, quando empreendia a campanha de Durazzo.
72. Ela se viu com Cristo à cruz subida: nem à pobreza valeu, igualmente, o fato de ter acompanhado Cristo ao suplício da cruz, enquanto a própria Maria se quedava embaixo. Cristo foi alçado desnudo à cruz, na mesma pobreza em que nascera e vivera.
79. Descalçou-se, primeiro, o bom Bernardo: Bernardo de Quintavale, que foi o primeiro discípulo de São Francisco. Descalçou-se, numa demonstração de que fazia, como o seu mestre, o voto da pobreza. Seguiram-se-lhe, quase imediatamente, Silvestre e Egídio.
89. Por ser de um Bernardone descendente: Francisco não nutria nenhum ressentimento por provir de uma raiz plebéia, isto é, ser filho do comerciante Pietro Bernardone, nem tampouco por se ver exposto à irrisão dos que não apreendiam o alcance de seus propósitos.
91. Foi a Inocênio e expôs-lhe ardentemente: o Papa Inocêncio III, que conferiu aprovação ao regimento da Ordem franciscana, reconhecendo-a oficialmente.

94 Dos pobrezinhos recrescendo a afluência
    em torno àquela luz cujo esplendor
    melhor se vê nesta celeste essência,

97 foram de novo consagradas por
    Honório papa, a que se demonstraram,
    as intenções do humilde Fundador.

100 Depois os seus anseios o levaram
    a predicar perante o grão Sultão
    a fé em Cristo e nos que o acompanharam;

103 mas, achando revel à conversão
    aquele povo pérfido e obstinado,
    volveu à sua itálica missão.

106 E ali, no monte entre o Arno e o Tibre alçado,
    no corpo o estigma santo recebeu,
    que por dois anos trouxe inda estampado.

109 Quando Aquele que a todo o bem proveu
    o convocou ao reino sobranceiro,
    que por sua humildade mereceu,

112 a cada irmão, tal como a um bom herdeiro,
    confiou a dama, então, que lhe foi cara,
    exortando-os a dar-lhe o amor inteiro.

115 E ao desprender, exausto, a alma preclara,
    por retornar ao cimo iluminado,
    legou seu corpo nu à terra avara.

118 Pensa em quem poderia ser chamado
    para seguir levando ao rumo a barca
    de Pedro em meio ao mar convulsionado.

---

97. Foram de novo consagradas por Honório papa: pela segunda vez, e alguns anos depois, o Papa Honório III consagrou solenemente os objetivos da Ordem.
101. A predicar perante o grão Sultão: São Francisco trasladou-se, então, ao Egito (provavelmente em 1219), levado pelo desejo de propagar entre os infiéis, ali, a doutrina e a fé cristãs.
106. No monte entre o Arno e o Tibre alçado: alusão ao Monte Verna, onde se demonstraram no corpo de Francisco as chagas do martírio de Cristo, sinal de sua santidade. O santo exibiu as marcas sagradas até o instante de sua morte, ocorrida dois anos depois.

PARAÍSO

121   Sem dúvida que o nosso Patriarca;
e quem lhe acata a norma rigorosa
provê de dons preciosos a sua arca.

124   Mas sua grei, tornou-se cobiçosa
de outro alimento, e, assim, pelas estradas,
espalhou-se, confusa e descuidosa.

127   E quanto mais se alongam, extraviadas,
as ovelhas, no seu fatal engano,
mais ao redil retornam estropiadas.

130   Algumas temem, todavia, o dano,
e seguem seu pastor; mas na verdade
são tão poucas que as cobre escasso pano.

133   Se não faltei acaso à claridade,
e minha voz ouviste atentamente,
algo atendi de tua ansiedade,

136   e satisfiz, em parte, à tua mente:
vês porque mirra a planta, antes viçosa,
e a razão porque eu disse, exatamente

139   — por se nutrir no bem, se for cuidosa".

121. Sem dúvida que o nosso Patriarca: o Patriarca a que se referia Tomás de Aquino, como convocado a prosseguir na missão iniciada por São Francisco, era São Domingos, fundador da ordem dos Dominicanos. Um dos dois príncipes enviados para proteger e guiar a Igreja (verso 35).
136. E satisfiz, em parte, à tua mente: eram duas as dúvidas do poeta, como se esclarece nos versos 25 e 26. São Tomás solve-lhe, aqui, então, a primeira dúvida, relativamente à expressão que usara quanto à grei dominicana (por se nutrir no bem). A outra dúvida, quanto à sabedoria não igualada de Salomão (não se alçou segundo), ser-lhe-á explicada mais tarde (Canto XIII, versos 46 e 47 e 89 a 108).
137. Vês porque mirra a planta, antes viçosa: a planta é a Ordem dominicana, que havia entrado em decadência por se afastar das diretrizes de seu pastor (São Domingos).
138. E a razão porque eu disse, exatamente: e já podes compreender a razão da minha advertência a propósito do declínio da grei dominicana — por se nutrir no bem, se for cuidosa (Canto X, verso 96), causa de tua perplexidade.

"Tão logo a flama ínclita e luzente
acabou de o discurso proferir,
moveu-se a santa roda novamente."
(Par., XII, 1/3)

CANTO XII

Ainda no quarto céu, ou céu do Sol, uma segunda coroa luminosa de teólogos posta-se ao redor da outra. São Boaventura, que se achava nesta nova grinalda, dirige-se ao poeta e lhe narra, então, a vida e a obra de São Domingos — um dos dois sustentáculos da Igreja — tal como o fizera antes Tomás de Aquino relativamente a São Francisco de Assis.

1   Tão logo a flama ínclita e luzente
acabou de o discurso proferir,
moveu-se a santa roda novamente.

4   Mas não pôde o circuito concluir
antes que outra se alçasse, que a envolvia,
ao passo e à voz com ela a coincidir,

7   num canto que o das Musas excedia,
e o das Sereias, como a luz primeira
excede à luz que dela se desvia.

10   Tal sobre nuvem lúcida e ligeira
dois arcos se distendem, cor a cor,
se Juno faz seguir a mensageira,

13   juntando-se o de fora ao do interior,
como o eco à voz da Ninfa apaixonada
que se esvaiu, qual névoa ao sol, de amor,

---

1. *Tão logo a flama ínclita e luzente*: logo que o dominicano Tomás de Aquino (a flama ínclita e luzente) acabou de narrar a vida de São Francisco de Assis, como consta do Canto anterior (versos 55 a 117, especialmente), a luminosa coroa dos doze teólogos (a santa roda), que circundava a Beatriz e Dante, reiniciou o seu giro.
4. *Mas não pôde o circuito concluir*: mas antes que tivesse cumprido a primeira volta, surgiu ao redor dela outra coroa luminosa, cujo movimento e cuja voz correspondiam aos seus, exatamente. Ver-se-á, a seguir, que a nova grinalda era composta, também, como a primeira, de doze almas de teólogos.
9. *Excede à luz que dela se desvia*: é óbvio que o raio direto da luz (a luz primeira) é mais nítido e brilhante do que o raio produzido por sua reflexão.
11. *Dois arcos se distendem, cor a cor*: a disposição das duas coroas de teólogos, uma ao redor da outra, e coincidentes, nos seus fulgores e no seu canto, é comparada a dois arco-íris que se mostrassem sobre uma nuvem tênue e translúcida, o de fora repetindo, como em reflexo, as cores do de dentro. Segundo a fábula, no arco-íris se representava o véu de Íris, serva e mensageira de Juno.
14. *Como o eco à voz da Ninfa apaixonada*: um arco-íris imitava o outro (a propósito da coroa de almas que se juntara à anterior) como o eco reproduz a voz que lhe dá origem. A Ninfa apaixonada é, exatamente, Eco, que, ao morrer, por amor de Narciso, deixou sua voz ressoando nas vagas. Esvaiu-se, diz o poeta, como a névoa que se dissipa ao calor do sol.

16   e a gente aqui deixam cientificada
     da promessa, a Noé, do céu clemente
     de não fazer a terra reinundada

19   — assim a eterna rosa refulgente
     à dúplice grinalda nos cingia,
     uma à outra refletindo, exatamente.

22   E quando a doce e feérica alegria
     de seu descante e da fulguração
     — luz com luz a medir-se na porfia —

25   parou, como a uma só motivação,
     tal qual os olhos que ao prazer movidos
     se abrem ou fecham juntamente, então,

28   de um dos lumes por último surgidos
     veio uma voz, e como a estrela quando
     prende a agulha prendeu os meus sentidos

31   "A graça", disse, "em mim ora brilhando,
     a falar do outro mestre me conduz,
     que foi também excelso e venerando.

34   Decerto onde um cintila o outro reluz;
     e posto que porfiaram igualmente,
     uma só glória em ambos se deduz.

37   A milícia de Cristo, que arduamente
     se armara, ia da insígnia empós, escassa
     e tarda, em meio a dúvidas, temente,

---

16. E a gente aqui deixam cientificada: os arco-íris, no espaço, constituiriam um sinal a relembrar a todos a promessa feita por Deus a Noé de que não haveria na terra um segundo dilúvio.
28. De um dos lumes por último surgidos: um dos doze lumes (almas de teólogos) que compunham a segunda coroa falou ao poeta, cuja atenção se volveu, inteira, às suas palavras, tal a agulha imantada pelo polo. Era a alma de São Boaventura, franciscano, referido nominalmente no verso 127.
32. A falar do outro mestre me conduz: no Canto precedente, Tomás de Aquino, dominicano, aludira aos dois sustentáculos da Igreja periclitante São Francisco e São Domingos — detendo-se a relembrar, longamente, a vida do primeiro. E aqui Boaventura, franciscano, propõe-se a fazer, então, como em contra-partida, o panegírico do segundo, São Domingos.
35. E posto que porfiaram igualmente: e pois que ambos, São Francisco e São Domingos, lutaram pela mesma causa, a mesma é a sua glória. Boaventura usa de expressões equivalentes às de Tomás (Canto anterior, versos 40 a 42), para definir a contribuição dos dois Santos à Igreja.
37. A milícia de Cristo, que arduamente se armara: naqueles tempos obscuros atravessava a Igreja uma séria crise, dividida por divergências e cismas, e assim os seus adeptos escasseavam, cheios de dúvida e temor. A insígnia, a cruz de Cristo.

PARAÍSO

40 quando o Poder, que ao mundo inteiro abraça,
    quis socorrer a grei triste e ameaçada,
    não por ser digna dele, mas por graça;

43 e tal como se disse, à esposa amada
    enviou dois guias, co' a missão de unir
    de novo a gente esquiva e dispersada.

46 Na parte em que o Favônio sopra, a abrir,
    em seu começo, a nova floração
    que a Europa inteira iria recobrir,

49 não longe da estrondosa percussão
    das ondas nos rochedos, por detrás
    dos quais o sol esconde o seu clarão,

52 jazia Calaroga, em calma e paz,
    à proteção do escudo respeitado
    onde um leão se alteia e outro subjaz.

55 Nela nasceu o ardente enamorado
    da fé cristã, o sacrossanto atleta,
    bom para os seus e contra os maus irado.

58 Ao ser criada, foi-lhe a alma repleta
    de tamanhas virtudes que ele ainda
    no ventre maternal se fez profeta.

61 Mal foi a festa esponsalícia finda
    entre o menino e a fé, na água lustral,
    que a ambos predestinou à graça infinda,

---

43. E tal como se disse, à esposa amada: como disse Tomás de Aquino (Canto XI, versos 35 e 36), a Providência enviara dois príncipes, Francisco e Domingos, à Igreja periclitante, para sustentá-la e guiá-la.
46. Na parte em que o Favônio sopra, a abrir: o Favônio, ou Zéfiro, o vento primaveril, provindo do Ocidente. Designa-se, por esta forma, a parte ocidental da Europa, mais precisamente a Espanha, onde, em Calaroga, pequena cidade de Castela-a-Velha, nascera São Domingos.
54. Onde um leão se alteia e outro subjaz: referência ao brasão da Casa de Castela, onde se veem dois leões e dois castelos. De um lado, o leão se representa sobre o castelo; e do outro lado, inversamente, se representa sob o castelo.
57. Bom para os seus e contra os maus irado: ameno e compreensivo para com os fiéis, Domingos mostrava-se inflexível e rude para com os cismáticos e hereges.
60. No ventre maternal se fez profeta: dizia-se que sua mãe, pouco antes de nascer Domingos, sonhou que dava à luz um mastim, pintalgado de branco e negro (as cores futuras dos Dominicanos), e levando à boca um archote que iluminava o mundo.
61. Mal foi a festa esponsalícia finda: a cerimônia do batismo, que é um consórcio entre a alma e a fé, e pelo qual tanto uma quanto a outra se intitulam à glória eterna.

64　aquela que o assistia no ritual
　　viu, como em sonho, o fruto que floria
　　dele e dos seus, na messe celestial.

67　E porque fosse qual ela previa
　　a inspiração lhe veio de nomeá-lo
　　co' o possessivo a que se votaria.

70　Domingos foi chamado: e dele falo
　　como do lavrador que o próprio Cristo
　　em seu horto elegeu para ajudá-lo.

73　Foi servo e núncio autêntico de Cristo;
　　e o ardor primeiro em sua alma acordado
　　ao conselho o levou dado por Cristo.

76　Por vezes, em silêncio e prosternado
　　à terra o surpreendeu sua nutriz,
　　como a dizer: 'Para isto fui mandado!'

79　Bem de seu pai, que se chamou Feliz!
　　E bem de sua mãe, de fato Joana,
　　digna de tudo o que este nome diz!

82　Não pela glória vã, porque se afana,
　　empós do Ostiense e de Tadeu, a gente,
　　mas pelo bem que das alturas mana,

85　tornou-se um grão doutor rapidamente,
　　pondo-se a cultivar a santa vinha
　　que já mirrava ao trato negligente.

---

64. Aquela que o assistia no ritual: aquela que o levou à fonte do batismo, sua madrinha, e que, como num sonho, viu na testa do menino uma estrela, sinal da missão que a ele e a seus seguidores se predestinava.
69. Co' o possessivo a que se votaria: Dominicus, de que lhe veio o nome, é o possessivo latino de Dominus, Senhor, a quem o menino Domingos devotaria a sua vida.
75. Ao conselho o levou dado por Cristo: desde muito cedo manifestou-se em Domingos a inclinação para a pobreza, de acordo, aliás, com o primeiro conselho dado por Cristo aos seus discípulos. Observe-se que o poeta, neste terceto e no anterior, não dá outra rima a Cristo senão a própria repetição de seu nome.
79. Bem de seu pai, que se chamou Feliz: o pai de São Domingos chamou-se Felix, isto é, Feliz, e sua mãe chamou-se Joana, cujo correspondente hebraico significa preferida ou eleita de Deus.
83. Empós do Ostiense e de Tadeu: o Ostiense, o cardeal de Óstia, que comentou as Decretais, e Tadeu, um famoso médico e escritor florentino; ambos, em suas obras, exaltavam a conquista dos bens materiais e da glória mundana.

88 E à sede, cada vez menos vizinha
    dos pobres — não por sua culpa, eu sei,
    mas de quem, na curul, a descaminha —

91 não pediu para si a falsa lei
    de em seis dar dois ou três, nem posição,
    nem décimas, *quae sunt pauperum Dei*,

94 mas reclamou apenas permissão
    por lutar contra os maus pela semente
    de que estes lumes são a floração.

97 Ciência e vontade unindo estreitamente,
    sua santa missão iniciava,
    e, como um rio serra abaixo, à frente,

100 as infiéis raízes solapava,
    desdobrando-se em vagas impetuosas
    onde mor resistência se esboçava.

103 Manaram dele fontes numerosas
    de que o jardim católico se irriga
    por tornar suas glebas mais viçosas.

106 Se uma das rodas foi assim da biga
    que a Igreja pôs em campo, aparelhada
    a combater a divergência imiga,

109 por ela podes ter a outra estimada
    da qual Tomás falou tão ternamente,
    antes de minha luz te ser mostrada.

112 Mas a trilha que abriu, segura, à frente
    tornou-se em pouco tempo confundida,
    recoberta de musgo inteiramente.

---

88. E à sede, cada vez menos vizinha: a sede, a cúria pontifícia. Boaventura (que é quem fala) refere-se à situação da Igreja no presente (o momento ficto da narrativa era o ano de 1300), explicando que se a Igreja se mostrava, então, distanciada dos pobres, era por culpa exclusiva do pastor que mal a dirigia. Mais uma farpa desferida contra o Papa reinante na ocasião, Bonifácio VIII.
93. Nem décimas, *quae sunt pauperum Dei*: Domingos não pediu permissão para reter para si (como tantos) parte das dotações feitas à Igreja, nem os postos lucrativos que vagassem, nem que lhe atribuíssem o recebimento dos dízimos (as décimas), que pertenciam aos pobres de Deus...
96. De que estes lumes são a floração: estes lumes, as vinte e quatro almas dos teólogos, que se postavam, doze em cada coroa, ao redor de Beatriz e Dante. Os teólogos são ditos, assim, a floração da semente da fé.
106. Se uma das rodas foi assim da biga: e se assim foi Domingos (uma das rodas do carro — a biga — com que a Igreja combatia seus inimigos), podes por ele avaliar como foi Francisco (a outra roda do carro), ao qual Tomás de Aquino se referiu antes do meu aparecimento aqui.
112. Mas a trilha que abriu, segura, à frente: a trilha aberta pela segunda roda da biga, isto é, São Francisco. Boaventura passa a se referir à decadência da Ordem franciscana, que era a sua, tal como Tomás de Aquino aludira antes à decadência da Ordem dominicana, a que pertencera (veja-se o canto precedente, versos 124 a 132).

115 E a grei que dantes a seguia fida
     presto se viu desviada do caminho,
     a direção inversa conduzida.

118 Perdeu-se a messe, assim, em chão maninho;
     e o joio há-de prantear, ao ver-se fora
     do paiol desejado e do moinho.

121 Quem nosso livro consultar agora
     alguma lauda encontrará, acaso,
     onde se lê: 'Segui a norma, embora.'

124 Mas não será nem de Acquasparta o caso,
     nem de Casal, que aquele a fez impura,
     e este a manteve, rígida, em atraso.

127 Eu fui de Bagnorégio, Boaventura,
     e nos mores ofícios, penitente,
     esquivei-me à mundana sinecura.

130 Vês Agostinho e Iluminato à frente,
     que foram dos primeiros poverellos
     que a corda uniu a Deus, piedosamente.

133 Eis Hugo San Vittore, ardendo em zelos,
     mais Pedro Comestor e Pedro Hispano,
     a reluzir nos doze livros belos;

136 Natan profeta, o metropolitano
     Crisóstomo, e inda Anselmo e o celebrado
     Donato, na arte prima mestre ufano.

---

121. *Quem nosso livro consultar agora:* quem se der ao trabalho de consultar o registro da Ordem franciscana, agora (o ano era o de 1300), dificilmente encontrará, dentre os seus membros, quem haja permanecido fiel à norma, tão profunda é a sua decadência.

124. *Mas não será nem de Acquasparta o caso:* mas entre os poucos autênticos franciscanos não se contariam nem o cardeal Mateus d' Acquasparta (o que estivera em Florença à véspera do exílio de Dante, como emissário político do papa Bonifácio VIII), responsável pelo relaxamento da norma, nem Frei Ubertino de Casal, que, ao contrário, fê-la excessivamente rígida, e até acanhada e retrógrada.

127. *Eu fui de Bagnorégio, Boaventura:* o lume que, na segunda coroa, vinha falando ao poeta (a partir do verso 31), identifica-se, finalmente: Era São Boaventura, o celebrado Doctor Seraphicus, que foi geral dos Franciscanos e depois Cardeal, e autor de notáveis obras teológicas.

130. *Vês Agostinho e Iluminato à frente:* Boaventura passa a enumerar os seus onze companheiros na nova coroa luminosa. Agostinho e Iluminato, dois dentre os primeiros discípulos de São Francisco, e que se distinguiram na tarefa de estatuir e justificar as normas da Ordem.

133. *Eis Hugo San Vittore:* natural da Flandres e laureado em Teologia em Paris, e cujas obras se tornaram amplamente conhecidas.

134. *Mais Pedro Comestor e Pedro Hispano:* Pedro Comestor, teólogo francês, autor de uma célebre História Escolástica. Pedro Hispano, português de Lisboa, também teólogo, conhecido por seus doze livros de Lógica.

136. *Natan profeta, o metropolitano Crisóstomo:* o profeta hebreu Natan, que censurou publicamente o rei Davi pelos seus pecados. São João Crisóstomo, grande escritor e orador sacro, que teve o cognome de Boca-de-Ouro; foi arcebispo de Constantinopla, donde o título de patriarca metropolitano.

PARAÍSO

139   Rabano vês, e, enfim, vês ao meu lado
o calabrês abade Giovacchino,
de profético espírito dotado.

142   Se exaltei o notável paladino
fi-lo tão só movido à cortesia
da palavra de frei Tomás de Aquino,

145   tão grata a mim e a toda a companhia".

---

137. E inda Anselmo e o celebrado Donato: o beneditino Anselmo, arcebispo de Canterbury, Inglaterra; e Hélio Donato, teólogo insigne, que não desdenhou de compor uma gramática para uso da juventude (a arte prima, a arte da gramática).
139. Rabano vês: Rabano Mauro, famoso escritor e comentador da Sagrada Escritura.
140. O calabrês abade Giovacchino: Monge Cistercense, autor de uma interpretação do Apocalipse, e considerado profeta pelos seus contemporâneos.
142. Se exaltei o notável paladino: o franciscano Boaventura declara finalmente que se animou a fazer o elogio de São Domingos devido ao fato do dominicano Tomás de Aquino ter feito antes, gentilmente, o panegírico de São Francisco; e diz que o gesto de Tomás calou profundamente em seu espírito e no de todos que ali se encontravam.

CANTO XIII

Na dúplice coroa luminosa, formada pelos teólogos, Tomás de Aquino retoma a palavra (o cenário é ainda o quarto céu, ou céu do Sol), e esclarece ao poeta sua segunda dúvida, isto é, a dúvida a respeito da sabedoria não igualada de Salomão; e adverte-o contra o risco dos juízos imaturos ou precipitados.

1   Quem quiser o que eu vi sentir comigo
    imagine — e retenha em sua mente,
    como na rocha firme, o que ora digo —

4   as quinze estrelas que, dispersamente,
    dardejam sua luz brilhante e casta,
    ultrapassando as névoas, no ar silente;

7   imagine a Carruagem, a que basta
    tanto esta parte, quando clara ou escura,
    que dela, no seu curso, não se afasta;

10 imagine da trompa a embocadura,
    que se inicia à ponta do suporte
    em torno ao qual a esfera se apressura

13 — formando, juntamente, desta sorte,
    dois signos pelo céu, tal como fez
    Ariana ao sopro gélido da morte,

---

1. Quem quiser o que eu vi sentir comigo: se alguém desejar apreender exatamente o que eu via naquele instante (isto é, as duas coroas formadas pelos vinte e quatro teólogos), recorra, então, ao símile que lhe vou oferecer, imaginando outras tantas estrelas celestes, dentre as mais vivazes, e agrupando-as em duas constelações circulares e concêntricas.
4. As quinze estrelas que, dispersamente: tome, inicialmente, as quinze estrelas de primeira grandeza, que se veem em diferentes pontos do céu (dispersamente), e que, por serem as mais radiosas, fazem passar sua luz através das névoas...
7. Imagine a Carruagem, a que basta: tome, em seguida, as sete estrelas da Ursa Maior (a Carruagem, o carro de Boote), que restringe o seu curso ao nosso hemisfério boreal (esta parte), mostrando-se nele quer de noite quer de dia (quando clara ou escura).
10. Imagine da trompa a embocadura: alude-se à constelação da Ursa Menor, que assume a forma de uma trompa de caça, um chifre, e especialmente às duas estrelas que configuram a boca dessa trompa. A Ursa Menor se inicia, pela extremidade oposta, na estrela polar, ápice do eixo (o suporte), ao redor do qual se move o céu (a esfera) das estrelas fixas.
13. Formando, juntamente, desta sorte: tome, em suma, estas vinte e quatro estrelas — as quinze estrelas de primeira grandeza (verso 4), as sete estrelas da Ursa Maior (verso 7) e as duas estrelas que assinalam a boca da trompa formada pela Ursa Menor (verso 10). E imagine-as deslocadas de sua posição, formando (tal como Ariana, a filha de Minós, que ao morrer se transmudou numa constelação) duas coroas luminosas e concêntricas, a girar no céu. Poderá assim ter uma ideia, ainda que remota, das duas grinaldas que se moviam ao meu redor, dançando e cantando (as vinte e quatro almas dos teólogos, referidas nos Cantos X, XI e XII).

PARAÍSO

16   ambos trocando a luz e, à sua vez,
     girando inversamente, de maneira
     que um ia à direita, o outro ao revés.

19   E ideia então terá, mesmo ligeira,
     desta constelação e mais da dança
     que ao meu redor se via verdadeira,

22   as quais em tanto excedem nossa usança
     quanto à corrente excede do Chiana
     o céu que mais veloz no espaço avança.

25   Ali não se cantava Baco ou Peana,
     mas o mistério tríplice sagrado
     e a divina natura feita humana.

28   Suspensa a dança e o cântico encerrado,
     volveram-nos os lumes a atenção,
     felizes por passar a outro cuidado.

31   E rompendo o silêncio, a flama, então,
     que nos traçara da radiosa vida
     do Santo pobre a suave descrição,

34   recomeçou: "A espiga já batida,
     e retirado o grão, o amor agora
     a debulhar uma outra nos convida.

37   Imaginas que ao peito aberto outrora
     para aquela formar cuja lembrança
     aflige ao mundo inteiro, que a deplora,

---

22. As quais em tanto excedem nossa usança: aquela constelação das almas, que eu divisava ali, no seu canto e movimento, excedia a tudo o que se podia observar na terra, tanto quanto o Primo Mobile (que, dentre os nove céus, é o que se move mais velozmente, por ser o maior) excede na rapidez de seu giro a marcha do rio Chiana (conhecido pela lentidão com que rolava suas águas na planície toscana).
26. Mas o mistério tríplice sagrado: ali não se festejava a Baco nem a Apolo (a Peana era um canto em honra de Apolo), mas a Santíssima Trindade (o mistério tríplice sagrado) e a Encarnação (isto é, o Verbo, Cristo, a divina natura feita humana).
29. Volveram-nos os lumes a atenção: os lumes, as vinte e quatro almas dos teólogos, que formavam as duas coroas luminosas, doze em cada coroa, ao redor de Beatriz e Dante.
31. E rompendo o silêncio, a flama, então: a flama, a alma de Tomás de Aquino, que fizera ao poeta, pouco antes (Canto XI, versos 49 a 117), a descrição da vida de São Francisco de Assis, e agora volta, pois, a falar-lhe.
37. Imaginas que ao peito aberto outrora: o peito de Adão, de que Deus retirou uma costela para formar Eva; e a lembrança desta, no episódio do pecado original, ainda amargura a humanidade.

40   e que ao peito varado pela lança,
     o qual os nossos erros satisfez
     a ponto de elevá-los na balança,

43   foi dada toda a luz — como tu crês —
     de que é capaz a humana condição,
     pela excelsa Virtude que a ambos fez;

46   e, pois, te espanta minha afirmação
     quanto a não ter surgido inda um segundo
     ao quinto bem, nesta fulguração.

49   Mas abre, ao que ora observo, o olhar profundo,
     e verás tua crença e o meu dizer
     convergirem qual centro em vão rotundo.

52   O que não morre, o que se vê morrer
     são reflexos tão só da ideia viva
     que, por amor, criou o sumo Ser.

55   A eterna luz que dele se deriva,
     sem que de sua origem se desuna
     e nem daquele amor que os liga e aviva,

58   por sua graça, os raios seus aduna,
     como que em reflexão, em nove essências,
     mantendo-se, porém, íntegra e una.

61   Desce dali às últimas potências,
     e enfraquecida gradativamente
     mais não induz que breves contingências;

---

40. E que ao peito varado pela lança: o peito de Cristo, que veio ao mundo para redimir os homens, dando, com o seu sacrifício, a necessária reparação de nossos erros.
43. Foi dada toda a luz — como tu crês: significa-se: pois que em Adão e Cristo, ambos criados diretamente por Deus, a condição humana atingiu à sua culminância, que de modo nenhum poderia ser excedida, recusas-te a aceitar a minha afirmação de não ter havido ainda quem igualasse a sabedoria de Salomão (Canto X, verso 114: Que a ver como ele não se alçou segundo; e Canto XI, versos 25 e 26).
48. Ao quinto bem, nesta fulguração: a alma de Salomão, que ocupava o quinto lugar à direita de Tomás de Aquino, na primeira coroa luminosa (Canto X, versos 109 a 114).
50. E verás tua crença e o meu dizer: mas se abrires os olhos ao que vou dizer (continua Tomás de Aquino, falando ao poeta) teu sentimento da suprema perfeição de Adão e de Cristo coincidirá, exatamente (como no centro de um círculo), com a minha afirmação quanto à sabedoria não igualada de Salomão (verso 47; e Canto X, verso 114).
52. O que não morre, o que se vê morrer: tanto as substâncias imortais (os anjos, a alma), quanto as perecíveis (os animais, os elementos), não são mais do que reflexos da ideia divina.
55. A eterna luz que dele se deriva: a luz, que dimana de Deus (o Pai), e jamais separada dele e do Espírito Santo (o amor que se entrelaça com o Pai e o Filho na Santa Trindade), expande seu fulgor pelos nove céus, e daí por toda a criação (Veja-se o Canto X, versos 1 a 3).
61. Desce dali às últimas potências: a luz divina, quando opera por intermédio dos céus e das estrelas, já não engendra a perfeição absoluta, mas meras contingências, isto é, os seres imperfeitos, as coisas inanimadas, os elementos, segundo a doutrina anteriormente expressa em várias passagens do Purgatório e do Paraíso (veja-se, neste último, o Canto VII, versos 124 a 143, especialmente).

64   contingências que são, penso, somente
o que, no seu volver, o céu produz,
quer venha ou não de uma anterior semente.

67   Mais perto ou longe a força que as conduz,
e vária a própria cera, o signo ideal
diversamente em cada uma reluz.

70   Daí advém que a espécie vegetal
mostra nos frutos seus diversidade,
e têm engenho os homens desigual.

73   Fosse uma só da cera a propriedade
e a chancelasse o céu sempre igualmente,
teria o signo a mesma claridade.

76   Age natura, entanto, parcamente,
como o artista, que a ideia configura,
mas não logra exprimi-la exatamente.

79   Só quando o ardente Amor a Vista pura
faz da prima Virtude chancelada,
a suma perfeição se engendra e apura.

82   Viu-se, destarte, a terra aparelhada
a receber a humana perfeição;
e foi, assim, a Virgem fecundada.

85   Por isto aprovo a tua opinião
de que não poderia a Natureza
exceder destes dois a condição.

88   E se ora eu me calasse, com certeza
"Como não foi, então, ele igualado?"
perguntarias, cheio de surpresa.

---

79. Só quando o ardente Amor a Vista pura: o ardente Amor, o Espírito Santo (confira-se com o verso 57; e, no Canto X, com os versos 1 a 3). Quer dizer que só o que Deus chancela diretamente de seu sinete alcança a suma e imutável perfeição na eternidade (de novo, o tema da criação divina direta, sem a intermediação da Natureza).
87. Exceder destes dois a condição: destes dois, Adão e Cristo, que foram formados diretamente por Deus, sem a intermediação da Natureza, e, de modo nenhum, poderiam ser excedidos por outrem.
88. E se ora eu me calasse: se eu interrompesse neste ponto o meu raciocínio (continua Tomás de Aquino), naturalmente me oporias esta refutação, baseada na perfeição de Adão e Cristo: "E como, assim, dissesse que a sabedoria de Salomão não foi ainda igualada?" (Canto X, verso 114).

91   Para que ao ponto vás, inda velado,
     pensa no que era, e no que disse, à frente,
     de seu desejo, quando interrogado.

94   Podias inferir naturalmente
     que eu falava de um rei que, na verdade,
     o dom de bem reinar pediu somente.

97   Não pretendeu saber a quantidade
     dos motos celestiais, nem se necesse,
     mais contingente, dão necessidade;

100 nem si *est dare primum motum* esse;
     nem se triângulo algum, sem ter um reto,
     se incluir no semi-círculo pudesse.

103 Se volves ao que mostro o olhar discreto
     verás que o alto saber de que falei
     era o saber de um rei justo e correto.

106 O não se alçou, então, que eu empreguei
     facilmente se entende aos reis adstrito,
     entre que é raro um verdadeiro rei.

109 Após a observação, volta ao meu dito,
     compatibilizando-o co' o que crês
     do pai primeiro e de Jesus bendito.

112 E que este exemplo, como um peso aos pés,
     te faça andar mais cautelosamente
     para o sim ou o não que inda não vês.

---

92. Pensa no que era, e no que disse: para solver tua dúvida, reflete primeiramente no que foi Salomão (isto é, um rei), e no desejo que ele exprimiu quando Deus o concitou a pedir o que quisesse (isto é, a sabedoria para ser um bom rei).

97. Não pretendeu saber a quantidade: diante da oferta divina, Salomão não indagou do número das inteligências angélicas motrizes; isto é, não aspirou à ciência teológica.

98. Se necesse, mais contingente, dão necessidade: nem indagou se de uma premissa necessária e outra contingente (não necessária) haveria de decorrer uma consequência necessária; isto é, não aspirou à ciência lógica ou à filosofia.

100. Nem si *est dare primum motum* esse: nem indagou se se deve estabelecer a existência de um primo moto do qual se engendrem todos os outros; isto é, não aspirou à ciência física ou natural.

101. Nem se triângulo algum, sem ter um reto: nem indagou se era possível inscrever algum triângulo, que não tivesse um ângulo reto, no semi-círculo; isto é, não aspirou à ciência matemática.

106. O não se alçou, então, que eu empreguei: devias ter compreendido, pela expressão que usei — não se alçou segundo (remissão ao Canto X, verso 114, causa da dúvida do poeta) — que eu falava de um rei; e se existem reis em profusão, é raríssimo, entre eles, um rei verdadeiramente sábio.

111. Do pai primeiro e de Jesus bendito: de Adão (o pai primeiro) e de Cristo, que foram, entre os homens, os mais perfeitos. Minha palavra, assim esclarecida, se harmoniza, pois, com o teu correto sentimento desta verdade.

PARAÍSO

115   Prima pela estultície certamente
        quem nega ou afirma tudo o que se ensina,
        a cada passo que realiza à frente;

118   pois bem cedo irá ver como se inclina
        ao engano a opinião precipitada
        que ao seu capricho o juízo subordina.

121   Em vão se lançará pela jornada
        quem não possua o senso da verdade,
        e pior será que dantes, à chegada.

124   Demonstraram-no ao mundo à saciedade
        Parmênides, Melisso e Brisso, os quais
        não encontraram mais que a inanidade;

127   e assim Sabélio e Ário, e outros que tais,
        que erguendo as loucas mãos contra a Escritura,
        retalharam-na a golpes de punhais.

130   Olha a gente de si sempre segura,
        como o rude campônio, que avalia
        no seu horto a colheita inda imatura!

133   Que já vi, aos rigores da invernia,
        quedar-se seco e rígido o espinheiro,
        e cobrir-se de flores noutro dia;

136   e o barco vi, que plácido e ligeiro
        fendia o mar, seguro do destino,
        naufragar junto ao porto hospitaleiro.

139   Nem creiam dona Berta e o bom Martino,
        ao ver alguém furtar, alguém doar,
        antecipar-se ao tribunal divino:

142   que pode um se reerguer, o outro tombar".

---

125. Parmênides, Melisso e Brisso: filósofos gregos que, pondo-se à busca da verdade, não alcançaram mais que falsas e vãs conclusões.
127. E assim Sabélio e Ário: dois famosos heréticos que, a pretexto de demonstrarem a verdade, assestaram terríveis golpes contra a Sagrada Escritura.
139. Nem creiam dona Berta e o bom Martino: nomes populares no meio florentino como símbolo das pessoas simples e ingênuas, que acreditavam, em sua inópia, poder desvendar os insondáveis desígnios da Providência no julgamento dos méritos e das culpas de cada um.

CANTO XIV

Novos espíritos afluem àquele sítio (no quarto céu), unindo-se rapidamente para formar uma terceira coroa luminosa em torno das duas que já ali se postavam. Nesse momento, o poeta sente-se alçado, juntamente com Beatriz, ao quinto céu, ou céu de Marte, onde (como se verá mais adiante) se demonstravam as almas dos que, na terra, combateram por Cristo e pela fé.

1   Do centro à borda e, logo, desta ao centro
    move-se a água num vaso, obediente
    a um toque externo ou a uma impulsão de dentro.

4   Foi este o símil que me veio à mente
    no instante em que, de longe, emudecia
    do bom Tomás o lume resplendente,

7   enquanto de Beatriz a voz se erguia,
    e, inversamente, em tom mais elevado,
    se endereçava à egrégia companhia:

10 "Embora sem se haver manifestado
    o meu amigo, pela voz ou o intento,
    algo ficou que espera ver mostrado.

13 Dizei-lhe se esta luz que é paramento
    aqui de vossa imaterial essência,
    restará sempre em vós qual no momento;

16 e se assim for, depois, quando a aparência
    vos seja dada humana, revividos,
    como ireis suportar-lhe a refulgência?"

---

1. Do bom Tomás o lume resplendente: Tomás de Aquino, que acabara de falar ao poeta (veja-se o Canto precedente). O contraste entre a voz de Tomás, vinda da periferia para o centro, e a voz de Beatriz, erguendo-se do centro para a periferia, lembrou ao poeta o símile da água que, agitada num vaso circular, se expande do centro à borda e reflui da borda ao centro.
10. Embora sem se haver manifestado: Beatriz, como de hábito, antecipa uma dúvida de Dante — embora este ainda não a houvesse manifestado, nem pela palavra, nem sequer pelo pensamento (pelo intento), — e pede, então, àquelas almas que a expliquem. O poeta cismava se a luminosidade das almas as acompanhariam pela eternidade, como naquele instante, mesmo quando ocorresse a Ressurreição final. E parecia-lhe que os corpos ressurretos não se tornariam visíveis sob aquele esplendor.

PARAÍSO

19   E como os que, pelo fervor movidos,
     na festa em que bailando à roda vão,
     erguem mais sua voz, volteando unidos,

22   assim, de minha dama à indagação,
     pareceu-me animar-se a dupla coorte,
     mais ligeira no passo e na canção.

25   Quem se lamenta de enfrentar a morte
     por ascender à altura, redivivo,
     não se apercebe desta imensa sorte.

28   O Um-e-Dois-e-Três que sempre vivo
     perdura e reina em Três-e-Dois-e-Um,
     não circunscrito, mas circunscritivo,

31   saudado foi ali por um a um
     dos lumes com suavíssima harmonia,
     digna tão só do bem mais incomum.

34   E eis que emanou da luz que mais fulgia
     na primeira coroa voz tão terna
     que me lembrou a voz do Anjo a Maria:

37   "Enquanto perdurar a glória eterna
     do Paraíso, assim o nosso amor
     em nós resplenderá, como a luzerna.

40   À claridade segue-se o fervor,
     e ao fervor a visão, mais luminosa
     quanto o merecimento for maior.

43   E quando a carne plácida e gloriosa
     de novo nos cobrir, nossa pessoa
     exultará por tal mercê radiosa,

---

25. Quem se lamenta de enfrentar a morte: quem se entristece ao pensamento de que só através da morte se atinge o céu mostra não apreender a plenitude, suavidade e beleza da glória eterna.
28. O Um-e-Dois-e-Três: Deus (na Santíssima Trindade), que, sendo eterno, a tudo eternamente circunscreve, sem estar contido em nada, e a tudo inspira e anima.
34. E eis que emanou da luz que mais fulgia: uma das almas ali, dentre as doze da primeira e mais próxima coroa, a que nela mais fulgia (não expressamente identificada, portanto), toma a palavra para responder à pergunta formulada por Beatriz (versos 13 a 18).
43. E quando a carne plácida e gloriosa: quer dizer, na Ressurreição final.

46   e mais fulgurará o que nos doa
deste gratuito lume o sumo Bem,
para quem nosso amor, inteiro, voa.

49   A incrementar-se mais a visão vem;
e, pois, o ardor que dela emana cresce,
e cresce a luz que desse ardor provém.

52   Como a brasa, que a chama ateia e aquece,
mas fica no seu núcleo destacada,
e mais, em meio dela, transparece,

55   a luz de que nossa alma é circundada
será vencida ante a aparência, um dia,
da carne, ora na terra sepultada.

58   Por mais vivo o fulgor que ela irradia,
não privará, por si, nossos sentidos
da glória de usufruir essa alegria."

61   E notei, na efusão com que, reunidos,
bradaram a uma voz "Amém!", desperto
o seu desejo pelos corpos idos.

64   Por eles, não, mas pelas mães decerto,
e pelos pais, e pelos que estimaram
antes de serem luz no espaço aberto.

67   Eis que, do fundo, súbito, assomaram,
de um lado e de outro, fúlgidos sinais,
como nos arrebóis, quando se aclaram.

70   E tal qual pelas tardes estivais
surgem dos primos astros as fulgências,
sem inda à vista parecerem tais,

---

55. A luz de que nossa alma é circundada: esta intensa luz que fulge em nós, e nos envolve, será de certo suplantada pela visibilidade de nossos corpos, quando deles nos revestirmos, na Ressurreição. E assim se solve a dúvida que, segundo Beatriz, o poeta precisava ver explicada (versos 10 a 18).
63. O seu desejo pelos corpos idos: na efusão com que foram acolhidas estas palavras da alma que acabara de falar, o poeta percebeu, claramente, a ansiedade com que todos aqueles espíritos aguardavam a Ressurreição.
70. E tal qual pelas tardes estivais: ao fim das tardes de verão, à entrada da noite, começam a luzir no espaço reflexos distantes, mas tão pálidos e imprecisos que ainda não parecem, de fato, as estrelas.

PARAÍSO

73 afluíram mais aquelas aparências,
postando-se, a seu turno, em derredor
das duas iniciais circunferências.

76 Ó cintilar do vero e eterno Amor!
Como fulgiste rápido e candente,
que não pude suster-te o resplendor!

79 Só distingui Beatriz que, sorridente,
emergia da feérica visão,
que de imediato me fugiu da mente.

82 Ao recobrar a inteira percepção,
achei-me, junto dela, trasladado
a outra esfera mais alta, a outra região.

85 E compreendi que havia sido alçado
por ver mais rubra, como em fogo, a estrela,
num tom purpúreo mais que o costumado.

88 Do coração usando a voz singela,
que é igual em todos, meu contentamento
a Deus mostrei por graça como aquela.

91 Inda vibrava no meu peito o alento
deste vero holocausto, quando vi
que fora aceito o meu devotamento,

94 ao sentir fulgurar, como o rubi,
uma cruz em dois raios resplendentes.
"Ó Deus", eu disse, "que a criaste ali!"

75. Das duas iniciais circunferências: as duas primeiras coroas formadas pelas almas dos teólogos ao redor de Beatriz e Dante, como narrado nos Cantos precedentes. Aquelas luzes imprecisas, que afluíam à distância, eram na realidade outras almas, que se reuniram para constituir uma terceira coroa luminosa, num espetáculo tão maravilhoso que quase fez o poeta perder os sentidos.
76. Ó cintilar do vero e eterno Amor: ó cintilação da Vontade divina! Ó fulguração do Espírito Santo! Ante o maravilhoso espetáculo, o poeta volveu-se a Beatriz, a quem distinguiu, de relance, numa radiosa visão — e tão radiosa que não a pôde fixar na mente. Ao recobrar a percepção, sentiu que havia sido trasladado à esfera superior, o quinto céu, ou céu de Marte.
86. Por ver mais rubra, como em fogo, a estrela: e o poeta só se apercebeu de que fora alçado a outro céu por ver aquela estrela (Marte) alterar-se em sua cor e brilho, revestindo tonalidade mais purpúrea do que usualmente.
88. Do coração usando a voz singela: a voz do coração, quer dizer, uma prece sincera. Interpreta-se que a prece — a voz da alma ou do coração — constitui uma língua universal, a todos acessível.
92. Deste vero holocausto: deste sacrifício, desta entrega de mim mesmo, através da prece.
95. Uma cruz em dois raios resplendentes: naquele instante, e como que em sinal de que sua prece fora aceita — o poeta viu aparecerem, no interior da estrela, dois imensos e refulgentes raios, lembrando, cada um deles, a Galáxia (a Via-Láctea), que projeta por larga extensão do espaço sua faixa espessa, pontilhada de astros.

"Ao recobrar a inteira percepção,
achei-me, junto dela, trasladado
a outra esfera mais alta, a outra região."
(Par., XIV, 82/4)

PARAÍSO

97 E tal se vê, com astros mil fulgentes
estender-se a Galáxia, entre os distantes
polos, a desafiar os mais sapientes,

100 dentro de Marte os raios flamejantes
figuravam, imenso, o santo lenho,
à feição da juntura dos quadrantes.

103 Fale a memória aqui em vez do engenho:
naquela cruz resplandecia Cristo,
e por mostrá-lo outra expressão não tenho.

106 Porém, quem seu amor devota a Cristo
saberá compreender meu embaraço
ao ver pender na cruz o próprio Cristo.

109 Do cimo ao pedestal, de braço a braço,
surgiam luminárias, cintilando
a cada encontro seu, a cada passo:

112 assim, em multidão se entrecruzando,
refulgem, devagar ou velozmente,
partículas minúsculas pairando

115 numa réstia de sol que incida, ardente,
por algum vão, na sombra aparelhada
para o conforto da terrena gente.

118 E como as cordas, na harpa temperada,
combinam-se numa ária suave e bela,
que mesmo a quem não a compreende agrada,

99. A desafiar os mais sapientes: a natureza e constituição da Galáxia eram objeto de dúvida e controvérsia entre os astrônomos.
100. Dentro de Marte os raios flamejantes: o poeta viu que os dois raios formavam, no interior de Marte, uma imensa cruz, à guisa da intersecção, num círculo, de dois diâmetros, um em sentido horizontal, o outro em sentido vertical (a juntura dos quadrantes).
103. Fale a memória aqui em vez do engenho: sendo o meu engenho insuficiente para descrever a maravilha que eu contemplava, recorrerei tão-somente à memória para mencioná-la. Quer dizer: limito-me a indicar o fato. Naquela cruz fulgia Cristo. Observe-se que o poeta, tal como no Canto XII (versos 70 a 75), não emprega para Cristo outra rima senão o seu próprio nome.
107. Saberá compreender meu embaraço: meu embaraço, isto é, a impossibilidade de descrever o esplendor da visão de Cristo, naquela cruz colossal.
110. Surgiam luminárias, cintilando: as luminárias, que se moviam na cruz, de baixo para cima, e de braço a braço, eram (como referido mais adiante, Canto XVIII, versos 31 a 48) os espíritos dos que ascenderam à glória por haverem, em vida, combatido pela Igreja e por Cristo.
112. Assim, em multidão se entrecruzando: para significar o aspecto das almas que se viam em movimento sobre a imensa cruz, no interior de Marte, recorre o poeta ao símile das partículas visíveis ao longo de um raio de sol que se infiltra por alguma aberta na cobertura das casas ou abrigos construídos pelo homem.

"Naquela cruz resplandecia Cristo,
e por mostrá-lo outra expressão não tenho."

(Par.,XIV,104/5)

PARAÍSO

121   daquelas luzes refulgindo pela
       imensa cruz provinha uma harmonia
       que o senso me absorveu, sem entendê-la.

124   Mas senti que um louvor se proferia,
       de algo como "ressurge" e "vence", então,
       que nada mais ali eu percebia.

127   E tanto me extasiava esta canção,
       que antes dela decerto nada, nada,
       de tal sorte prendeu minha atenção.

130   Talvez ressoe a frase exagerada,
       por os formosos olhos postergar
       a que minha alma vai por ser saciada.

133   Mas quem sabe que o seu sereno olhar
       mais brilha mais subindo à aura difusa
       — e que eu não a podia, então, fitar —

136   escusar-me-á do que ora aqui me acusa
       a minha dor pela indelicadeza;
       nem da dita visão era ela exclusa,

139   pois que, de céu em céu, cresce em beleza.

---

124. Mas senti que um louvor se proferia: embora sem entender o canto daquelas almas, o poeta percebeu que era um canto de glória (como convinha, de resto, aos antigos combatentes). Apenas duas palavras, na melodia, lhe chegaram, distintamente, ao ouvido: Ressurge! Vence!, e, por elas, certificou-se disso.
131. Por os formosos olhos postergar: os olhos de Beatriz. Ao afirmar, então, que nada, como aquela música, havia antes tão profundamente absorvido os seus sentidos, o poeta pressente ter incorrido num exagero ou indelicadeza, em detrimento da preeminência de sua dama. E trata de se desculpar.
135. E que eu não a podia, então, fitar: mas, quem sabe que, naquele instante, absorvido pela contemplação das almas na cruz, e enlevado pelo seu canto, eu não podia volver-me para Beatriz e fitar os seus olhos, etc.
138. Nem da dita visão era ela exclusa: ela, Beatriz; e, na verdade, não se devia ter Beatriz por excluída daquela visão magnificente, pois que ela também a integrava, tornando-se mais bela à medida em que ascendia de céu em céu.

CANTO XV

No quinto céu, ou céu de Marte, demonstra-se ao poeta entre as almas dos que morreram combatendo pela Igreja e pela fé — o espírito de seu trisavô Cacciaguida, que o acolhe com expressões de intenso afeto, e, narrando-lhe sua vida, evoca a bela e simples Florença de outros tempos.

1 A benigna vontade, em que aparece
a luz do amor que firmemente a inspira,
como na iníqua o mal que a entenebrece,

4 silêncio impôs àquela doce lira,
interrompendo a plácida harmonia
que a mão de Deus de suas cordas tira.

7 Como a algum justo anseio poderia
quedar-se a santa grei indiferente,
que, para que eu falasse, emudecia?

10 Compreende-se que sofra eternamente
quem por amor dos gozos vãos e impuros
do vero amor se afasta, cegamente.

13 E tal se vê riscar os céus escuros
um resplendor, de súbito, que diante
de nossos olhos pasmos e inseguros

16 pareceria estrela itinerante,
se alguma se omitisse onde ela estava,
e não durasse mais que um breve instante

---

1. A benigna vontade, em que aparece: a índole generosa, sensível às inspirações do bem divino (como a índole malévola o é às exigências da cupidez e da ambição) fez calar-se o canto das almas luminosas espalhadas pela cruz referida no Canto anterior (silêncio impôs àquela doce lira), à chegada de Beatriz e Dante; naturalmente, para que o poeta pudesse falar aos espíritos ali.
8. Quedar-se a santa grei indiferente: a santa grei, as almas dos combatentes que ornavam a imensa cruz erguida no interior do planeta Marte, e que, a cantar, formavam a doce lira a que alude o verso 4.
13. E tal se vê riscar os céus escuros: o poeta recorre ao símile da estrela cadente (o resplendor, que risca, de súbito, o céu) para exprimir o movimento de uma daquelas almas luminosas (um rútilo astro) que, à sua chegada, desceu do braço direito da cruz até à base, e se adiantou sem deixar a incidência do foco resplendente. Era, como se verá a seguir, a alma de seu trisavô Cacciaguida, referido nominalmente no verso 135.

PARAÍSO

19   — do braço, assim, que à destra se alongava
     baixou ao pé da cruz um rútilo astro
     da alta constelação que ali brilhava.

22   Sem se afastar do luminoso rastro,
     pela linha radial se destacou,
     como o fogo a correr sob o alabastro,

25   tal como a alma de Anquises se adiantou
     — se fé merece a nossa excelsa musa —
     quando no Elíseo o filho divisou.

28   "*O sanguis meus, o superinfusa
     gratia Dei, sicut tibi, cui
     bis unquam coeli ianua reclusa?*"

31   Assim falou: E como quem se influi
     de estupor, os meus olhos, indeciso,
     daquela alma a Beatriz volvendo fui.

34   No seu olhar fulgia um tal sorriso
     que imaginei já desvendar o fundo
     da graça eterna e do meu paraíso.

37   E logo o lume plácido e jucundo
     com algo à sua voz deu seguimento,
     que não pude entender, de tão profundo;

40   não porque fosse tal o seu intento,
     mas pela essência de seu próprio objeto
     superposto ao mortal entendimento.

---

25. Tal como a alma de Anquises se adiantou: o movimento daquela alma, no Paraíso, evocou ao poeta o movimento de Anquises quando, no Elíseo, viu chegar o seu filho Eneias, que também se trasladara vivo ao reino eterno, tal como Virgílio (nossa excelsa musa) o narrou na Eneida.
28. *O sanguis meus, o superinfusa*, etc.: quer dizer: "A quem mais, como a ti, por graça infusa / de Deus, ó sangue que do meu deflui, / se abre do céu, e reabre, a porta oclusa?". O dom profético, peculiar àquelas almas, fez com que Cacciaguida reconhecesse o seu descendente, aliás já por ele esperado ali, como se verá a seguir (versos 49 a 54). Cacciaguida se exprimiu, por este modo, em latim, língua que ainda persistia nos meios cultos, na Toscana, ao tempo em que vivera (primeira metade do século XII, provavelmente).
40. Não por que fosse tal o seu intento: o poeta não conseguiu entender as palavras proferidas por Cacciaguida, logo após aquela saudação em latim (versos 28 a 31). Percebeu, porém, que tais palavras eram obscuras, não porque o seu interlocutor tivesse querido velá-las, mas em razão da profundeza dos conceitos expendidos, inacessíveis à compreensão humana.

43 E, sem demora, quando mais direto
    o seu discurso para mim se fez,
    vindo ao alcance do meu intelecto,

46 o que entendi pela primeira vez
    "Bendito sejas" — foi — "ó Uno e Trino,
    que aos meus te demonstraste tão cortês!"

49 E seguiu: "O desejo peregrino
    que nutri lendo o velho pergaminho,
    em que as letras não mudam do destino,

52 nesta luz já se aplaca em que me aninho,
    graças àquela que te trouxe, em prece,
    a percorrer, no voo, este caminho.

55 Crês que tudo o que pensas transparece
    a nós, por Deus, tal como da unidade
    extrai o cinco e o seis quem a conhece;

58 e te absténs de pedir-me a qualidade,
    e indagar porque mor acolhimento
    te dou que os outros da comunidade.

61 Crês bem: que todos neste firmamento
    contemplamos o espelho em que, primeiro,
    se mostra, antes de ser, o pensamento.

64 Mas, porque se realize o verdadeiro
    amor de que minha alma é penetrada,
    e se cumpra o previsto por inteiro,

67 solte-se a tua voz ora refreada,
    e se demonstre, ao vivo, o teu querer,
    que a resposta já trago aparelhada!"

---

48. *Que aos meus te demonstraste tão cortês*: Cacciaguida exprime seu reconhecimento a Deus por ter distinguido assim a sua família, propiciando ao seu descendente (Dante) a graça de se elevar, ainda em vida, ao Paraíso.
49. *O desejo peregrino que nutri*: Cacciaguida sabia que o seu trineto (Dante) visitaria os céus, e desejava ardentemente vê-lo chegar. Lera-o no livro do destino (o velho pergaminho), isto é, pelo dom profético peculiar às almas bem-aventuradas; e sua aspiração estava satisfeita naquele momento, graças sobretudo a Beatriz (àquela que te trouxe a percorrer este caminho).
67. *Solte-se a tua voz ora refreada*: embora não fosse, realmente, necessário que o poeta formulasse suas perguntas (visto que os espíritos lhe podiam ler na mente), Caciaguida insistiu para que ele manifestasse, de viva voz, o seu pensamento.

PARAÍSO

70 A Beatriz me volvi, que antes de eu ter
falado me entendeu, e, pois, então,
me incentivou, sorrindo, a responder:

73 "Vejo que o juízo, em vós, como a expressão,
por efeito da máxima igualdade,
mostram o mesmo peso e condição,

76 que o Sol que vos estende a claridade
e o ardor os fez de tal maneira iguais,
como impossível outra identidade.

79 Mas o juízo e a expressão, em nós, mortais,
tal a vontade o decretou superna,
divididos estão e desiguais.

82 Pois que inda não passei à vida eterna,
não sei como o meu júbilo externar
pela acolhida que me dás paterna.

85 E a ti, vivo topázio a cintilar
nessa rútila cruz, rogo o favor
de o teu nome por fim me revelar".

88 "Ó tu que longamente e com ardor
eu esperava, sou teu ancestral"
— assim falou, crescendo em seu fulgor:

91 "O que te deu o nome familial
e ao Monte há mais de um século ascendeu,
onde aguarda, no giro inicial,

94 foi o teu bisavô e filho meu;
cuida de suavizar o seu castigo
com tuas preces, pois assaz sofreu.

---

73. Vejo que o juízo, em vós, como a expressão: nas almas a percepção das coisas e sua expressão como que se confundiam, por efeito da graça divina, ao contrário dos vivos, em que essas duas propriedades da mente se demonstravam divididas e independentes.
91. O que te deu o nome familial: o nome de família, Alighieri, provinha do bisavô do poeta, Alighieri (o primeiro), filho de Cacciaguida. O apelido não derivava, entretanto, de Cacciaguida, mas de sua esposa, originária do vale do Pó, como se esclarece no verso 138. Em resumo, Cacciaguida anuncia ao poeta que o seu bisavô, Alighieri, estava há mais de um século no primeiro terraço do Purgatório (o giro inicial do Monte, o sítio destinado aos soberbos e orgulhosos), e precisava de orações que lhe abreviassem a salvação.

97 Florença, dentro do recinto antigo,
    onde ainda bate a terça, e a nona soa,
    era modesta e casta em seu abrigo.

100 Não ostentava fúlgida coroa,
    nem pulseiras, nem saias de brocado,
    nem cintas, mais brilhantes que a pessoa.

103 Ao nascerem as filhas, desolado
    não lhes ficava o pai, que as casaria
    facilmente, e com dote moderado.

106 Nem luxuosa mansão se construía,
    com alcovas que algum Sardanapalo
    abrisse só nos festivais da orgia.

109 Não excedera ainda a Montemalo
    o Ucelatóio, que se o fez na altura,
    há-de também na queda ultrapassá-lo.

112 De Belincione Berti a grã figura
    cobria o couro, e sua esposa à frente
    do espelho não se enchia de pintura.

115 A Nerle eu vi e a Vecchio juntamente,
    trajados com rudeza, à antiga usança;
    e suas damas fiando alegremente!

118 Felizes, elas, tendo em segurança
    a sua sepultura, e inda nenhuma
    se vira só, com seu marido em França!

121 Umas cantavam, junto ao berço, alguma
    toada, na língua que, por tantos anos,
    tão só nas mães e pais se ouvir costuma;

---

97. Florença, dentro do recinto antigo: o recinto antigo, as velhas muralhas que haviam sido destruídas em 1173, e substituídas por outras, em círculo mais amplo. Refere-se, pois, ao núcleo inicial, ou primitivo, da cidade; mas em sua velha torre os sinos ainda faziam ressoar as horas, especialmente as chamadas horas terça e nona (nove da manhã, três da tarde).
109. Não excedera ainda a Montemalo: o Montemalo (Montemário) era uma elevação de que se descortinava Roma; e o Ucelatóio, uma elevação de que se descortinava Florença. Significa-se que Florença, nos tempos de Cacciaguida, não ultrapassara em desenvolvimento e população a Roma, como o iria fazer depois. Mas do mesmo modo como iria sobrepujar Roma, no seu fastígio, Florença haveria também de a sobrepujar na velocidade de sua decadência.
118. Felizes, elas, tendo em segurança: as damas florentinas dos velhos tempos podiam considerar-se bem felizes, pois sabiam com certeza onde iriam repousar no sono final; e nenhuma se recolhia sozinha ao leito por se encontrar em França o seu marido, como se tornou habitual mais tarde.

PARAÍSO

124 e outras, na roca a aparelhar os panos,
faziam aos parentes o relato
de Fiesole, de Roma e dos Troianos.

127 Surgir ali seria estranho fato
um Lapo Salterelo, uma Cianghela,
como agora Cornélia ou Cincinato.

130 Em quadra, assim, suavíssima e singela,
sob a cidadania amena e fida,
no acolhimento de uma pátria bela,

133 emergi, por Maria, entre ais, à vida;
e no velho São João, que é teu e meu,
cristão eu me tornei e Cacciaguida.

136 Fui irmão de Moronto e de Eliseu;
lá no vale do Pó a esposa achei,
de que o nome afinal se te estendeu.

139 Nas hostes de Conrado me alistei,
e cavaleiro fui por ele feito,
pelos serviços que lhe demonstrei.

142 À luta não fugi, de aberto peito,
contra os que ainda usurpam, tristemente,
por culpa do pastor, o bom direito.

145 Até que um rude golpe, de repente,
minha alma ao mundo arrebatou falaz,
cujo brilho perverte a tanta gente,

148 e do martírio vim à eterna paz".

127. Surgir ali seria estranho fato: na velha Florença de Cacciaguida causaria espanto ver alguém como Lapo Salterelo (um juiz corrupto) ou como Ganghela (uma dama dissoluta), notórias personalidades da Florença de Dante.
133. Emergi, por Maria, entre ais, à vida: ali, naquele plácido ambiente (diz Cacciaguida), eu nasci, com a ajuda de Nossa Senhora, invocada aos gritos de minha mãe nos sofrimentos do parto; e no velho Batistério de São João, que ainda lá está, fui batizado, recebendo o nome de Cacciaguida.
137. Lá no vale do Pó a esposa achei: Cacciaguida declara haver desposado uma jovem do vale do Pó (provavelmente de Ferrara, onde habitava uma antiga família Aldighieri ou Alighieri), e pelo sobrenome de sua esposa ficaram conhecidos os seus descendentes.
143. Contra os que ainda usurpam, tristemente: sob a bandeira do Imperador Conrado, Cacciaguida participou da luta contra os infiéis, os maometanos, que ainda usurpavam a Terra Santa, devido à desídia do Papa (o ano da narrativa era o de 1300; o Papa reinante, Bonifácio VIII), violando os direitos da Igreja; e morreu em combate, razão por que sua alma se demonstrava ali, no céu de Marte.

CANTO XVI

    Cacciaguida, o trisavô de Dante, e que se lhe havia dado a conhecer no quinto céu, ou céu de Marte, continua a falar ao poeta sobre a Florença de seu tempo e as ilustres famílias que a habitavam, já extintas ou decadentes. Segundo Cacciaguida, o declínio da cidade se devera ao seu crescimento desordenado e, especialmente, à infiltração de forasteiros, provenientes dos arredores.

1   Ó prosápia do sangue, estulta e vã!
      Que se ufanem de ti os homens tanto,
      aqui embaixo, à cupidez malsã,

4   já não me causará decerto espanto;
      pois nos céus, onde fulge o bem somente,
      de ti me envaideci, e como, e quanto!

7   És manto que se esgarça facilmente,
      e que se não se emenda dia a dia,
      o tempo arruinará rapidamente!

10   Ó vós de que houve Roma a primazia,
      mas ora de uso ali menos constante,
      veio-me à boca, em preito à fidalguia;

13   e por isto Beatriz, não mui distante,
      sorriu-me, como a dama que se diz
      haver tossido ante Ginevra e o amante.

---

1. Ó prosápia do sangue, estulta e vã: ó sentimento, ó orgulho de provir de uma nobre linhagem! O poeta reporta-se à declaração ouvida de seu trisavô, Cacciaguida, de que fora feito cavaleiro pelo Imperador Conrado (Canto precedente, versos 139 a 141). E se, estando no céu, ele não pôde deixar de se envaidecer ao ouvir esta afirmação, já não se admirará de ver na terra (aqui embaixo) as pessoas se vangloriarem tanto de uma ascendência acaso ilustre.
10. Ó vós de que houve Roma a primazia: o poeta estima que o tratamento na segunda pessoa do plural — vós —, em relação a uma pessoa isolada, ou singular, foi empregado inicialmente em Roma, como se dizia, para testemunhar a César a reverência devida. Era um alto cumprimento, mas mesmo em Roma já não se usava, então, como antigamente. De qualquer modo, sua emoção ao saber que seu trisavô fora um cavaleiro levou-o a dar-lhe o tratamento excepcionalmente respeitoso.
14. Como a dama que se diz haver tossido: ouvindo aflorar à boca de Dante aquele vós de certo inesperado, Beatriz riu levemente, como a advertir o seu companheiro, do mesmo modo que, segundo o romance da Távola Redonda, a camareira da rainha Ginevra, entrando no aposento em que se encontravam sua ama e o apaixonado cavaleiro Lancelote, tossiu para adverti-los de sua presença.

PARAÍSO

16 "Vós sois", eu comecei, "minha raiz;
    e me animais com vosso incitamento,
    fazendo-me subir mais do que eu quis.

19 De tão forte e vivaz contentamento
    se inunda a minha mente, que, afinal,
    temo não ter, para sustê-lo, alento.

22 Dai-me a saber, caríssimo ancestral,
    de vossos pais e do bom tempo, então,
    de vossa infância, no torrão natal.

25 Sobre o redil narrai-me de São João;
    quanto somava sua gente ativa,
    e qual, entre ela, a de mor projeção."

28 Tal o carvão que seu fulgor aviva
    ao perpassar do vento, eu vi aquela
    luz cintilar, à minha rogativa.

31 E, pois, fulgindo mais que a própria estrela,
    em tom me respondeu, nítido e suave,
    numa língua que a nossa mais singela:

34 "Dês que um Anjo surgiu, exclamando Ave,
    ao momento em que minha mãe se fez
    livre do corpo meu, que lhe era grave,

37 quinhentas vezes mais cinquenta e três
    ficou este planeta a fulgurar,
    em brilho mais vivaz, de Leão aos pés.

---

18. Fazendo-me subir mais do que eu quis: ante a declaração de seu ancestral de que fora, de fato, um cavaleiro, o poeta sentiu--se, pelo natural orgulho do sangue, mais importante do que realmente pensava ou desejava ser.
25. Sobre o redil narrai-me de São João: o redil de São João, Florença, que tinha por patrono o Batista, como tivera antes o deus Marte.
33. Numa língua que a nossa mais singela: Cacciaguida se exprimia, provavelmente, no primitivo e puro dialeto toscano de seu tempo, algo diferente, decerto, da língua geral italiana a que Dante estava acostumado, e mais singela do que esta, segundo o poeta. Alguns comentadores, entretanto, opinam que Cacciaguida se exprimia em latim.
34. Dês que um Anjo surgiu, exclamando Ave: o anjo Gabriel, na Anunciação a Maria. Os Florentinos calculavam o tempo a partir da Encarnação, e não do nascimento de Cristo. Cacciaguida explica, então, que desde a Encarnação até o dia de seu nascimento, o planeta em que se encontravam, Marte, passara quinhentas e cinquenta e três vezes pela constelação do Leão. Ora, cada uma destas revoluções se realiza em 687 dias, e assim Cacciaguida deveria ter nascido no ano de 1107.

40   Os meus, como eu, nascemos no limiar
       do último sexto, ao qual correm à frente
       os que se vão, o pálio a disputar.

43   Quanto a eles creio ser o suficiente;
       pois quem eram, de fato, e de onde vinham,
       calar, mais que dizer, é conveniente.

46   Os homens que com armas se entretinham
       não somavam, de Marte até São João,
       mais que um quinto dos que hoje ali se apinham.

49   Não se vira invadida a povoação
       por Certaldo, Fegghine e Campi, e assim
       era pura até o último artesão.

52   Mais lhe convinha tê-los ainda, enfim,
       tão só como vizinhos, e situar
       em Galuzzo e Trespiano o seu confim,

55   que havê-los recolhido, e tolerar
       a infâmia de Aguglione e o odor de Signa,
       a volver para o alheio o torpe olhar!

58   Se não se houvesse a gente esquiva e indigna
       feito de César a madrasta fria,
       em vez de ser para ele mãe benigna,

61   um que hoje é Florentino, e negocia,
       já teria volvido a Simofonte,
       onde na ronda o seu avô vivia;

---

41. *Do último sexto, ao qual correm à frente*: a cidade de Florença se dividia em sextos. Um deles era o da Porta de São Pedro, e era o último para os cavaleiros que, disputando os tradicionais jogos do pálio, no dia de São João Batista, corriam da periferia para o centro da cidade, em sentido contrário ao da torrente do Arno.

46. *Os homens que com armas se entretinham*: respondendo à pergunta de Dante (verso 26), diz Cacciaguida que os homens capazes de manejar as armas, na Florença de seu tempo, eram apenas um quinto em relação à Florença de 1300 (data suposta da narrativa). De Marte, quer dizer, da estátua de Marte, o antigo padroeiro da cidade, junto à Ponte Velha. Até São João, até o Batistério de São João Batista, no outro extremo de Florença antiga.

49. *Não se vira invadida a povoação*: a Florença de então não fora ainda infiltrada com os adventícios provindos de Certaldo, Fegghine e Campi, núcleos do antigo condado florentino — e sua população se mantinha pura até o mais modesto artesão.

56. *A infâmia de Aguglione e o odor de Signa*: Baldo de Aguglione, juiz que confirmou em 1311 a condenação de Dante, impedindo-o de regressar a Florença, e Signa, também um juiz, tido como prevaricador — exemplos apontados por Cacciaguida como resultantes da infiltração dos maus vizinhos em Florença.

58. *Se não se houvesse a gente esquiva e indigna*: a gente que se opunha a César (o Imperador) é tornada responsável pela mudança havida em Florença e pelo seu declínio já evidente. Alusão aos Guelfos, ou talvez, com mais plausibilidade, aos aliados dos Guelfos, isto é, ao clero sob o comando do Papa Bonifácio VIII. O poeta estava convencido de que a Itália só se salvaria com o reconhecimento da autoridade do Imperador, e acusa a Igreja de a isto se opor, sistematicamente. Quer dizer, se houvesse, em tempo, sido instaurado o governo imperial, não teria havido a invasão de Florença pelos seus vizinhos ou estes teriam sido forçados a retornar a sua origem. Algum ávido banqueiro ou negociante inescrupuloso teria voltado a Simofonte; os Cantis estariam ainda em Montemurlo; os Cercchis em Acone; e os Buondelmontis em Valdigrieve.

64 e Montemurlo inda veria os Conti;
e inda Acone daria aos Cercchi assento,
tal como Valdigrieve aos Buondelmontí.

67 Das gentes o confuso ajuntamento
sempre faz as cidades desgraçadas,
qual no indivíduo o excesso de alimento;

70 e um touro, cego, tomba às cutiladas
mais veloz que o cordeiro; e melhor talha
às vezes uma do que cinco espadas.

73 Se pensas em Luní ou Urbiságlia,
na voragem do tempo consumidas,
e como vão Chiusí e Sinigáglia,

76 a ruína das famílias distinguidas
motivo não será de espanto, enfim,
já que as próprias cidades vês perdidas.

79 As coisas que o homem cria terão fim,
como o próprio homem; só que esta sentença
a algumas dá mais tempo — e a vida é assim.

82 E como, em seu volver, a lua a imensa
praia cobre e descobre sem parar,
assim faz a Fortuna com Florença.

85 Não deve ser, por isto, de admirar
o que ora vou dizer dos Florentinos
de antanho, cujo nome ouvi ressoar.

88 Hugos, Grecos, Felipes, Catelinos,
Albericos e Ormanes, já caídos,
foram outrora prósperos e dinos.

72. Às vezes uma do que cinco espadas: o crescimento desordenado da população não habilita, por si só, as cidades a melhor se protegerem na guerra. Do mesmo modo que o enorme touro, quando ferido, cai mais facilmente que o cordeiro, e uma só espada pode ser mais eficiente que cinco, Florença, com a sua população quintuplicada, tornara-se mais frágil e mais vulnerável (confira-se com os versos 46 a 48).
73. Se pensas em Luni ou Urbiságlia: duas cidades italianas, então completamente destruídas. Chiusi e Sinigáglia, outras duas cidades que se aproximavam de sua ruína, e iriam repetir Luni e Urbiságlia.
88. Hugos, Grecos, Felipes, Catelinos: Cacciaguida refere várias antigas famílias florentinas que, em seu tempo, foram de grande prol, mas já, ao tempo de Dante, haviam desaparecido ou entrado na obscuridade.

91 Vi, tão antigos quanto enaltecidos,
    os Ardinghi e os Bosticchi, como os da Arca,
    e os Soldanieri, e os de Sanela unidos.

94 Àquela porta em que inda resta a marca
    das infâmias que a vila arruinariam,
    qual sobrecarregada e aberta barca,

97 viam-se os Ravignani, de que iriam
    provir o conde Guido e os mais que o honrado
    nome de Belincione adotariam.

100 Haviam os da Pressa a arte apurado
    de governar, e Galigai mantinha
    de sua espada o punho redourado.

103 Floriam os da casa da Doninha,
    Giuocchi, Sacchetti e Galli e mais Barucci,
    e os que hoje coram pela má farinha.

106 Brilhava, então, o tronco dos Calfucci;
    e já haviam subido, satisfeitos,
    à alta curul os Sizzi e os Arrigucci.

109 Oh! Como eu vi os que ora estão desfeitos
    por seu orgulho! E os círculos dourados
    alçavam-se, na vila, aos grandes feitos!

112 Eram assim os pais, assinalados,
    dos que hoje, quando vaga a vossa Igreja,
    correm ao consistório, regalados.

94. Àquela porta em que inda resta a marca: na Porta de São Pedro, onde ainda se localizavam os Cercchis (a marca das infâmias, etc.), viam-se antigamente os Ravignanis, de que descendia o conde Guido Guerra (Inferno, Canto XVI, versos 37 a 39), família ilustre, que se uniu à de Belincione Berti. Os Cercchis, vindos do campo (veja-se o verso 65), de modestíssima origem, entraram a prosperar no comércio, e, participando da vida política de Florença, foram em grande parte responsáveis, mais tarde, pelos sangrentos conflitos entre Brancos e Negros, causa do infortúnio e do exílio de Dante.
100. Haviam os da Pressa a arte apurado: a família Pressa, ao tempo de Cacciaguida, exercia o governo de Florença; e os Galigais já haviam sido feitos cavaleiros, isto é, podiam ostentar as espadas com os copos dourados.
103. Os da casa da Doninha: os Piglis, em cujo emblema se inscrevia uma faixa de pele de doninha. Como os outros, mencionados a seguir, desfrutaram de nome ilustre, mas já então eram insignificantes.
105. E os que hoje coram pela má farinha: pérfida alusão aos Chiaramonteses, um dos quais se dizia haver usado medidas viciadas na venda do sal e da farinha, episódio já referido pelo poeta (Purgatório, Canto XII, verso 105).
109. Oh! Como eu vi os que ora estão desfeitos: e vi (prossegue Cacciaguida) em seu fastígio os Ubertis, que encarnaram, depois, com Farinata, o poder gibelino (Inferno, Canto X, versos 32 e seguintes), e perderam-se por seu orgulho. Os círculos dourados eram a insígnia dos Lambertis, que foram, mais tarde, expulsos da cidade (Inferno, Canto XXVII, versos 106 a 111, e respectivas notas).
112. Correm ao consistório, regalados: e de tal sorte era a estirpe desses que hoje, avidamente, quando se vaga o Bispado, trasladam-se à Cúria, e, a pretexto de administrá-la, ali se banqueteiam e se locupletam.

PARAÍSO

115   A grei que contra os frágeis esbraveja,
      mas ante o que lhe rosna e mostra o dente,
      ou lhe abre a bolsa, pávida, rasteja,

118   já se erguia, mas vinda de tal gente,
      que Ubertin censurou, sendo um Donato,
      o sogro que a admitiu como parente.

121   Os Caponsaccos viam-se, de fato,
      junto ao Mercado; e ali Giuda já era
      o seu vizinho, assim como o Infangato.

124   E ouve esta coisa incrível, porém vera:
      O recesso da vila se alcançava
      pela porta a que deu seu nome um Pera!

127   Cada um que o belo emblema levantava
      do preclaro barão, cuja alta empresa
      nas festas de Tomás se celebrava,

130   dele houve, então, os foros de nobreza;
      inda que um deles haja permutado
      os seus debruns por trapos da pobreza.

133   Os Gualterotti e os Importuni, lado
      a lado, eu vi no Burgo a que melhor
      fora da nova gente ser poupado.

136   A casa que engendrou a vossa dor,
      nos transportes da fúria e do desdém,
      espalhando por tudo o sangue e o horror,

115. A grei que contra os frágeis esbraveja: a família dos Adimaris, a um dos quais foram confiados os bens de Dante quando de sua condenação e exílio. O poeta lhes atribui, rudemente, o epíteto de covardes — encanzinando-se contra os frágeis e os fugitivos, mas humildes e subservientes ante os ricos e os poderosos. Os Adimaris, segundo o poeta, provinham de origem tão vil que Ubertin Donato chegou a romper com seu sogro, Belincione Berti (verso 99), quando este aquiesceu ao casamento de uma de suas filhas com um Adimari.
126. Pela porta a que deu seu nome um Pera: no antigo recinto murado da velha Florença de Cacciaguida se penetrava pela Porta Pera (ou Peruzzi), a qual tomara o nome de uma família das imediações; mas, ao tempo de Dante, essa família era das mais humildes e desconhecidas da cidade.
128. Do preclaro barão, cuja alta empresa: o preclaro barão, Hugo de Brandenburgo, marquês da Toscana, cuja memória se celebrava na abadia de Florença, anualmente, no dia de São Tomás de Canterbury. Várias famílias, tornadas nobres pelo marquês, ostentavam, em seus emblemas, as armas de Hugo, debruadas em ouro. Um de seus descendentes, entretanto (Giano della Bela, ao que se supõe), fazia agora, demagogicamente, causa comum com os que em Florença combatiam os privilégios da nobreza.
134. Eu vi no Burgo: o Burgo dos Santos Apóstolos, onde residiam as antigas famílias florentinas dos Gualterottis e dos Importunis, não tinha ainda perdido a sua tranquilidade por nele se terem instalado advertícios indesejáveis, os Buondelmontes.
136. A cara que engendrou a vossa dor: a casa dos Amideis, a qual, ao tempo de Cacciaguida, ainda era digna e honrada, com as famílias a ela ligadas, como os Lambertis (versos 109 a III, e respectiva nota). As lutas civis em Florença, entre Guelfos e Gibelinos, tiveram origem na rixa entre os Amideis e os Buondelmontes, em razão de umas núpcias frustradas.

"Mas convinha que junto ao Deus partido,
no pontilhão, Florença te imolasse
à longa paz que havia conhecido."

(Par., XVI, 145/7)

PARAÍSO

139   inda era, com os seus, propensa ao bem:
      Ó Buondelmonte, em má hora fugiste
      ao teu noivado, por ceder a alguém!

142   Feliz seria a vila, agora triste,
      se Deus te houvesse ao Ema concedido,
      quando para ela os passos dirigiste!

145   Mas convinha que junto ao Deus partido,
      no pontilhão, Florença te imolasse
      à longa paz que havia conhecido.

148   Com homens tais, com gente de tal classe,
      eu vi Florença, em seu destino alado,
      sem ter motivo para que chorasse.

151   Vi o seu povo à glória devotado,
      e vi, subido, o lírio, que até então
      não se humilhara, à poeira arremessado,

154   nem se mudara em rubro, à divisão".

140. Ó Buondelmonte, em má hora fugiste: Buondelmonte de Buondelmonti havia contratado casamento com uma jovem da família Amidei. Mas rompeu tal compromisso para desposar uma herdeira da família Donati, ao que se dizia a isto persuadido pela futura e nova sogra. Vingaram-se os Amideis, assassinando-o ao pé da destroçada estátua de Marte, junto à Ponte Velha. E aí se seguiram terríveis lutas entre as duas famílias e os que a cada uma acompanharam. Melhor fora para Florença e o seu povo (afirma o velho Cacciaguida) se o primeiro Buondelmonte que ali chegou se tivesse afogado nas águas do rio Ema, quando o transpôs para alcançar a cidade.
145. Mas convinha que junto ao Deus partido: junto à estátua já semidestruída de Marte, o primeiro patrono de Florença, à entrada da Ponte Velha.
152. E vi, subido, o lírio, que até então: a antiga insígnia de Florença era um lírio branco em campo vermelho. Até que sobrevieram as lutas civis, era Florença poderosa, e seu emblema jamais se vira arriado ou arrastado ao pó pelos seus inimigos, como depois veio a acontecer. Com a ascensão dos Guelfos ao poder, o emblema foi mudado para um lírio vermelho, em campo branco.

CANTO XVII

A pedido do poeta, Cacciaguida (o cenário é ainda o quinto céu, ou céu de Marte) lhe decifra e explica as profecias por ele ouvidas no Inferno e no Purgatório, especialmente quanto ao seu próximo exílio e às atribulações que deste lhe adviriam. E exorta-o a, voltando à terra, narrar clara e fielmente tudo o que observara no reino eterno, sem temor de que suas palavras pudessem desagradar a alguém, inclusive aos poderosos.

1   Tal a Climene foi por lhe indagar
do que contra ele ouvira propalado
aquele que inda os pais leva a sofrear

4   seus filhos, eu me achava, alvoroçado;
mas viram-no Beatriz e a luz dileta
que havia, por falar-me, se adiantado.

7   E minha dama, então: "Expede a seta
do teu dizer, à corda retesada,
mas faze-o em forma explícita e direta.

10   Não que com isto vá incrementada
nossa profunda e ínsita visão,
mas por teres a sede bem saciada!"

13   "Subiste, ó pai, a tanta perfeição,
que assim como forçosa nossas mentes
percebem ser num triângulo a inserção

16   de um só obtuso, as coisas contingentes
tu vês, ainda em ser, ao ponto olhando
em que todos os tempos são presentes.

---

1. Tal a Climene foi por lhe indagar: aquele (verso 3) cujo exemplo no desgraçado episódio do carro (isto é, Fetón) faz com que ainda hoje procurem os pais refrear os excessos dos filhos, correu à sua mãe, Climene, por ouvir dela a verdade sobre o que se propalava a seu respeito, a saber, que não era filho de Apolo, mas de Epafo. Segundo a fábula, Fetón obteve de seu pai (Apolo) permissão para guiar seu fúlgido carro (o Sol). Mas, incapaz de dirigi-lo com prudência, fez com que o carro se incendiasse nos céus, perecendo.
4. Eu me achava, alvoroçado: naquele instante o poeta se achava possuído de dúvida, como Fetón: senão quanto à sua origem, pelo menos quanto ao seu futuro (como se explica nos versos 22 a 27). Beatriz e o seu trisavô Cacciaguida (a luz dileta), que lhe vinha falando sobre Florença, leram-no perfeitamente em seu pensamento. Mas, mesmo assim, Beatriz o incentivou a manifestar claramente a dúvida que o preocupava.
17. Ao ponto olhando: contemplando a Deus, o ponto em que o futuro e o passado se fazem presentes, visto que a noção da eternidade é superior à sucessão do tempo.

PARAÍSO

19   Enquanto, com Virgílio, ia grimpando
pela encosta que o mal das almas cura,
ou visitava o báratro nefando,

22   algo de minha vida ouvi futura
que me preocupa, embora, estoicamente,
eu possa suportar a desventura.

25   E, pois, confortaria minha mente
saber o que me pôs a Providência,
que o mal previsto vem mais lentamente."

28   Assim falei àquela refulgência;
e tal como Beatriz o reclamava,
fiz-lhe minha sincera confidência.

31   Então, sem os disfarces de que usava
a gente estulta, antes da imolação
do Cordeiro de Deus que as manchas lava,

34   mas com voz firme e nítida expressão,
tornou-me ali o caro amor paterno,
oculto e manifesto em seu clarão:

37   "As contingências vãs, que o vão caderno
da existência mortal decerto inclui,
estão descritas no conspecto eterno.

40   Mas este, por si só, não as influi,
senão como a visão em que se espelha
a nau que da corrente à flor deflui.

---

20. Pela encosta que o mal das almas cura: o Purgatório.
21. Ou visitava o báratro nefando: o Inferno.
22. Algo de minha vida ouvi futura: desde que iniciara, com Virgílio, o percurso pelo mundo eterno, o poeta ouvira obscuras previsões sobre o seu destino político e sobre o seu exílio. No Inferno haviam-lhe falado a respeito o gibelino Farinata (Inferno, Canto X, versos 79 a 81) e seu antigo mestre Bruneto Latino (Inferno, Canto XV, versos 61 a 73); e no Purgatório ouvira as insinuações de Conrado Malaspirta (Purgatório, Canto VIII, versos 133 a 139) e do pintor Oderísio de Gúbio (Purgatório, Canto XI, versos 139 a 142). E pede, então, ao seu trisavô Cacciaguida que lhe desvende, claramente, o que o futuro lhe reservava.
32. A gente estulta, antes da imolação: a gente estulta, quer dizer, os pagãos, anteriormente à vinda de Cristo ao mundo. Os famosos oráculos do paganismo se pronunciavam, com efeito, habitualmente, em linguagem misteriosa e enigmática.
35. O caro amor paterno: seu interlocutor e trisavô Cacciaguida.
37. As contingências vãs: os acontecimentos mundanos, as ações dos homens, as quais não são determinadas diretamente por Deus e dele, em última análise, não dependem (por serem decorrência do livre-arbítrio).

43 E por ele, tal qual à humana orelha
    chegam os sons de um órgão, vejo à frente
    aquilo que a Fortuna te aparelha.

46 Como Hipólito a Atenas tristemente
    deixou, pela madrasta perseguido,
    tu deixarás Florença de repente.

49 Assim se quer, assim foi decidido
    ali onde o poder se abriga escuso
    que o próprio Cristo à feira tem vendido.

52 Na vítima somente, como de uso,
    a culpa se porá, porque se afaste,
    até que o Céu coíba um tal abuso.

55 As coisas deixarás que mais amaste;
    e assim é que de início à alma alanceia
    o arco do exílio, à ponta de sua haste.

58 Sentirás o amargor, à boca cheia,
    do pão de estranhos, e quão dura é a via
    de subir e descer a escada alheia.

61 E mais te abalará a companhia
    daquela gente indigna e celerada,
    com que sairás, cumprindo esta agonia;

64 pois que insolente, estúpida e malvada
    se erguerá contra ti; mas num momento
    ela, e não tu, ver-se-á ensanguentada.

67 Demonstrar-se-á no seu procedimento
    a sua inépcia: e muito bem farás
    buscando o rumo teu, no isolamento.

---

46. *Como Hipólito a Atenas tristemente*: Hipólito, filho de Teseu, viu-se expulso de Atenas pelas maquinações de Fedra, sua madrasta.
50. *Ali onde o poder se abriga escuso*: ali, quer dizer, em Roma, onde o Papa Bonifácio VIII (o poder escuso) preparava a entrega de Florença aos inimigos de seu governo, que o poeta integrava, isto é, aos facciosos Negros de Corso Donati. Dante considerava a política de Bonifácio VIII contrária à missão da Igreja.
62. *Daquela gente indigna e celerada*: com a entrada vitoriosa dos Negros em Florença (1301-1302), inúmeros adeptos da facção branca tiveram que deixar às pressas a cidade, fugindo às violências e perseguições; e entre eles, o poeta. Mas a companhia de tais foragidos, malévolos, inconsequentes e desconfiados, logo se lhe tornaria intolerável. Esta agonia, a agonia do exílio.
66. *Ela, e não tu, verse-á ensanguentada*: os Brancos foragidos organizaram-se para reentrar pelas armas em Florença. O poeta opôs-se a esta medida, por entender que ela se fadava a total malogro. Os exilados voltaram-se, então, contra ele. Mas os fatos iriam demonstrar que Dante estava com a razão, pois a força enviada contra Florença foi fragorosamente batida às margens do Arno.

PARAÍSO

70 Um refúgio de início encontrarás
    na generosidade do Lombardo
    que no topo da escada uma águia traz,

73 tão desejoso de aliviar-te o fardo,
    que entre o solicitar e o conceder
    virá primeiro o que de regra é tardo.

76 Conhecerás ali o que ao nascer
    foi desta estrela à luz predestinado
    por feitos estupendos empreender.

79 Inda o não sente o povo descuidado;
    que há nove anos somente se transmuda
    do céu, em seu redor, o curso alado.

82 Mas antes que o Gascão a Henrique iluda,
    já luzirá aos homens sua vida,
    sobranceira à riqueza e à faina ruda.

85 Sua atuação será tão distinguida,
    que mesmo à boca de seus inimigos
    se ouvirá, com frequência, enaltecida.

88 Segue-o na glória, como nos perigos;
    que há-de levar justiça a muita gente,
    mudando o estado a ricos e mendigos.

91 E isto, por fim, conserva em tua mente,
    mas em segredo"... E transmitiu-me, então,
    algo de incrível, aparentemente.

70. Um refúgio de inicio encontrarás: e o teu primeiro refúgio (prossegue Cacciaguida em sua previsão) te será proporcionado pela generosidade do Lombardo, isto é, Bartolomeu della Scala, senhor de Verona. A insígnia dos Scalas era uma águia sobre o topo de uma escada. E tão generoso se mostrou Bartolomeu que, para conceder asilo ao poeta, não aguardou o seu pedido, como é a regra; mas antecipou-se, oferecendo-o.
76. Conhecerás ali o que ao nascer: e ao lado de Bartolomeu, o poeta iria encontrar seu irmão, Cangrande della Scala, tão favoravelmente influído, no seu nascimento, por Marte (desta estrela à luz), que se predestinava a realizar feitos extraordinários.
80. Que há nove anos somente se transmuda: a época a que se reporta a narrativa (1300) Cangrande era ainda uma criança. Tinha apenas nove anos, e ninguém podia antever seu notável futuro.
82. Mas antes que o Gascão a Henrique iluda: o Gascão, o papa Clemente V, natural da Gasconha, e que tendo reconhecido a Henrique VII, de Luxemburgo, como titular do Sacro Império Germânico-Romano, sabotou-lhe abertamente a causa quando ele se trasladou à Itália. Mas antes de tais fatos, ocorridos em 1312, já o mundo teria demonstração das excepcionais qualidades do jovem Cangrande.
88. Segue-o na glória, como nos perigos: Cacciaguida exorta o poeta a acompanhar Cangrande em sua brilhante trajetória, que seria causa de grandes e favoráveis modificações na situação da Itália. E Dante, com efeito, demonstrou tão profunda admiração por Cangrande della Scala que lhe dedicou o Cântico do Paraíso.

DANTE ALIGHIERI

94 "Eis, filho", acrescentou, "a explicação
dos augúrios que ouviste; eis as insídias
que a ti, em breve, se demonstrarão.

97 Mas não cedas a invejas ou desídias,
que tua vida durará bastante
por veres castigadas tais perfídias."

100 E quando se calou a luz brilhante,
depois de assim compor e urdir a trama
naquela tela que lhe abri diante,

103 principiei, como o que ansioso clama
pelo conselho próvido e avisado
de alguém a que respeita, e honra, e ama:

106 "Bem vejo", eu disse, "ó caro antepassado,
como se apressa o tempo por golpear-me,
mas me achará decerto preparado.

109 E é bom que de paciência agora eu me arme,
visto que se o meu lar eu deixarei,
não perca os outros pelo ousado carme.

112 No báratro, em que a treva é a eterna lei,
e pelo monte, em cujo excelso cume
o olhar de minha dama divisei,

115 e pelo céu, após, de lume em lume,
coisas eu vi que levarei comigo
e muitos ouvirão com azedume.

99. Por veres castigadas tais perfídias: o poeta não teve, entretanto, o prazer de assistir ao castigo que se prometia aos seus perseguidores. Pois a morte o colheu ainda no exílio, em Ravena, em 1321, quando a situação em Florença não se havia modificado, como ele sempre esperou.
100. E quando se calou a luz brilhante: a luz brilhante, Cacciaguida, que se calou depois de desvendar a Dante os seus próximos sofrimentos (urdir a trama), preenchendo, assim, a tela que o poeta, com a sua pergunta (versos 25 a 27), lhe apresentara, vazia.
111. Não perca os outros pelo ousado carme: pois que devo afastar-me dos meus e do meu lar, precisarei ter cuidado para não perder também, com a afoiteza do meu canto (o ousado carme), os outros abrigos que de futuro obtiver. O poeta receia que, narrando o que viu em sua viagem pelo mundo eterno, pudesse agravar a muita gente e complicar ainda mais sua situação.
112. No báratro, em que a treva é a eterna lei: no Inferno.
113. E pelo monte, em cujo excelso cume: e no Purgatório, em cujo ápice (o Éden, o Paraíso terreal) eu encontrei Beatriz...
115. E pelo céu, de lume em lume: E pelo céu, de esfera em esfera...

PARAÍSO

118   Mas se eu não for do vero fiel amigo
         incorrerei decerto no desdouro
         entre os que o tempo atual dirão antigo."

121   A luz em que fulgia o grão tesouro,
         que ali achei, se fez mais animada,
         como o raio de sol no espelho de ouro.

124   "Só a consciência", disse-me, "abalada
         no seu íntimo ou próximo pudor,
         poderia mostrar-se inconformada.

127   Mas sê sempre veraz, e com rigor
         inteira reproduz tua visão;
         e cada qual se rale à própria dor.

130   Se ao amargor souber, de início, então,
         a tua voz, em próvido alimento
         se mudará, após a digestão.

133   Ressoem teus clamores como o vento
         que nos cimos percute mais veemente;
         e colherás em tal de honra argumento.

136   Por isto, aqui no páramo esplendente,
         no monte e na caverna dolorida,
         almas famosas viste, tão somente.

139   Que a consciência que escuta, distraída,
         não se deixa de exemplo impressionar
         que tenha uma raiz desconhecida,

142   nem de razão que não se vê brilhar."

---

118. Mas se eu não for do vero fiel amigo: mas, se eu vier a faltar à verdade por temor das consequências presentes, de certo serei esquecido e desprezado pelos pósteros (os que o tempo atual dirão antigo).
121. A luz em que fulgia o grão tesouro: a luz em que se envolvia a alma de Cacciaguida, meu trisavô.
125. No seu íntimo ou próximo pudor: as consciências que se sentissem turbadas pelos próprios erros, ou pelos erros de seus parentes e amigos. Só estas poderiam mostrar-se ofendidas com as verdades acaso proclamadas pelo poeta.
135. E colherás em tal de honra argumento: e se tuas palavras, penetradas de verdade, atingirem a personalidades eminentes, isto só poderá elevar-te mais, fazendo ressaltar tua bravura e destemor.
138. Almas famosas viste, tão somente: e por isto mesmo é que te foi dada a oportunidade de avistar no Céu, como no Purgatório e no Inferno, somente almas de pessoas que na terra desfrutaram de prestígio, fama e projeção.
139. Que a consciência que escuta, distraída: pois somente os fatos relativos a pessoas assim destacadas podem despertar interesse, impressionando as consciências que, distraidamente, vierem a escutar a tua narrativa.

CANTO XVIII

Depois de nomear, no quinto céu, ou céu de Marte, algumas dentre as almas dos combatentes que ali se encontravam, Cacciaguida desaparece. Nesse instante, o poeta sente-se transportado ao sexto céu, o do planeta Júpiter, onde os espíritos dos príncipes justos, que governaram com sabedoria os seus povos, se lhe demonstram, compondo, no espaço, a figura de uma luminosa e imensa águia, símbolo da justiça.

1   Quedava-se em silêncio o santo lume,
    só com seu pensamento, enquanto eu fruía
    do meu, entre doçuras e azedume

4   — quando aquela que a Deus me conduzia
    me disse: "Não te inquietes, que te assisto
    junto ao poder que as dores alivia."

7   De sua voz volvi-me ao som benquisto;
    e qual lhe vi de amor o olhar luzente
    de tentar figurá-lo ora desisto;

10 não que a palavra eu tenha insuficiente,
    mas porque tão sublime claridade,
    a tamanha distância, excede à mente.

13 Mais não posso dizer — esta é a verdade —
    senão que ao contemplá-la vi desfeito
    o meu temor, tornando à suavidade;

---

1. Quedava-se em silêncio o santo lume: após ter desvendado a Dante o seu destino, como consta do Canto precedente, Cacciaguida (o santo lume) calou-se, absorto em seus próprios pensamentos. E em silêncio se quedou também o poeta, cuja imaginação oscilava entre a promessa da glória futura (as doçuras) e os sofrimentos do exílio iminente (o azedume), que as palavras de Cacciaguida lhe prognosticavam.
4. Quando aquela que a Deus me conduzia: Beatriz.
9. De tentar figurá-lo ora desisto: ao ver, luzentes de amor e felicidade, os olhos de Beatriz, o poeta se declara incapaz de descrevê-los, e não tanto por insuficiência de sua palavra, mas por ser impossível à memória reproduzir a claridade que, naquele sítio do Paraíso, o havia, então, deslumbrado.
12. A tamanha distância, excede à mente: era, na verdade, impossível descrever exatamente aquela radiosa visão de Beatriz, quando já não a tinha diante dos olhos (a tamanha distância), e devia valer-se tão-somente de sua memória.

PARAÍSO

16   que o brilho celestial, firme e direito,
     que lhe fulgia no formoso viso,
     me deslumbrava, em refletido efeito.

19   Despertando-me, à luz de seu sorriso,
     "Volta-te, há mais que ouvir, que ao meu olhar
     não se reduz", falou-me, "o paraíso".

22   E como aqui se veem manifestar
     na vista as sensações, quando são tais
     que a alma nos fazem a elas imantar.

25   no lume, ali, que em raios mil iriais
     reverberava, eu percebi, então,
     o anseio de falar-me um pouco mais

28   "Aqui", principiou, "na divisão
     que é a quinta desta planta eleita e fida,
     que frutifica à eterna floração,

31   almas estão que na terrena vida
     foram de tal valor e tanta fama
     que a lira exaltariam mais subida.

34   Observa a cruz que de astros se recama:
     O que eu nomear verás luzir ligeiro,
     como nas nuvens repentina chama."

37   E sobre o lenho um vívido luzeiro
     refulgiu, mal Josué foi mencionado;
     e nem posso dizer que ouvi primeiro.

18. Em refletido efeito: a luz divina, que fulgia no olhar de Beatriz, se refletia, incidindo, por sua vez, sobre o poeta.
22. E como aqui se veem manifestar: aqui, quer dizer, na terra, no mundo dos vivos, onde as sensações fortes, que absorvem totalmente a alma, costumam manifestar-se nos olhos de quem as experimenta.
25. No lume, ali, que em raios mil iriais: a alma de Cacciaguida (o lume) que ao poeta se apresentara, ali, no quinto céu, ou céu de Marte, indicava, pelo incremento de sua luminosidade, que ainda lhe queria comunicar algo.
29. Que é a quinta desta planta eleita e fida: a planta eleita e fida, o Paraíso, com seus nove céus concêntricos, os ramos. Posto que aquela planta recolhia diretamente de Deus a sua virtude, era eterna a sua floração. A quinta divisão, quer dizer, o quinto céu, ou céu de Marte, onde o poeta se encontrava naquele instante.
31. Almas estão que na terrena vida: as almas dos que haviam combatido pela Igreja e pela fé eram as que se demonstravam no quinto céu. Cacciaguida afirma que muitos deles haviam sido, em vida, dotados de tal valor e granjeado tanta fama que certamente poderiam tornar grande e ilustre o poeta (a lira) que lhes celebrasse os feitos.
34. Observa a cruz que de astros se recama: a imensa cruz luminosa que se formara ali, no planeta Marte, e sobre a qual brilhavam, em contínuo movimento, as almas dos combatentes (veja-se o Canto XIV, versos 97 a 102, e 109 a 111).
35. O que eu nomear verás luzir ligeiro: Cacciaguida adverte o poeta de que irá nomear algumas daquelas almas ilustres; e quando as nomeasse, elas se demonstrariam por sua maior fulguração, similarmente a um relâmpago nas nuvens.
39. E nem posso dizer que ouvi primeiro: mal Cacciaguida pronunciou o nome de Josué a alma deste se demonstrou na cruz, como um relâmpago; e de tal modo que o poeta não poderia dizer que tivesse ouvido primeiro o chamado.

40   De Macabeu ao nome aureolado
        outro surgiu, alegre, rodopiando
        como o pião à corda impulsionado.

43   À vez de Carlos Magno, à vez de Orlando,
        dois se moveram, sem nenhum retardo,
        que no ar segui como falcões voando.

46   Depois trouxe Guilherme e o bom Renoardo,
        e o duque Godofredo, ao meu olhar,
        sobre a cruz, e Ruberto, inda, o Guiscardo.

49   Regressando, em seguida, ao seu lugar
        no coro alçado, o lume generoso
        perdeu-se, entre os artistas a cantar.

52   Volvi-me à minha dama, desejoso
        de pedir-lhe o conselho conveniente,
        pela palavra ou o gesto carinhoso.

55   Seu olhar divisei, resplandecente,
        inundado de glória e de alegria;
        e se tornava inda mais bela à frente.

58   E assim como o que avança pela via
        do bem-fazer percebe, sem surpresa,
        crescer sua virtude, dia a dia,

61   senti o céu se ampliar na redondeza,
        e deslizar ali com mais vigor,
        a tamanho milagre de beleza.

---

40. De Macabeu ao nome aureolado: vencendo as hostes do rei Epifânio, Macabeu libertou os Hebreus do jugo sírio.
43. À vez de Carlos Magno, à vez de Orlando: o Imperador Carlos Magno, que defendeu a Igreja ameaçada pelas armas longobardas (Canto VI, versos 94 a 96); e Orlando, seu sobrinho e valoroso condutor de seus exércitos.
46. Depois trouxe Guilherme e o bom Renoardo: Guilherme de Orange, que combateu os sarracenos, adversários dos cristãos; Renoardo, sobrinho de Guilherme, e seu lugar-tenente nessas lutas; Godofredo de Bouillon, conquistador de Jerusalém; e Ruberto Guiscardo, que desceu da Normandia para expulsar os mouros da Sicília e da Calábria.
50. O lume generoso: Cacciaguida, que o poeta chama de generoso, naturalmente pela acolhida cordial e festiva que lhe dedicou, bem como por lhe haver antecipado o seu destino. Após nomear, então, alguns dentre os heróis que ali se encontravam, Cacciaguida voltou ao seu lugar na imensa cruz, e, confundindo-se com os demais, desapareceu aos olhos do poeta. Era, agora, apenas uma voz, a cantar, entre os artistas do coro celestial.
61. Senti o céu se ampliar na redondeza: à medida em que Beatriz se transmutava (o milagre de beleza), o poeta percebeu que se distendia a circunferência do céu, a girar mais velozmente. Isto quer dizer que havia subido, então, ao céu imediatamente superior, isto é, ao sexto céu, ou céu de Júpiter, onde, como se verá a seguir, se demonstravam as almas dos que governaram, com justiça, os povos.

PARAÍSO

64 E tão depressa como volta a cor
    natural ao semblante alvinitente
    da dama antes turbada de rubor,

67 mudou-se aos olhos meus a luz ambiente:
    da sexta estrela a plácida paisagem
    cintilava em redor, diversamente.

70 E na jupiteriana alva paragem
    luzes mil fulguravam mui ligeiras,
    a jeito de exprimir nossa linguagem.

73 Como as aves que ao longo das ribeiras,
    em que bebem, ascendem às alturas,
    alegremente, em rodas ou fileiras,

76 assim as almas rútilas e puras,
    adejando e cantando, desenhavam
    de um D, de um I, de um L amplas figuras.

79 Primeiro, ao próprio ritmo bailavam;
    e depois de inculcar estes sinais,
    em silêncio, de súbito, quedavam.

82 Ó pegaseanas Musas, que inspirais
    os homens, e os fazeis sobreviver,
    e às cidades e reinos ilustrais,

85 ajudai minha pena a descrever
    aquelas letras, tais como eu as vi:
    Nos meus versos mostrai vosso poder!

88 Trinta e cinco sinais contei ali,
    entre consoantes e vogais; por fim,
    suas partes distintas traduzi.

67. Mudou-se aos olhos meus a luz ambiente: e tão depressa como, desfeito o súbito rubor, retorna a natural brancura ao rosto de uma dama, vi substituir-se a luz avermelhada de Marte (Canto XIV, versos 85 a 87) pela luz clara e suave da sexta estrela, isto é, de Júpiter, a cuja esfera me achei, assim, imperceptivelmente alçado.
71. Luzes mil fulguravam mui ligeiras: as almas que se demonstravam no sexto céu, ou céu de Júpiter, as almas, como se verá, dos príncipes equânimes. E aqueles numerosos espíritos pareciam, no seu brilho e movimento, querer manifestar algo, recorrendo, para tal, à linguagem (escritura) terrena.
78. De um D, de um I, de um L amplas figuras: logo o poeta percebeu que aquelas almas desenhavam, no espaço, imensas letras, começando com D, I e L; e recorriam, de fato, para se exprimir, à linguagem terrena, sob a forma de escrita.
82. Ó pegaseanas Musas, que inspirais: o poeta invoca, mais uma vez, o auxílio das Musas para descrever o assombroso espetáculo a que assistira. Segundo a fábula, as Musas, entre as quais Calíope, a musa da poesia épica, divertiram-se a adestrar o cavalo alado Pégaso. Por isto são ditas pegaseanas.
83. E os fazeis sobreviver: pela fama, naturalmente.

"Ó pegaseanas Musas, que inspirais
os homens, e os fazeis sobreviver,
e às cidades e reinos ilustrais..."

(Par., XVIII, 82/4)

PARAÍSO

91 "DILIGITE IUSTITIAM" era, assim,
co' o verbo e o nome, o dístico gravado;
"QUI IUDICATIS TERRAM" – vinha, enfim.

94 Depois, no M por último estampado,
quedaram-se, a fulgir; e à sua luz
fez-se, de argênteo, Júpiter dourado.

97 À sumidade do M, ainda, a flux,
novas almas pousaram, rebrilhantes,
louvores descantando ao que as conduz.

100 Quais chispas numerosas, esfuziantes,
de uma acha percutida se soltando,
para a falsa visão dos nigromantes,

103 alçaram-se às centenas, esboçando
a plena altura uma aura iluminada,
no ponto aonde Deus as foi situando.

106 A mutação apenas terminada,
de um colo de águia se mostrava a forma,
e a forma da cabeça sobrealçada.

109 Quem pinta ali dispensa a prévia norma;
pois é seu próprio guia, e ele somente
a força dá que a todo ninho informa.

112 As outras almas que, profusamente,
no corpo do M se enlaçavam antes,
moveram-se, a compor o resto, à frente,

91. *Diligite iustitiam*, etc.: juntando, a princípio, letra a letra, e separando em seguida as palavras, o poeta pôde ler esta frase: *Diligite iustitiam qui iudicatis terram* (Amai a justiça, ó vós que governais a terra). São palavras do Livro da Sabedoria, atribuídas a Salomão.
99. Louvores descantando ao que as conduz: as almas pousadas sobre o ápice do último M (de TERRAM) entoavam cânticos em louvor de Deus (o que as conduz).
102. Para a falsa visão dos nigromantes: entre os processos empregados pelos nigromantes para iludir os tolos, a pretexto de proceder às suas adivinhações, incluía-se o de percutir uma acha acesa, induzindo, das fagulhas assim desprendidas, os respectivos augúrios.
105. No ponto aonde Deus as foi situando: as almas (luzes) que se haviam agrupado na parte superior do M alçaram-se dali, então, umas mais, outras menos, segundo a vontade divina, para assumir a forma de uma águia, símbolo, aqui, naturalmente, da justiça.
109. Quem pinta ali dispensa a prévia norma: Deus, que, de sua mão desenhava aquela portentosa alegoria, não necessita de modelo (a prévia norma) para as suas obras, ao contrário dos artistas da terra; pois Deus é o seu próprio guia, o seu próprio modelo.
114. Moveram-se, a compor o resto, à frente: as almas, reunidas ao topo do M, figuravam o colo e a cabeça da águia; e as outras, que de início se juncavam na base do M (versos 94 a 96), moveram-se, então, para compor o restante da ave, o corpo, as asas, os pés.

"Ó celestial milícia, que contemplo,
protege os que, sobre a terrena via,
andam perdidos pelo mau exemplo!"

(Par., VXIII, 124/6)

PARAÍSO

115 Ó suave estrela, como cintilantes
as gemas vi de que à justiça humana
desce a luz que difundem, irradiantes!

118 E Àquele imploro, então, de que promana
o teu impulso, que se volte, atento,
para a fumaça que o fulgor te empana;

121 e castigue, de novo, o atrevimento
dos que maculam, traficando, o templo
erguido pela fé e o sofrimento!

124 Ó celestial milícia, que contemplo,
protege os que, sobre a terrena via,
andam perdidos pelo mau exemplo!

127 Co' a espada outrora a guerra se fazia;
mas hoje se promove, sonegando
o pão que o Pai a todos propicia.

130 E tu que excluis, por revogar, ganhando,
em Pedro e Paulo pensa, que imolados
foram à vinha às tuas mãos mirrando!

133 Dirás, no entanto: "Volvo os meus cuidados
tão só ao que adentrou da morte a dor
por efeito de efêmeros bailados;

136 e desconheço Polo e o Pescador."

115. Ó suave estrela, como cintilantes: o poeta se dirige à própria estrela em que se encontravam, isto é, Júpiter, para exprimir a emoção com que via de tão perto cintilarem as suas gemas (o seu brilho, a sua luz), propiciadoras ou inspiradoras da justiça humana. Recorde-se que a astrologia medieval localizava no planeta Júpiter a sede do sentimento de justiça.

118. E Àquele imploro, então, de que promana: a Deus, que te atribuiu semelhante força (a de infundir a justiça), rogo que se volte, então, para o fumo que na terra impede ou obscurece os teus raios (a obstinação da Igreja, que, desviada de sua missão espiritual para as preocupações temporais e as atividades políticas, impedia, segundo o poeta, que se reimplantasse, na Itália, em particular, como no mundo, em geral, a justiça do Império).

126. Andam perdidos pelo mau exemplo: o poeta invoca aquelas almas ali (a celestial milícia), para que velassem sobre os que na terra se desencaminhavam, atraídos pelo mau exemplo (da Igreja de então, naturalmente, e do próprio Papa, como parece ressaltar dos versos seguintes).

129. O pão que o Pai a todos propicia: a hóstia, que se recusava, então, a muitos, através das bulas de excomunhão. O emprego abusivo e generalizado dessa pena espiritual, subordinada, muitas vezes, a interesses políticos e financeiros, erigia-a, segundo o poeta, em nova arma de guerra, capaz até de substituir a espada.

130. E tu que excluis, por revogar, ganhando: tu que administras a excomunhão (que excluis), para depois a relevares no teu próprio interesse (por revogar, ganhando). A ousada objurgatória é sem dúvida dirigida ao Papa reinante na ocasião, isto é, em 1300 (Bonifácio VIII), a que Dante votava profundo ressentimento. O poeta o exorta a se mirar nos exemplos de São Pedro e de São Paulo, que se haviam sacrificado por aquela vinha (a Igreja), que agora se via fenecer em mãos inábeis.

133. Dirás, no entanto: Volvo os meus cuidados: entretanto, responder-me-ás — prossegue o poeta — que a tua atenção se dirige tão-somente ao santo solitário que morreu pelos desejos de uma dançarina, após efêmeros bailados (São João Batista). Significa-se que Bonifácio VIII não se importava com o exemplo de São Pedro (o Pescador), nem com o de São Paulo (referido, também, à forma popular de seu nome, Polo). Preocupava-se apenas com São João Batista, quer dizer, com os florins de ouro, a moeda de Florença, em uma de cujas faces estava gravada a efígie do santo, padroeiro da cidade.

"Diante de mim as asas distendia
o grão pássaro ali configurado
pelos lumes radiantes de alegria."

(Par., XIX, 1/3)

CANTO XIX

A *águia* – símbolo da justiça divina – formada pelas almas dos príncipes virtuosos; no sexto céu, ou céu de Júpiter, começa a falar ao poeta, e, a seu pedido, lhe esclarece uma dúvida relativamente à proscrição dos pagãos. Em seguida, alude a numerosos reis cristãos contemporâneos, que seriam chamados a responder, perante Deus, pelos seus atos injustos e as violências praticadas contra os respectivos povos.

1   Diante de mim as asas distendia
      o grão pássaro ali configurado
      pelos lumes radiantes de alegria.

4   Via-os fulgir como o rubi tocado
      por um raio de sol que a resplender
      os olhos me feria, refractado.

7   O que me cumpre agora descrever
      jamais em boca humana foi ouvido,
      e nem o pôde a mente conceber:

10   que promanar ouvi do rostro fido
      o som de meu e de eu, distintamente,
      mas que era nós e nosso no sentido.

13   "Por ter sido", falou, "justo e clemente,
      a este reino ascendi sereno e belo,
      que ao desejo ultrapassa mais ardente.

16   De meu nome na terra impus o selo,
      e tanto, que inda a gente ali selvagem
      o louva, mas não toma por modelo."

---

1. Diante de mim as asas distendia: refere-se o poeta à imensa águia luminosa, símbolo da justiça, formada no planeta Júpiter pelas almas dos príncipes virtuosos, como referido no Canto precedente, versos 106 a 114.
11. O som de meu e de eu distintamente: a imensa águia entreabriu o bico (o rostro fido) e falou. Suas palavras pareciam aplicar-se a cada um dos espíritos que a formavam, como se estes é que falassem, de per si, mas em uníssono (versos 19 a 21). Por isto o poeta observa que, sob a primeira pessoa do singular (eu), devia, na realidade, entender-se a primeira pessoa do plural (nós).
16. De meu nome na terra impus o selo: cada um daqueles príncipes e reis, que ali se demonstravam ao poeta em ato de traçar no espaço a figura da águia, haviam deixado na terra grande fama de valor, benignidade e justiça. E embora sua memória ainda fosse enaltecida no mundo dos vivos, ninguém lhes seguia mais o exemplo.

19   E tal de brasas múltiplas a aragem
     extrai um fogo só, os resplendores
     falavam pela voz daquela imagem.

22   Eu lhes bradei: "Ó recendentes flores
     da graça eterna, que juntais, então,
     num só vossos dulcíssimos odores,

25   espero ter de vós a explicação
     da dúvida sem fim que a minha mente
     avassalou em funda inquietação!

28   Inda que noutra esfera se apresente
     da justiça divina o espelho claro,
     seguro estou de que o mirais à frente,

31   E por ouvir-vos ora me preparo;
     que já sabeis, tendo podido vê-lo,
     o ponto em que me punge o dardo amaro."

34   Como o falcão, liberto do capelo,
     que se ergue, e agita as asas, à alegria
     de ver brilhar a luz, ardente e belo,

37   assim moveu-se a imagem, na harmonia
     de uma canção de tanta suavidade
     que quem a ouviu somente é que a avalia

40   "Aquele", começou, "que à extremidade
     o seu compasso distendeu do mundo,
     dotando-o de mistério e claridade,

---

25. Espero ter de vós a explicação da dúvida: o poeta pede, então, às almas que lhe solvam a dúvida que trazia consigo desde muito tempo. Tal dúvida, como se verá a seguir (versos 70 a 79), incidia sobre matéria, exatamente, de justiça divina: Seria justa a proscrição dos que morreram sem o batismo, e somente por isso?
28. Inda que noutra esfera se apresente: o poeta já sabia que os julgamentos de Deus se revelavam através dos Anjos chamados Tronos, noutra esfera, isto é, no sétimo céu, ou céu de Saturno (confira-se com o Canto IX, versos 61 a 63, e respectiva nota). Mas as almas beatas podiam divisá-los, onde quer que se encontrassem.
32. Que já sabeis, tendo podido vê-lo: ao pedir a explicação de sua dúvida o poeta não a referiu, expressamente. Sabia ser isto desnecessário, visto que as almas, podendo ler-lhe o pensamento, já teriam com certeza adivinhado a matéria que o preocupava (o ponto em que me punge o dardo amaro).
34. Como o falcão, liberto do capelo: o capelo, espécie de venda, ou véu, com que se envolvia a cabeça dos falcões por melhor conduzi-los ao local da caça.
37. Assim moveu-se a imagem: a imagem da águia luminosa, que, à pergunta do poeta, demonstrou sinais de alegria, ao jeito do falcão quando se vê livre do capelo.
40. Aquele, começou, que à extremidade: aquele, Deus, que abrange entre as pontas de seu compasso o mundo inteiro.

43   não lhe haveria de imprimir a fundo
     o seu próprio valor, sem que o seu verbo
     o transcendesse, plácido e profundo,

46   como se viu no prístino soberbo,
     que, com ser perfeitíssima criatura,
     da impaciência provou o fruto acerbo.

49   E, pois, resulta que a inferior natura
     não pode competir co' o bem primeiro
     que somente em si mesmo se mensura.

52   A inteligência humana, que é ligeiro
     e distante reflexo, assim, da mente
     que abarca o mundo no seu ser inteiro,

55   não se pode sentir tão suficiente
     que a sua própria origem não admita
     mais para além de tudo o que é aparente.

58   E por isto a justiça alta e infinita
     de Deus se mostra aos vivos em seu mundo,
     como o mar à visão de quem o fita,

61   e que lhe vê, perto da praia, o fundo,
     mas não no pélago, onde o seu velado
     e recôndito leito é mais profundo.

64   O lume só reluz quando emanado
     da vontade de Deus: o mais, então,
     disfarce é só da carne e do pecado.

67   Assim, tens desvendada a escuridão
     que te ocultava da justiça a face,
     e causa foi de tua inquietação.

46. Como se viu no prístino soberbo: o prístino soberbo, Lúcifer, que foi, segundo a tradição, a mais bela e perfeita dentre as criaturas. Apesar de sua perfeição, a impaciência de Lúcifer fê-lo perder a graça divina.
49. E, pois, resulta que a inferior natura: é óbvio que as naturezas inferiores à natureza de Lúcifer, como a natureza humana, não se podem elevar ao Criador, no sentido de devassar-lhe ou compreender-lhe os desígnios.
67. Assim, tens desvendada a escuridão: e creio assim — diz a águia ao poeta — ter explicado o ponto que te parecia obscuro (a razão de tua dúvida), relativamente aos móveis e à dinâmica da justiça divina.

70 Dizias-te contigo: 'Eis que o homem nasce
    do Indo remoto às margens, não achando
    quem sobre Cristo acaso lhe falasse,

73 mas ao longo da vida se guiando
    pelos princípios de uma sã razão,
    e em atos ou palavras não pecando.

76 E morre sem batismo, e, pois, pagão:
    Poderá, com justiça, ser punido?
    Que culpa é a dele, por não ser cristão?'

79 Porém, quem és, assim tão presumido,
    para julgar de coisas dessa alteza,
    com a curta visão de que és provido?

82 Quem, mesmo usando de mor sutileza,
    versasse estas questões sem a Escritura,
    da confusão seria a fácil presa.

85 Ó criaturas da terra estulta e impura!
    A vontade inicial, que é a suma norma,
    jamais se nega, nem se desfigura!

88 Perfeito e justo é o que a ela se conforma:
    Nenhum criado bem a atrai, decerto,
    pois dela é só que lhe provém a forma."

91 Como a cegonha, que revoa perto
    do ninho, após os filhos ter nutrido,
    sob o olhar dos que estão de bico aberto,

94 assim havia a imagem a asa erguido,
    enquanto eu observava os giros seus,
    as notas da canção no meu ouvido.

---

70. Dizias-te contigo: 'Eis que o homem nasce': a própria águia, que continua falando, se encarrega de exprimir, exatamente, a dúvida que o poeta se abstivera de formular, certo de que havia sido lida em seu pensamento (versos 32 e 33).
79. Porém, quem és, assim tão presumido: ao mesmo tempo em que se reportava à dúvida de Dante, expondo-a, a águia censura a presunção do poeta em querer julgar de coisas que estavam a imensa distância dele, servindo-se, para tal julgamento, de sua visão de homem, que não ia além de poucos palmos.
86. A vontade inicial, que é a suma norma: a vontade divina, sendo o sumo bem, não pode necessariamente afastar-se de si mesma, nem desmentir-se, nem desfigurar-se.

PARAÍSO

97   E, pois, falou-me: "Como os cantos meus,
que escutas, mas não podes entender,
são para os vivos as ações de Deus."

100 Aquietando-se as almas a esplender
naquele signo que fizera, então,
o mundo inteiro a Roma obedecer,

103 eis que seguiu: "Aqui não vem senão
quem firmemente acreditou em Cristo,
tanto depois quanto antes da Paixão.

106 Muitos que entanto gritam 'Cristo, Cristo!'
ver-se-ão, no juízo, dele distanciados
mais do que vários que ignoraram Cristo.

109 E podem tais cristãos ser rejeitados,
na divisão, pelos finais arcanos,
dos dois grupos — eleitos e danados.

112 E que dirão de tantos soberanos
os próprios Persas, quando for aberto
o livro em que se escrevem os seus danos?

115 Nele estará, a débito de Alberto,
a ação que ora planeja contra a corte
de Praga, e o chão lhe deixará deserto.

118 Nele estará do Sena a angústia forte
ao ver o seu dinheiro adulterado
pelo que irá, por um javardo, à morte,

102. O mundo inteiro a Roma obedecer: a águia fora também a insígnia do Império Romano, o qual, através dela, impôs ao mundo a sua autoridade. A águia que o poeta contemplava, ali, no céu de Júpiter, simbolizava a justiça divina; e, pois, quando se imobilizaram, de novo, as almas que lhe davam aquela aparência análoga ao signo imperial de Roma, ela prosseguiu em seu discurso.
104. Quem firmemente acreditou em Cristo: pela terceira vez o poeta, nestes dois tercetos (versos 103 a 108), não dá a Cristo outra rima senão o seu próprio nome. A primeira vez foi no Canto XII, versos 70 a 75; e a segunda no Canto XIV, versos 103 a 108.
112. E que dirão de tantos soberanos: no dia do Juízo Final todos se verão confrontados com a justiça divina. E os próprios pagãos (os Persas) teriam o direito de censurar os maus cristãos, entre os quais a águia luminosa, falando ao poeta, arrola numerosos príncipes reinantes na Europa naquela época (ano de 1300), que teriam de prestar contas a Deus de seus pecados, abusos e violências.
115. Nele estará, a débito de Alberto: e, no livro da justiça divina, a série dos príncipes contemporâneos culpados, apesar de cristãos, é iniciada com Alberto de Absburgo, titular do Sacro Império Germânico-Romano, a que Dante acusava de haver deixado a Itália entregue ao seu próprio destino, corrompido e anárquico (veja-se o Purgatório, Canto VI, versos 97 a 105). Aqui se alude, expressamente, à invasão da Boêmia (a corte de Praga), que Alberto iria promover em 1303, e da qual resultaria praticamente a destruição daquele reino.
118. Nele estará do Sena a angústia forte: refere-se ao rei Felipe o Belo, que teria causado grandes sofrimentos (a angústia forte) aos Franceses (ao Sena), quando falsificou a moeda de seu país, para subsidiar suas guerras de conquista. Felipe o Belo iria morrer de uma queda, quando, estando à caça, um javali chocou-se contra o seu cavalo.

121 Nele estará o orgulho insopitado
     do Inglês e do Escocês, cuja vaidade
     descontentes os faz de seu reinado.

124 E também a luxúria e a ociosidade
     dos reis de Espanha e Boêmia, juntamente,
     privados de valor e de vontade.

127 E Carlos Coxo, que terá, à frente,
     de um I marcado o seu merecimento,
     mas de um M os seus erros, certamente.

130 Ver-se-ão inda a avareza e o aviltamento
     do que sobre a ilha impera, cruel e lasso,
     que de Anquises colheu o extremo alento;

133 e porque seu papel resulta escasso
     a mal tamanho, emprega abreviaturas
     que dizem muito em reduzido espaço.

136 De seu tio e do irmão as escrituras
     a obra registrarão, cuja torpeza
     as glórias da família faz escuras.

139 O rei de Portugal e, em sua crueza,
     o da Noruega se verão também,
     e o que falseou a moeda de Veneza.

---

122. Do Inglês e do Escocês, cuja vaidade: refere-se a Eduardo I, rei da Inglaterra, e a Roberto, rei da Escócia, que se iriam guerrear, cada um cobiçando ao outro o respectivo reino.
125. Dos reis de Espanha e Boêmia: o rei Ferdinando IV, de Castela, e o rei Venceslau, da Boêmia.
127. E Carlos Coxo, que terá, à frente: Carlos II d'Anjou, então reinante sobre a Apúlia e Nápoles. Diz-se que o seu merecimento (era tido como homem generoso) se assinalaria, no livro da justiça divina, com a letra I, que indica, na ordem numeral, a unidade, enquanto os seus vícios com a letra M, que representa, na mesma ordem, o milhar (veja-se a propósito de Carlos II, o Canto VIII, verso 82, e respectiva nota).
131. Do que sobre a ilha impera, cruel e lasso: refere-se a Frederico II de Aragão, rei da Sicília, a ilha em que morrera Anquises, pai de Eneias. Frederico mostrou-se tão déspota e cruel que a justiça divina teve que usar abreviaturas para registrar a imensa série de seus pecados.
136. De seu tio e do irmão as escrituras: o tio de Frederico era Tiago, rei de Malorca, e seu irmão, outro Tiago, rei de Aragão. Ambos tornaram, por sua péssima conduta, obscuras as glórias da coroa aragonesa. As escrituras, o livro da justiça divina.
139. O rei de Portugal: Dionísio o Lavrador é o rei de Portugal aqui mencionado; o da Noruega, Akon VIII; e o terceiro parece tratar-se de Estevão Urósio, duque de Ragusa (parte da antiga Dalmácia), que se dizia haver falsificado a moeda de Veneza.

PARAÍSO

142 Ah bela Hungria, se te guardas bem!
E tu, Navarra, pondo-te ao abrigo
do mal que ante os teus montes se detém!

145 Aí estão, à prova do que digo,
Nicósia e Famagosta, em gritos e ais,
sob o terribilíssimo castigo

148 de seu tirano, em tudo igual aos mais!"

---

142. Ah bela Hungria: a águia luminosa refere-se à Hungria e a Navarra, que excepcionalmente desfrutavam de bons governos, exortando-as a se defenderem dos perigos que as rodeavam. O mal, que se detinha ante os Pireneus, defesa natural de Navarra, era evidentemente o rei de França, Felipe o Belo (verso 120), que proclamara seus direitos sobre o território navarrês.
146. Nicósia e Famagosta, em gritos e ais: e que a Hungria e Navarra se mirassem no exemplo de Chipre (de que Nicósia e Famagosta eram as cidades principais), assolada por um bestial tirano (Henrique II, de Lusignan).

"E quando as gemas claras e preciosas
do sexto céu no engaste refulgente,
quedaram-se de novo, silenciosas..."

(Par., XX, 16/8)

CANTO XX

No sexto céu, ou céu de Júpiter, a águia – símbolo da justiça e do poder real – continua a falar ao poeta, apontando-lhe, ali, algumas almas de príncipes e reis que se haviam notabilizado por suas virtudes; e lhe esclarece, então, mais detidamente, a dúvida que o preocupava quanto à proscrição dos pagãos,

1   Quando aquele que o mundo aclara e aquece
    deste nosso hemisfério se desprende,
    e o dia na amplidão desaparece,

4   o céu, que o não vê mais, presto se acende
    de milhares de luzes, juntamente,
    em que, no entanto, uma só luz esplende.

7   Esta transformação me veio à mente
    ao ver aquele signo do poder
    quedar-se no alto, silenciosamente,

10 enquanto as almas, nele, a resplender
    mais vivamente, moduraram cantos
    que já não posso agora descrever.

13 Ó graça eterna, em meio a risos tantos,
    como eram tuas notas harmoniosas,
    vibrando ali em pensamentos santos!

16 E quando as gemas claras e preciosas
    do sexto céu no engaste refulgente,
    quedaram-se, de novo, silenciosas,

---

1. Quando aquele que o mundo aclara e aquece: quando o sol, que ilumina o mundo inteiro, deixa, ao tramontar, o hemisfério boreal (onde o poeta se encontrava, ao escrever), e o dia, em toda a parte, desaparece, cedendo lugar à noite...
6. Em que, no entanto, uma só luz esplende: a luz divina, que brilha nas estrelas e em todo o universo.
7. Esta transformação me veio à mente: a transformação do céu diurno, em que o sol brilhava solitário, em céu noturno, onde se acendem milhares de astros, impôs-se ao espírito do poeta, como o símil apropriado, ao ver calar-se a imensa águia (o signo do poder), que lhe falara no Canto precedente, enquanto as almas dos príncipes virtuosos, que a constituíam, entoavam hinos de tal harmonia que seria impossível descrevê-los.
16. E quando as gemas claras e preciosas: as almas dos príncipes virtuosos que, no sexto céu, ou céu de Júpiter, haviam-se agrupado para compor a imagem da águia, símbolo da justiça e do poder real.

19   pareceu-me escutar uma torrente,
     de rocha em rocha se precipitando,
     impulsionada à força da nascente.

22   E como o som aos poucos se formando
     da cítara no bojo, ou como o vento
     pelos vãos de uma avena se infiltrando,

25   assim, com semelhante movimento,
     ouvi no colo da águia um diapasão
     formular-se e subir, confuso e lento.

28   Aflorando-lhe ao bico, o som, então,
     nesta voz se moldou, distintamente,
     como o esperava, ali, meu coração:

31   "Fita o meu olho, esse olho, exatamente,
     que nas águias mortais se assesta e apura,
     sem se obumbrar, à luz do sol ardente:

34   dos lumes que me inculcam a figura
     o grupo que na vista me cintila
     a tudo sobrepassa, nesta altura.

37   O que reluz, à guisa da pupila,
     foi o cantor que da Arca o signo santo
     conduziu, com fervor, de vila em vila:

40   e agora frui o prêmio de seu canto,
     em tudo o que este de sua alma tinha,
     na glória do beatífico recanto.

---

24. Pelos vãos de uma avena se infiltrando: o ar (o vento, o sopro), ao escapar pelos furos das flautas e avenas, produz, segundo os tapam ou destapam os dedos do instrumentista, os sons na escala e na intensidade desejadas.
30. Como o esperava, ali, meu coração: ao perceber um som crescendo na garganta da águia, o poeta ficou naturalmente desejoso de ouvi-lo aflorar ao bico, em palavra ou canto.
32. Que nas águias mortais se assesta e apura: Acreditava-se que as águias podiam fitar de frente o sol, e longamente, sem se ofuscarem ao seu fulgor.
34. Dos lumes que me inculcam a figura: dos lumes (as almas dos príncipes justos) que compõem a minha figura — dizia a águia — os que se representam nos meus olhos são os mais eminentes dentre os que aqui se encontram.
37. O que reluz, à guisa da pupila: o que lhe cintilava, à guisa da pupila, no centro do olho que se voltava para o poeta naquele instante... Menciona-se o rei Davi, que, pobremente vestido, acompanhou, cantando e dançando, a Arca da Aliança em sua peregrinação. E, por este gesto de humildade, ascendeu ao céu (veja-se o Purgatório, Canto X, versos 55 a 69).

PARAÍSO

43   Dos cinco ao meu sobrolho, à curva linha,
o que perto do bico ora se posta
consolou de seu filho à pobrezinha:

46   e sente, agora, quanto à alma desgosta
fugir de Cristo, pela experiência
que desta vida teve e mais da oposta.

49   o que o acompanha na circunferência,
desenhando-lhe a parte superior,
a morte protelou, co' a penitência:

52   e sabe como as leis deste esplendor
não se transmudam, mesmo que a oração
consiga adiar a inevitável dor.

55   Segue-o o que à Grécia me levou à mão,
por dar lugar ao Papa, convencido
de que cedia a uma alta inspiração:

58   e observa que o desastre produzido
pelo seu gesto não lhe pesa em nada,
inda que ao mundo houvesse destruído,

61   o outro, a luzir, na linha retombada,
é Guilherme, que aquela ilha deplora,
por Frederico e Carlos flagelada:

64   e vê de perto como se aprimora
a graça ante um rei justo, e na efusão
de seu fulgor o manifesta agora.

---

45. Consolou de seu filho à pobrezinha: além da luz ao centro, formando a pupila (Davi), outras cinco luzes dispostas em arco desenhavam o sobrolho da imensa ave. A mais próxima do bico era o Imperador Trajano, que num gesto de humildade procrastinou sua partida para a guerra, a fim de fazer justiça a uma pobre viúva, cujo filho havia sido assassinado (Purgatório, Canto X, versos 76 a 93). Acreditava-se que Trajano fora resgatado do Inferno pelas inspiradas preces do Papa Gregório (vejam-se, adiante, os versos 106 a 117).

48. Que desta vida teve e mais da oposta: tendo, pois, conhecido pela própria experiência, tanto as glórias do Paraíso (esta vida) quanto os sofrimentos do Inferno (a oposta), Trajano podia bem avaliar o que custa a alguém afastar-se de Cristo.

49. O que o acompanha na circunferência: ao lado de Trajano, postava-se Ezequias, rei de Judá, que, à beira da morte, implorou a Deus mais alguns anos de vida para poder expiar os seus pecados através do arrependimento e da penitência.

55. Segue-o o que à Grécia me levou à mão: o terceiro lume, ali, era o Imperador Constantino, que trasladou a sede do Império, a águia romana (me levou à mão), ao Oriente (à Grécia, isto é, Bizâncio), tendo-o feito, ao que se acreditava então, por deixar Roma exclusivamente ao Papa. Embora, segundo o poeta, essa providência houvesse sido ruinosa para o Império e para o mundo, ela não impediu a salvação de Constantino (não lhe pesa em nada), porque resultante de piedosa intenção.

61. O outro, a luzir, na linha retombada: o quarto, a fulgir, já na linha descendente da sobrancelha, era o bom rei Guilherme II, da Sicília, cuja morte foi chorada pelo seu povo, o mesmo povo que iria sofrer sob a opressão de Carlos II d'Anjou (veja-se o Canto precedente, versos 127 a 129) e de Frederico II de Aragão (veja-se também o Canto precedente, versos 130 a 135).

67 Quem o creria lá na terra, então,
    que o troiano Rifeu neste jucundo
    círculo fosse o quinto e almo clarão?

70 E ora percebe assaz do que o teu mundo
    não consegue apreender da graça pia,
    embora não lhe vá, também, ao fundo."

73 Tal a calhandra que, a voejar, desfia
    nos ares o seu canto, e, após, silente,
    se queda, como a fruir-lhe da harmonia,

76 assim calou-se a imagem refulgente,
    posta ali pela altíssima vontade
    que cada coisa configura à frente.

79 E inda que em mim da dúvida a ansiedade
    se visse como sob um vidro a cor,
    não pude sopitá-la, na verdade.

82 A boca abri, num súbito clamor:
    "Que coisa estranha!" — e vi, ante o meu brado,
    recrudescer nas almas o esplendor.

85 Em luz mais viva o seu olhar banhado,
    a águia me respondeu, bondosamente,
    proporcionando alívio ao meu cuidado:

88 "Aceitas estes fatos tão somente
    porque os afirmo aqui, sem todavia
    lograres entendê-los claramente.

91 És tal como o que às coisas apropria
    pelo seu nome, mas a quididade
    não lhes apreende sem ajuda e guia.

---

68. Que o troiano Rifeu neste jucundo: o quinto lume, finalmente, era o líder troiano Rifeu, homem de grandes virtudes, mas que pertencia a um povo pagão. Rifeu tombara defendendo sua pátria contra os gregos. E ninguém, na terra, poderia de fato imaginar que Rifeu houvesse ascendido ao céu. O motivo de sua salvação vai adiante referido (versos 118 a 129).
76. Assim calou-se a imagem refulgente: a imagem, quer dizer, a imensa águia luminosa que falava ao poeta, ali, no sexto céu, ou céu de Júpiter.
79. E inda que em mim da dúvida a ansiedade: ao ouvir que Trajano e Rifeu, dois pagãos, segundo a opinião comum, se encontravam em pleno céu, o poeta entrou, naturalmente, em grande perplexidade. Embora sabendo que o seu pensamento se tornava patente às almas, ali (como sob um vidro a cor), não se conteve, e manifestou, de viva voz, a sua estranheza.
92. Pelo seu nome, mas a quididade: a quididade (latim, *quidditas*), termo do vocabulário escolástico, que significa a essência das coisas, ou, melhor, a coisa em si;

PARAÍSO

94   Dócil se mostra o céu à caridade,
assim como à esperança, quando é tanta
que possa comover a alta vontade,

97   não, decerto, qual força que a suplanta,
mas posto que ela o quer, e, assim, vencida,
é vencedora em sua graça santa.

100   o primo e o quinto, em minha vista erguida,
espantam-te a fulgir nesta região,
pela corte dos Anjos presidida.

103   Mas nenhum deles veio aqui pagão,
e sim crente sincero, um nos futuros,
o outro nos idos passos da Paixão.

106   O primeiro do inferno aos vãos escuros
foi retirado, e ao corpo retornou,
por graça concedida a uns rogos puros,

109   onde a esperança tanto se exaltou,
por que aprouvesse ao céu ressuscitá-lo,
que a vontade afinal lhe despertou.

112   Este primeiro lume de que falo,
volvido à carne, transitoriamente,
creu em Cristo, que havia de ajudá-lo,

115   e tanto se inflamou na luz ardente
do vero amor, que à morte renovada
pôde a esta altura vir, resplandecente.

118   Quanto ao outro, por graça rebrotada
da fonte de que nunca uma criatura
desvendou a nascente abençoada,

---

100. O primo e o quinto, em minha vista erguida: espantas-te (diz a águia ao poeta) por ver refulgindo em minha sobrancelha (minha vista erguida) as almas de Trajano (o primo lume, verso 44) e de Rifeu (o quinto lume, versos 68 e 69), pois não supunhas possível encontrá-los no céu.
103. Mas nenhum deles veio aqui pagão: a águia se apressa, então, a explicar ao poeta que nem Trajano, nem Rifeu, subiram ao Paraíso na condição de pagãos, mas na de crentes. O primeiro (Trajano) acreditara em Cristo já depois de sua vinda ao mundo (nos idos passos da Paixão); e o segundo (Rifeu) acreditara nele muitos séculos antes de sua vinda ao mundo (nos futuros passos da Paixão).
108. Por graça concedida a uns rogos puros: Deus acedeu às orações do Papa Gregório para resgatar do Inferno a Trajano. A mesma força de tais orações abriu o coração de Trajano, quando ressuscitado, à fé em Cristo. Ao morrer, então, pela segunda vez, já não era pagão.
118. Quanto ao outro, por graça rebrotada: o outro, o troiano Rifeu, a que a graça divina não só inspirou, em vida, uma reta conduta, como o inclinou a admitir (mais de mil anos antes) a futura redenção da Humanidade por Cristo.

121 mostrou sempre na terra uma alma pura;
e, pois, de dom em dom, Deus lhe entreabriu
a mente à nossa redenção futura.

124 E nela acreditando, eis que se viu
do mal do escuro paganismo isento;
e as gentes enganadas advertiu.

127 Das três damas que viste, em movimento,
à destra roda, houve ele a água lustral
mil anos antes de tal sacramento.

130 Ó predestinação! que lei fatal
te segrega aos olhares contrafeitos
que não te alcançam a razão final!

133 Aceitai, ó mortais, vossos defeitos!
Que nós, que a estas alturas ascendemos,
não conhecemos todos os eleitos!

136 E dessa inópia nos apercebemos;
mas porque nosso bem em Deus se apura,
aquilo que ele quer também queremos."

139 Assim a bela e celestial figura,
por ampliar minha restrita vista,
deu-me a completa e desejada cura.

142 E como à voz, que canta, o citarista
vai, à mão, suas notas acordando,
porque mor harmonia ela revista,

145 enquanto a águia seguia, ali, falando,
eu vi as duas almas, juntamente,
como olhos se entreabrindo, ou se cerrando,

148 agitarem as flamas, vivamente.

---

127. *Das três damas que viste, em movimento*: referência às três virtudes teologais, Fé, Esperança e Caridade, que o poeta havia visto, no Éden: as três damas a dançar junto à roda direita do Carro representativo da Igreja (Purgatório, Canto XXIX, versos 121 a 127). A inclinação de Rifeu, resultante da graça divina, a essas três virtudes, equivalia na verdade ao batismo, um milênio antes de ser o mesmo pela Igreja instituído.
140. *Por ampliar minha restrita vista*: já a águia (a celestial figura) havia advertido a seu interlocutor da curteza de sua visão mortal, incapaz de se aprofundar nos mistérios da vontade divina (Canto XIX, versos 79 a 81). Com as explicações agora ouvidas, especialmente sobre a salvação de Trajano e Rifeu, o poeta teve a solução da dúvida que por tanto tempo o afligira a completa e desejada cura. Recorde-se que essa dúvida versava sobre a justiça da proscrição dos pagãos, como referido no Canto XIX, versos 70 a 78.
146. *Eu vi as duas almas, juntamente*: as almas de Trajano e Rifeu, que haviam motivado aquelas explicações...

CANTO XXI

O poeta alça-se ao sétimo céu, ou céu de Saturno, onde sobre uma imensa e luminosa escada se lhe demonstram os espíritos contemplativos. Um destes, São Pedro Damião, que se havia aproximado mais do que os outros, descobre-lhe a razão do comportamento dos beatificados e censura os pastores que se transviaram em sua missão apostólica.

1   Eu tinha os olhos fixos, novamente,
    no rosto de Beatriz, a alma embebida,
    e alheio a tudo em torno inteiramente.

4   Ela não ria, e disse-me, contida:
    "Se eu risse, ficarias tal e qual
    Sêmele quando em cinzas convertida.

7   Tanto deste palácio à escada ideal
    minha beleza cresce e mais resplende,
    que se eu não a velasse, o teu mortal

10 e precário poder, como se entende,
    já não suportaria o seu fulgor,
    tal a fronde que o raio, ao meio, fende.

13 Estamos já no sétimo esplendor,
    que ao peito posto do Leão ardente
    incrementa inda mais o seu vigor.

16 Apura em teu olhar a tua mente,
    por que ele espelho seja do portento
    que neste espelho se fará presente."

---

4. Ela não ria, e disse-me, contida: Beatriz, cujo sorriso encantava o poeta na ascensão de céu em céu, já não sorria agora. Com isto, significa-se que haviam deixado o sexto céu, ou céu de Júpiter, e subido ao sétimo céu, o de Saturno (verso 13). O riso se manifestava, ali, através do incremento da luminosidade.
5. Se eu risse, ficarias tal e qual Sêmele: segundo a fábula, quando Júpiter se apresentou, na plenitude de sua figura, à apaixonada Sêmele, esta não resistiu ao seu fulgor, transformando-se imediatamente em cinzas. Beatriz usa o símile para significar ao seu companheiro porque já não sorria ali.
7. Tanto deste palácio à escada ideal: este palácio, o Paraíso; quer dizer, à medida em que ascendemos de céu em céu...
13. Estamos já no sétimo esplendor: no sétimo céu, ou céu de Saturno, onde se demonstravam, como se verá a seguir, as almas dos que, em vida, se devotaram à contemplação divina. No momento, o planeta Saturno estava sob a influência da constelação de Leão.
17. Por que ele espelho seja do portento: Beatriz aconselha o poeta a bem refletir no que ia ver ali, gravando no olhar, como num espelho, o maravilhoso espetáculo que naquele espelho (a estrela Saturno) estava prestes a se projetar.

"Eu tinha os olhos fixos, novamente,
no rosto de Beatriz, a alma embebida,
e alheio a tudo em torno inteiramente."

(Par., XXI, 1/3)

PARAÍSO

19 Quem figurar pudesse o encantamento
    com que eu fitava a imagem de Beatriz,
    quando me veio o doce chamamento,

22 perceberia o anseio com que eu quis
    obedecer-lhe à ordem celestial,
    de um bem volvendo ao outro o olhar feliz,

25 E dentro, ali, do lúcido cristal
    que o nome traz daquele que, a reinar
    sobre a terra, a deixou livre do mal,

28 eu vi, rútila e clara, se elevar
    magnificente e portentosa escada,
    de que não pude o topo divisar.

31 Desciam-lhe os degraus, na aura dourada
    lumes com tal fulgor, que parecia
    ser toda a luz do céu ali brotada.

34 Como as gralhas, ao despontar do dia,
    que sacodem as asas, vivamente,
    por delas remover a crosta fria,

37 e umas se vão, sem retornar, à frente,
    e outras regressam, prestas, ao poleiro,
    e quais à roda adejam, lentamente

40 — assim eu via aquele grupo inteiro
    romper pelo cenário iluminado,
    antes de nele se aquietar primeiro.

43 Um, mais que os outros, foi a nós chegado,
    em tanta luz fulgindo, que pensei:
    "Mostra-nos o prazer de que é tomado!"

---

21. Quando me veio o doce chamamento: quando Beatriz o despertou de seu encantamento, concitando-o a observar o que se ia demonstrar ali (versos 16 a 18).
24. De um bem volvendo ao outro o olhar feliz: passando da alegria da contemplação de Beatriz (versos 1 a 3) à alegria de observar, então, o celeste espetáculo.
25. E dentro, ali, do lúcido cristal: o lúcido cristal, a estrela em que se encontravam, o espelho (verso 18) que houvera o seu nome do rei Saturno. O reinado de Saturno ficou conhecido como a idade de ouro, em que houve paz e felicidade em todo o mundo.
43. Um, mais que os outros, foi a nós chegado: entre as almas (lumes) que desciam a fúlgida escada, uma se aproximou mais de Dante e Beatriz. Era a alma de São Pedro Damião, referido nominalmente no verso 121.

"Eu vi, rútila e clara, se elevar
magnificente e portentosa escada,
de que não pude o topo divisar."

(Par., XXI, 28/30)

PARAÍSO

46 Mas a dama a que, ansioso, me voltei,
por haver um conselho, emudecia;
e contra o meu desejo me calei.

49 Ela, no entanto, que, serena, via,
pela visão de Deus, meu pensamento,
me disse: "Tua sede, pois, sacia",

52 E comecei: "Se o meu merecimento
não pode suscitar tua atenção,
suscite-a de Beatriz o assentimento.

55 Alma feliz, oculta no clarão
da perene e beatífica alegria,
dize o porquê desta aproximação!

58 E dize porque agora silencia
em tua esfera a música sem par
de que nos outros céus vibra a harmonia!"

61 "Carnais", tornou-me, "tens o ouvido e o olhar:
pela mesma razão que ela não ri,
também não se ouve o cântico ressoar.

64 Se os degraus desta escada ora desci
foi por render-te a nossa saudação
e alegrar-te co' a voz e a luz aqui.

67 Não porque seja mor minha efusão,
que a mesma caridade e mais ardente
cintila pela altura em profusão,

70 só àquela Vontade obediente
que neste reino santo nos governa
e nosso passo determina à frente."

51. Tua sede, pois, sacia: Beatriz, por ter lido o pensamento de seu companheiro, incitou-o, então, a falar, propondo àquela alma (São Pedro Damião) a dúvida que o preocupava.
57. Dize o porquê desta aproximação: explica-nos a razão porque te adiantaste mais do que os outros, acercando-te de nós.
58. E dize porque agora silencia: além da ausência do sorriso de Beatriz, cuja causa já lhe havia sido explicada (versos 5 a 12), o poeta observou que não se ouvia no sétimo céu a mesma sinfonia que nos demais.
70. Só àquela Vontade obediente: o lume (São Pedro Damião) explica ao poeta que não se aproximara ali para falar-lhe porque fosse dotado de maior caridade que os demais, mas apenas em obediência à vontade divina, que para tal fim o destinara.

73   "Percebo", eu disse, "ó fúlgida luzerna,
como a livre vontade, iluminada,
dócil atende à inspiração eterna;

76   mas a razão não vejo inda explicada
porque tu, justamente, a tal missão
foste, entre tantas outras, destinada."

79   Mal cheguei da pergunta à conclusão,
pôs-se o lume, veloz, a rodopiar,
como a asa do moinho em propulsão.

82   E de seu âmago escutei falar:
"A luz divina sobre nós vertida
penetra nesta em mim a cintilar,

85   e por sua virtude, à minha unida,
me eleva de tal sorte que antevejo
a própria essência de que ela é nascida.

88   Vem daí o prazer com que flamejo;
e alcança mais fulgor minha visão
ao fulgor desta luz em que lampejo.

91   Mas mesmo a alma, no céu, de mor clarão,
e o Serafim a Deus mais achegado,
não solveriam tua indagação,

94   que o que ora pedes tão aprofundado
se encontra no mistério celestial
que não pode atingi-lo o ser criado.

97   E, pois, tornando ao mundo teu mortal,
explica-o lá, por que ninguém pretenda
da terra se elevar à altura tal.

100   A luz, aqui, é sombra àquela senda;
e quem faria ali, exatamente,
o que não faz inda que aos céus ascenda?"

91. Mas mesmo a alma, no céu, de mor clarão: a pergunta que fazes (diz Pedro Damião ao poeta) não poderia, mesmo aqui, ser respondida por ninguém, porque a matéria da divina predestinação é inacessível a toda criatura. A alma de maior brilho (mor clarão) no céu: a alma de maior merecimento (Nossa Senhora, provavelmente, segundo vários comentadores). Os Serafins são os Anjos que, na hierarquia celeste, se encontram mais perto de Deus.
98. Explica-o lá, porque ninguém pretenda: aquela alma exorta o poeta a anunciar na terra a verdade ouvida sobre o mistério da predestinação, para que nenhum ser vivo alimentasse a vã presunção de poder solucioná-lo.

PARAÍSO

103   Ante suas palavras, prontamente,
olvidei a questão, como convinha,
e o nome lhe indaguei, humildemente.

106   "Da Itália a meio, e ao berço teu vizinha,
vê-se uma serrania tão alçada
que os trovões não lhe vão do cimo à linha,

109   tendo uma elevação, Cátria chamada,
ao pé da qual se encontra erma abadia
ao serviço divino consagrada."

112   Pela terceira vez a flama pia
sua voz retomou, nítida e viva:
"A Deus, ali, eu minha prece erguia;

115   e sem outro alimento mais que a oliva,
do inverno ao longo e ao longo do verão,
eu me entregava à paz contemplativa.

118   Daquela ermida a intensa floração
vinha a estes céus, mas já não vem agora,
como todos em breve o saberão.

121   Ali fui Pedro Damião, embora
me houvessem dito Pedro Pecador
quando em Ravena, em casa da Senhora.

124   Quase a extinguir-se o meu mortal vigor
foi-me imposto o capelo, o qual, então,
não se mudava assim de mal a pior.

---

106. Da Itália a meio, e ao berço teu vizinha: a meio da Itália, entre as suas duas praias (a do Tirreno e a do Adriático), e não longe de Florença, vê-se a portentosa cadeia dos Apeninos, a qual contém um alto monte, de nome Cátria (entre Gúbio e Pérgola).
110. Ao pé da qual se encontra erma abadia: a erma abadia que se localizava ao pé do Monte Cátria era o Convento de Santa Cruz de Santa Avelana, consagrado à adoração divina.
118. Daquela ermida a intensa floração: significa-se que a ermida de Santa Cruz costumava enviar ao céu farta messe de almas, o que infelizmente já não sucedia. E uma vez que tal informação era transmitida ali ao poeta, um homem vivo, podia presumir-se que seria em breve divulgada na terra.
121. Ali fui Pedro Damião: a alma que falava ao poeta identifica-se, finalmente. Era frei Damião, que chegou a bispo de Óstia e a cardeal. Antes de ser monge na ermida de Santa Cruz, o foi, sob o nome de Pedro Pecador, no Convento de Santa Maria do Porto, em Ravena (a casa da Senhora).
125. Foi-me imposto o capelo, o qual, então: Frei Pedro Damião indica ter sido, já no final da vida, sagrado cardeal, ter recebido o barrete cardinalício, o qual não se via, naquela época, como agora (o ano da narrativa era o de 1300), ser conferido a quem não o merecesse.

127 Cefás, um dia, e o Vaso de Eleição
o mundo viu, descalços e abatidos,
havendo à caridade o escasso pão.

130 Mas hoje os grãos pastores conhecidos
precisam, por sair, da mão de alguém
que os erga à sela, tanto são nutridos.

133 O manto abrindo sobre o palafrém,
não se distinguem mais, ao mesmo arreio:
Ó paciência de Deus, que se contém!"

136 A esta apóstrofe, eu vi, da escada em meio,
a multidão dos lumes cintilar
mais vivamente, em súbito rodeio.

139 E unindo-se àquela alma, a rodopiar,
irromperam num brado tão erguido,
que igual nunca se ouviu aqui reboar,

142 e nem pude entender, ensurdecido.

127. Cefás, um dia, e o Vaso de Eleição: Cefás, termo hebraico, significando pedra, e, pois, Pedro; o Vaso de Eleição, São Paulo (veja-se o Inferno, Canto II, verso 28). Ambos, pela sua pobreza e santidade, deviam servir de exemplo aos pastores atuais, mas isso infelizmente não sucedia.
133. O manto abrindo sobre o palafrém: abrindo os faustosos mantos sobre o seu cavalo (o palafrém), os opulentos pastores na realidade já não se distinguiam de suas montarias: confundiam-se sob um só jaez.
135. Ó paciência de Deus, que se contém: ó paciência de Deus, que suportas tal abuso, sem castigá-lo imediatamente! (Mas o castigo dos pastores transviados viria a seu tempo, como se afirma no Canto seguinte – versos 13 a 15).
139. E unindo-se àquela alma, a rodopiar: àquela alma, a alma de frei Damião, que invectivava, duramente, os pastores transviados. Na sua fulguração, e agrupadas em torno do santo, as demais almas pareciam aplaudir suas palavras; e irromperam num grito tão estrepitoso, como igual não se poderia escutar aqui na terra.

CANTO XXII

Depois de ouvir, no sétimo céu, entre as almas contemplativas, o espírito de São Benedito, o poeta se alça à oitava esfera, ou céu das estrelas fixas, no ponto em que estava, exatamente, a constelação dos Gêmeos; e dali contempla, maravilhado, o espetáculo das sete esferas concêntricas, embaixo, movendo-se ao redor da terra distante.

1   No meu torpor, volvi-me à doce guia,
    como o menino que se volve inquieto
    àquela em que no mundo mais confia.

4   E Beatriz, tal a mãe cheia de afeto
    que socorre o seu filho apavorado,
    tranquilizou-me, à voz, em tom direto:

7   "Não olvides que ao céu estás alçado;
    e tudo aqui é bom, e puro, e santo,
    e só à glória eterna apropriado.

10 Já podes ver porque meu riso e o canto
    não vibram mais, se a simples grita ouvida
    te perturbou por essa forma tanto.

13 E se a pudesses ter bem compreendida,
    perceberias que esse acerbo mal
    será punido ainda em tua vida.

16 Nunca se apressa a espada celestial,
    nem se atrasa, a não ser pela opinião
    de quem a invoca ou teme, por sinal.

---

1. No meu torpor, volvi-me à doce guia: ainda atordoado pelo imenso clamor das almas ali no sétimo céu, como referido ao final do Canto precedente, o poeta olhou para Beatriz, como a criança que, achando-se em alguma dificuldade, recorre à sua mãe (aquela em que no mundo mais confia).
10. Já podes ver porque meu riso e o canto: no sétimo céu, Beatriz deixara de sorrir (Canto XXI, versos 4 a 12) e já não se ouvia, também, a melodia habitual naquelas esferas (Canto XXI, versos 61 a 63). Beatriz observa, então, ao poeta, que se o simples brado das almas o havia de tal sorte atordoado, decerto que ele não resistiria ali nem ao fulgor de seu sorriso nem ao som dos cânticos;
13. E se a pudesses ter bem compreendida: e se houvesses compreendido a grita das almas (Canto XXI, versos 139 a 142), isto é, o brado uníssono com que manifestaram seu aplauso às invectivas de frei Damião contra os pastores transviados, saberias que semelhante abuso (esse acerbo mal) há-de ser punido por Deus, em breve (ainda em tua vida).
16. Nunca se apressa a espada celestial: a justiça divina (a espada celestial) opera sempre no momento devido. Somente os que a invocam, no desejo de vingança, ou os que a temem, pelos seus erros e crimes, julgam que ela seja susceptível de se adiantar ou se delongar em sua tarefa.

19   Mas atenta naquela direção:
     Eis das almas aqui a corte pia,
     com que se alegrará tua visão."

22   O olhar volvi, como ela me pedia,
     e uns cem focos gentis vi rebrilhando,
     e a luz trocando, em que cada um fulgia.

25   E, pois, quedei-me, como quem, recuando
     da ânsia de perguntar, se queda à frente,
     contra a própria afoiteza se guardando,

28   quando o mais vasto e o mais resplandecente
     dentre os luzeiros se adiantou, então,
     por me aplacar a sede, gentilmente:

31   "Se visses, como eu vejo, a projeção
     da caridade, que nos faz brilhar,
     terias já usado da expressão.

34   Mas para os altos fins não retardar,
     que vais buscando, eu te darei resposta
     à pergunta que insistes em velar.

37   O monte que o Cassino ostenta à encosta
     teve outrora povoado a sua cima
     por gente ignara e a todo o mal disposta.

40   Aquele eu sou, que ali, pela vez prima,
     o nome divulguei do que infundiu
     na terra a graça que ora nos sublima.

---

20. Eis das almas aqui a corte pia: as almas que se demonstravam no sétimo céu, ou céu de Saturno, isto é, as almas dos que se deram, na terra, à contemplação divina.
28. Quando o mais vasto e o mais resplandecente: a alma de São Benedito de Nórcia, fundador da Ordem dos Beneditinos. São Benedito não é referido nominalmente, mas as palavras a seguir por ele proferidas (especialmente a alusão ao seu apostolado em Montecassino, local da fundação da Ordem, versos 37 a 51) não deixam dúvida a respeito.
33. Terias já usado da expressão: ao ver aquelas almas fulgurando ali, o poeta teve, mais uma vez, o desejo de interrogá-las, e, se possível, identificá-las. Conservou-se, todavia, em silêncio. Mas o espírito que se aproximara para falar-lhe (versos 28 a 30), isto é, São Benedito, apressou-se em lhe satisfazer a curiosidade, sem esperar que o poeta, pela voz, a manifestasse.
37. O monte que o Cassino ostenta à encosta: Montecassino, a serra que se tornou assim conhecida em razão de um velho castelo (o Cassino) erguido à sua encosta. No alto havia um templo dedicado a Apolo. E a esse culto idólatra se devotavam os seus habitantes, quando São Benedito fundou ali o seu convento e iniciou o seu apostolado (primeira metade do século VI).
41. O nome divulguei do que infundiu: o nome de Cristo.

43   E de tal sorte Deus me conduziu
     que a logrei afastar do culto vão
     que ao mundo antigo tanto seduziu.

46   Eis, pois, as almas que à contemplação
     se entregaram, co' o amor extraordinário
     que no céu frutifica em profusão.

49   Aqui estão Romualdo e o bom Macário,
     e estão os meus irmãos, de alma constante
     nas provações do claustro solitário."

52   "O afeto", respondi-lhe, "insinuante
     que ora me externas, bem como o fulgor
     a dimanar dos mais, irradiante,

55   à minha mente infundem mor valor,
     tal como o sol infunde à rosa aberta,
     com sua luz, o máximo esplendor.

58   Rogo-te, assim, ó pai, de alma desperta,
     se digno eu for de graça tal, que à frente
     a face me demonstres descoberta."

61   "Teu desejo", tornou-me, "irmão, somente
     se cumprirá na esfera derradeira,
     como a vontade o quer, onipotente.

64   É nela só que se sacia inteira
     a nossa sede, e só ela mantém
     imota aqui a posição primeira;

67   transcende o espaço, e polos não contém;
     até ela se eleva a nossa escada,
     de que o cimo não vês, como convém.

44. Que a logrei afastar do culto vão: São Benedito logrou converter aquela gente, afastando-a do paganismo (do culto de Apolo).
49. Aqui estão Romualdo e o bom Macário: ali, no sétimo céu, entre os contemplativos, estavam São Romualdo, natural de Ravena, e fundador da Ordem Camandulense, o eremita Macário, de Alexandria, bem como os frades que acompanharam São Benedito ao convento de Montecassino.
62. Se cumprirá na esfera derradeira: a esfera derradeira, o Empíreo, contíguo ao nono e último céu, e que, por ser a sede da divindade, era o sítio em que todos os desejos se satisfaziam em sua plenitude.
66. Imota aqui a posição primeira: o Empíreo, que continha os nove céus concêntricos do sistema de Ptolomeu, era imutável em sua posição. Não possuía polos para girar ao redor deles, como as outras esferas. Envolvendo os nove céus, a todos transcendia, e assim era como se estivesse fora do espaço.
68. Até ela se eleva a nossa escada: a imensa escada luminosa que o poeta vira erguer-se no céu de Saturno (Canto XXI, versos 25 a 31), onde se moviam as almas contemplativas, alcançava, pois, o Empíreo (a esfera derradeira).

70   Divisou-a Jacó iluminada,
     da base ao topo erguido à última porta,
     quando se lhe mostrou, de Anjos tomada.

73   Mas na terra ninguém hoje se importa
     em ir por ela, e, pois, triste e perdida,
     nossa norma ficou qual letra morta.

76   Em covil transformou-se a velha ermida,
     e as cogulas agora, ao que parece,
     são sacos de farinha apodrecida.

79   Nenhum abuso a Deus mais aborrece
     do que o desejo do ouro, o infausto amor
     que o coração dos monges enlouquece.

82   O que possua a Igreja de valor
     cumpre se passe da pobreza à mão,
     e não a algum parente, ou coisa pior.

85   Ó fraqueza da humana condição!
     Não lhe basta decerto um bom início
     para atingir um dia à floração!

88   Pedro se viu, paupérrimo e sem vício,
     e assim Francisco, tal como eu, fundando
     sobre a prece e o jejum o seu hospício.

91   Se estas origens fores comparando
     ao que se observa agora, infelizmente,
     verás o branco em negro se tornando.

---

71. Da base ao topo erguido à última porta: desde sua base, que se situava no sétimo céu, até seu topo, que se alcandorava ao Empíreo (a última porta).
73. Mas na terra ninguém hoje se importa: a escada luminosa é o símbolo da vida contemplativa. Queixa-se São Benedito de que, naquela ocasião (a narrativa se reporta ao ano de 1300), ninguém se dedicava mais à contemplação espiritual, e por isto as regras de sua Ordem (nossa norma) permaneciam relegadas ao papel, como letra morta.
76. Em covil transformou-se a velha ermida: os velhos monastérios e abadias, devotados ao culto divino, esvaziaram-se, convertidos em covil de feras; e as vestes monacais não eram mais que sacos repletos de péssima farinha, isto é, já não recobriam senão a indignidade.
84. E não a algum parente, ou coisa pior: os bens da Igreja deviam ser empregados tão só em atender aos reclamos da pobreza e da necessidade, e nunca serem distribuídos aos parentes da autoridade eclesiástica, ou a coisa pior (segundo vários comentadores, às concubinas ou aos bastardos).
88. Pedro se viu, paupérrimo e sem vício: São Benedito refere aqui os exemplos de São Pedro, sobre que Cristo instituiu com humildade a sua Igreja, e de São Francisco de Assis, que, tal como ele próprio o fizera em Montecassino (versos 37 a 42), fundara com orações e jejuns o seu convento (o seu hospício).

PARAÍSO

94   Mas Deus, que fez correr contrariamente
as águas do Jordão, e abrir-se o mar,
há-de prover à emenda, finalmente."

97   Assim me disse, e, então, se foi juntar
ao grupo seu, que mais se concentrou,
e, feito um turbilhão, se ergueu pelo ar.

100   A minha dama, atenta, me acenou
a acompanhá-los na luzente escada;
e com sua virtude ao voo me alçou.

103   Jamais se viu na terra acidentada,
onde a subir é nosso pé afeito,
algo que se igualasse a esta escalada.

106   Que eu não volva, leitor, ao reino eleito,
pelo qual os meus erros vou chorando,
e percutindo sem cessar o peito,

109   se mais veloz que tu, pondo e tirando
do fogo o dedo, ali não vi o signo
que segue a Touro, e fui por ele entrando!

112   Ó estrelas sem par, ó lume digno,
de que me veio ao corpo passageiro
o engenho meu, seja ele, ou não, benigno!

115   Subia ao vosso lado, sobranceiro,
o fulgor que preside a toda a vida,
quando o ar toscano respirei primeiro;

---

94. *Mas Deus, que fez correr contrariamente*: mas Deus, que inverteu o curso do Jordão, para a passagem da Arca do Testamento, e fez abrir-se o mar Vermelho para a retirada dos Hebreus do Egito — não precisaria de milagres tão grandes como aqueles para fazer cessar um tal abuso, restaurando o verdadeiro espírito da Igreja.
105. *Algo que se igualasse a esta escalada*: esta escalada, o voo que o poeta, ao aceno de Beatriz, empreendeu, escada acima, empós daquelas almas que se haviam alçado ao céu superior, o oitavo céu, ou céu das estrelas fixas.
110. *Ali não vi o signo que segue a Touro*: a constelação (o signo) que segue a Touro é a dos Gêmeos. Quer dizer, elevando-se do céu de Saturno ao céu das estrelas fixas (o oitavo céu), o poeta viu ali a constelação dos Gêmeos, e por ela é que adentrou aquele sítio.
112. *Ó estrelas sem par, ó lume digno*: o poeta invoca os Gêmeos, que eram o signo de seu nascimento, e dos quais, portanto, havia recebido o seu engenho, qualquer que ele fosse afinal, propício ou não. Era a constelação que se estimava responsável pela distribuição do engenho humano.
116. *O fulgor que preside a toda a vida*: tal fulgor é o sol, que se colocava em Gêmeos (subia ao vosso lado) quando do nascimento do poeta, isto é, em maio de 1265 (quando o ar toscano respirei primeiro).

118   e, pois, me foi a graça concedida
      de ao me elevar enfim à oitava esfera
      fazê-lo junto desta luz querida!

121   E vosso influxo, em oração sincera,
      minha alma roga, porque possa, então,
      ao passo extremo alçar-se que ainda a espera.

124   "Já se aproxima a eterna salvação",
      anunciou-me Beatriz, "e é bom cuidares
      de manter firme e lúcida a visão.

127   Mas antes de em seu seio te abismares,
      inclina um pouco o olhar, e observa o mundo,
      sob os teus pés, movendo-se nos ares,

130   porque logres, de espírito jucundo,
      ver as coortes do exército dileto
      correndo já para este céu profundo."

133   Fitei, embaixo, o fúlgido conspecto,
      em cujo centro a terra, certamente,
      me fez sorrir por seu mesquinho aspecto;

136   e compreendi que pensa retamente
      quem se afasta de sua falsidade,
      e põe na altura os olhos tão somente.

139   Da filha de Latona a claridade
      eu vi, mas sem as manchas que pensei
      emanarem de sua densidade.

119. De ao me elevar enfim à oitava esfera: pelas circunstâncias apontadas, o poeta considera uma graça ter entrado no oitavo céu exatamente no ponto em que estava a constelação dos Gêmeos.
123. Ao passo extremo alçar-se que ainda a espera: o passo extremo, quer dizer, o mais difícil e importante de todos, era naturalmente a descrição da beleza e magnificência do último céu, o nono céu, ou Primo Mobile, o Empíreo, enfim.
124. Já se aproxima a eterna salvação: Já te encaminhas à presença de Deus...
131. Ver as coortes do exército dileto: os santos do novo e do velho Testamento, entre os quais Maria e os Apóstolos, que eram as almas que se demonstravam ali no oitavo céu, simbolizando o triunfo de Cristo e de sua Igreja.
133. Fitei, embaixo, o fúlgido conspecto: o fulgente conjunto dos sete céus já percorridos, que se viam girando, concêntricos, embaixo, em torno da terra pequenina.
139. Da filha de Latona a claridade: e dali, do ponto em que estava, isto é, da constelação dos Gêmeos, vi a lua (a filha de Latona), que se mostrava, entretanto, sem aquelas manchas que supus antes, erroneamente, serem efeito de sua fluidez e densidade (veja-se o Canto II, versos 58 e seguintes).

PARAÍSO

142   De teu filho, Hiperião, eu suportei
todo o fulgor, e perto dele, atento,
de Maia e Dione as luzes divisei.

145   E Jove eu vi, no seu comedimento,
posto entre o pai e o filho, e a variação
que fazem todos no seu movimento.

148   As sete esferas observei, então,
no seu tamanho e marcha apressurada,
cada uma em sua própria posição.

151   E a ilhota, pelos vivos conturbada,
dali, do alto dos Gêmeos sempiternos,
desde a montanha ao mar vi desvendada.

154   E de novo fitei os olhos ternos.

---

142. De teu filho, Hiperião, eu suportei: e vi dali o Sol (o filho de Hiperião), cujo fulgor suportei, e os dois planetas que lhe são vizinhos, Mercúrio e Vênus, ambos referidos pelos nomes de Maia e Dione, que eram, segundo a mitologia, as mães dos dois deuses Mercúrio e Vênus, respectivamente.
145. E Jove, eu vi, no seu comedimento: e dali vi ainda Júpiter (Jove) que tempera a algidez de seu pai (Saturno) e o calor de seu filho (Marte).
151. E a ilhota, pelos vivos conturbada: a terra, cujas seduções pervertem e alucinam os homens, e que é comparada a uma ilha, ou a uma pequena área de sombra, na féerie do espaço.

CANTO XXIII

No oitavo céu, ou céu das estrelas fixas, demonstra-se ao poeta a portentosa alegoria do triunfo de Cristo. O próprio filho de Deus desceu das alturas, mas nimbado em luz tão vívida que seus olhos mortais não puderam, a princípio, distinguir claramente o que se passava em torno. Juntamente com o Salvador vinham Maria, que foi coroada pelo Arcanjo Gabriel, e os santos do novo e do velho Testamento.

1   Tal a ave que, passando, em meio à fronde,
    ao pé do ninho, a noite prolongada,
    cujo pesado véu a tudo esconde,

4   ansiosa por rever sua ninhada
    e ministrar-lhe a próvida ração
    — na dura faina sempre renovada —

7   revoa ainda em plena escuridão
    à ramada mais alta, e nela assenta,
    a espreitar do dilúculo o clarão

10 — assim Beatriz erguia o rosto, atenta
    àquele ponto ali da plaga imensa
    em que a marcha do sol se faz mais lenta.

13 E vendo-a de tal modo, absorta e tensa,
    senti-me como alguém que, co' ansiedade,
    fica a esperar, e enquanto espera, pensa.

16 Mas pouco demorou, na realidade,
    da expectativa ao fato a transição;
    e vi tomar-se o céu de claridade.

19 Minha dama exclamou: "Eis a legião
    do triunfo de Cristo, o fruto opimo
    que sazona à celeste rotação!"

---

11. Àquele ponto ali da plaga imensa: trasladado, assim, ao oitavo céu, o poeta observou que Beatriz fitava atentamente a altura, como esperando algo. Acreditava-se que no ápice do meridiano (o zênite, ou meio-dia) o sol avançava mais lentamente, por efeito decerto da ilusão de ótica que nos figura mais rápida a sua marcha quando se eleva desde o nascente ou declina para o poente.
19. Eis a legião do triunfo de Cristo: eis que surgia finalmente aquilo que Beatriz esperava: a legião do triunfo de Cristo, isto é, o próprio filho de Deus, Maria e os Santos do velho e do novo Testamento, os quais são ditos os frutos produzidos pelo influxo da celeste rotação, e cujo aparecimento fora anunciado ao poeta no Canto precedente (versos 131 e 132).

PARAÍSO

22   À face lhe incidia o lume primo,
     reverberando tanto em seu olhar,
     que a pintá-lo decerto não me animo.

25   E qual Trívia, serena, a dardejar,
     nos plenilúnios, sobre as ninfas ternas,
     o fulgor que na altura as faz brilhar,

28   eu vi, sobre um milheiro de luzernas,
     um Sol que juntamente as acendia,
     como o da terra às amplidões supernas;

31   e tanto em tudo em torno refulgia
     aquele intenso e súbito esplendor,
     que meu olhar sustê-lo não podia.

34   Ó divina Beatriz, ó puro amor!
     "Ofusca-te", falou-me, "a refulgência
     que não cede lugar a outro valor.

37   Vês a Sabedoria, a Onipotência
     que aos homens entre a terra e o céu a estrada
     abriu, ao fim da longa penitência."

40   Como a flama que acesa e dilatada
     não pode mais na nuvem se ocultar,
     e tomba ao solo em vez de ser alçada,

43   a minha mente, ante o que vi chegar,
     refugiu a si mesma àquele instante;
     e o que passei não logro recordar.

46   "Volve os olhos, e fita o meu semblante:
     Pelo que viste podes, certamente,
     suster-me agora o riso fulgurante."

---

25. *E qual Trívia, serena, a dardejar:* Trívia, ou Diana, quer dizer, a lua; as ninfas ternas, quer dizer, as estrelas. Imagina-se que a lua, quando plena, aumenta com o fulgor de sua luz noturna o brilho das estrelas, tal como o faz, durante o dia, o sol, iluminando os espaços celestes e o que neles se contém.
28. *Eu vi, sobre um milheiro de luzernas:* verifica-se as almas que, naquele momento, em grande número, desciam ao oitavo céu. O sol que as acendia, num súbito fulgor, era, como se verá a seguir, o próprio Cristo; e sua radiosa aparição ofuscou o poeta.
35. *A refulgência que não cede lugar a outro valor:* Cristo, que, suplantando com a sua fulguração todas as luzernas ali, impedia que o poeta as distinguisse claramente.
40. *Como a flama que acesa e dilatada:* segundo uma teoria medieval, a eclosão do raio se devia a sua excessiva expansão no interior da nuvem, que, por isso mesmo, não o podia mais conter. O poeta usa o símile para significar o estupor que o dominou, fazendo-o desmaiar, ante o aparecimento de Cristo (ante o que vi chegar).
42. *E tomba ao solo em vez de ser alçada:* sendo, na essência, uma chama, o raio não segue, entretanto, a natureza do fogo, que tende a elevar-se e jamais a cair.
48. *Suster-me agora o riso fulgurante:* verifica-se aqui o retorno do riso de Beatriz, que deixara de sorrir ao poeta no sétimo céu (Canto XXI, versos 4 a 12), para não siderá-lo pela força excessiva. O riso de Beatriz consistia numa fulgurante irradiação de beleza e bondade celestiais. Mas, tendo tido a visão direta de Cristo, o poeta já agora poderia, sem risco, suportar-lhe a plena cintilação.

49   Eu me encontrava como quem, à frente,
de estranho sonho presto despertado,
luta por recompô-lo em sua mente,

52   quando este apelo ouvi manifestado,
tão grato a mim, que penso removido
nunca há-de ser do livro do passado.

55   Inda que ali ressoasse o coro unido
de quantos a divina Polinia
houvesse, co' as irmãs, mais distinguido,

58   para ajudar-me, eu não conseguiria
descrever um milésimo do riso
que no preclaro rosto lhe fulgia.

61   E, pois, ao figurar o Paraíso,
convém realize um salto agora o poema,
na via interrompida de improviso.

64   Mas quem a altura ponderar do tema
e a pequenez de quem o enfrenta ardente,
compreenderá que sob a carga eu trema

67   — que este mar não se deixa impunemente
por leve e frágil barca perlustrar,
nem por piloto incauto e negligente.

70   "Por que no rosto meu fixas o olhar,
e não te volves ao jardim florido,
sob o fulgor de Cristo a cintilar?

73   Eis a rosa, em que o Verbo convertido
em carne foi, e os lírios ao seu lado,
cujo olor demarcava o rumo fido."

---

55. *Inda que ali ressoasse o coro unido*: mesmo que os poetas mais ilustres, os que mais houvessem sido inspirados por Polinia (a musa da poesia lírica) e por suas irmãs (as outras Musas), acorressem com os seus cantos para ajudar-me, eu não seria capaz de descrever, ainda que remotamente, a maravilha do riso de Beatriz.
62. *Convém realize um salto agora o poema*: é natural, pois, que o meu poema deva realizar um salto nesta parte da descrição do Paraíso (isto é, quanto ao riso de Beatriz).
71. *E não te volves ao jardim florido*: Beatriz convida o poeta a desviar dela os seus olhos, para fixá-los no jardim florido, que o fulgor de Cristo fazia cintilar ali: isto é, Maria (a rosa em que o Verbo se fez carne) e os santos do antigo e do novo Testamento (os lírios, cujo exemplo apontou o caminho da salvação). É óbvio que o Filho de Deus, que se mostrara de súbito, já havia retornado ao alto, mas sua luz ainda banhava as almas no oitavo céu (vejam-se, adiante, os versos 85 a 87).

PARAÍSO

76   Assim disse Beatriz: e a seu chamado
     eu me volvi, ansioso, endereçando
     àquele ponto o olhar inda ofuscado.

79   Como a um raio de sol que se infiltrando
     dentre as nuvens clareia um campo em flor,
     em meio à sombra em torno se quedando,

82   muitas almas eu vi, sob o esplendor
     que nelas incidia desde a altura,
     mas já oculta a origem do fulgor.

85   Ó força que as chancelas, clara e pura,
     e quiseste subir, por dar lugar
     à minha vista trêmula e insegura!

88   E ao nome, assim, daquela flor sem par,
     que dia e noite invoco, se fixou
     no lume mais vivaz o meu olhar;

91   e mal à vista se me demonstrou
     a irradiação da fulgurante estrela,
     que ali rebrilha, como aqui brilhou,

94   precipitou-se do alto, clara e bela,
     outra luzerna, à guisa de coroa,
     cingindo-a e rodopiando em torno dela.

97   Mesmo a harmonia que mais pura soa
     aqui na terra, e nos inspira e encanta,
     mero trovão seria, que reboa,

100 se comparada ao som da lira santa
     que ali coroava a doce flor jucunda
     a difundir no céu beleza tanta.

---

83. Que nelas incidia desde a altura: o esplendor de Cristo, que ainda banhava aquelas almas, mas fazia-o desde o Empíreo, a que de novo ascendera.
85. Ó força que as chancelas, clara e pura: Cristo, que, para que o poeta pudesse divisar ali a alegoria de seu triunfo, se havia elevado ao Empíreo.
88. E ao nome, assim, daquela flor sem par: ante o sagrado nome de Maria (a flor sem par, a rosa, verso 73), esse nome que não me canso de invocar dia e noite, minha atenção concentrou-se naturalmente no maior e mais brilhante daqueles focos ali...
93. Que ali rebrilha, como aqui brilhou: Maria, a fulgurante estrela que brilhava no céu (ali) com a mesma glória com que brilhara na terra (aqui).
95. Outra luzerna, à guisa de coroa: o Arcanjo Gabriel que, a cantar e a girar, surgira, formando luminosa coroa em torno da fronte de Maria.

103 "Eu sou o amor eterno que circunda
o seio que abrigou, por Deus fadado,
a meta da esperança mais profunda;

106 e ao teu redor, Rainha, irei alçado,
até que empós do Filho, suave e pia,
ascendas ao Empíreo iluminado."

109 Assim a giratória melodia
se formulara, e as almas, num clamor,
fizeram soar o nome de Maria.

112 o manto que comporta no interior
os outros céus, e, pois, mais se abrasava
ao hálito de Deus e ao seu calor,

115 a tal distância sobre nós alçava
sua orla interna, que eu dificilmente
a percebia, de onde me encontrava.

118 Não foi por isto o meu olhar potente
a acompanhar o lume, ali, coroado,
que subia ao encontro da semente.

121 Como o infante, que após haver sugado
o leite, ergue os bracinhos, co' alegria,
no gosto que se quer manifestado,

124 cada um dos focos sua ponta erguia,
como a segui-lo, em mostra do respeito
com que a glória saudavam de Maria.

127 Pôs-se a cantar, então, o grupo eleito
Regina coeli em tanta suavidade,
que inda a sinto vibrar dentro em meu peito.

---

109. Assim a giratória melodia: o canto votivo entoado por aquela flama circulante, isto é, o Arcanjo Gabriel. As outras flamas correspondiam aos Apóstolos e demais santos do novo e do antigo Testamento, que compunham a alegoria do triunfo de Cristo.
112. O manto que comporta no interior: o nono e último céu, ou Primo Mobile, que envolvia no seu âmbito os outros céus. Contíguo ao Primo Mobile estava o Empíreo, a imota sede da divindade.
120. Que subia ao encontro da semente: como Cristo, que havia pouco se entremostrara ali, mas subira ao Empíreo, assim a Virgem (o lume coroado) o fazia agora, para reunir-se ao seu Filho (ao encontro da semente).

PARAÍSO

13 Ó santa e inesgotável caridade
das almas que, na terra, sem desdouro,
as sementes lançaram da verdade!

133 Ali se frui o lídimo tesouro
conquistado no duro sofrimento
de Babilônia, chafurdada em ouro.

136 Ali se alteia, sob o aprazimento
do filho de Maria, a grã vitória
— com os do novo e velho Testamento —

139 do que as chaves detém da eterna glória.

---

134. Conquistado no duro sofrimento: os sofrimentos da vida terrena, definida classicamente como o exílio de Babilônia, produzem, no Paraíso, os frutos da bem-aventurança.
139. Do que as chaves detém da eterna glória: São Pedro, a que Cristo confiou as chaves da Igreja, e, portanto, da salvação das almas (veja-se o Inferno, Canto XIX, versos 91 e 92). São Pedro ali estava também e ia falar ao poeta, como se verá no Canto seguinte.

CANTO XXIV

A pedido de Beatriz, São Pedro, que se entremostrara, no séquito de Cristo, no oitavo céu, faz a Dante algumas perguntas sobre a fé. O poeta as respondeu com tanta propriedade que o Santo não pôde deixar de significar-lhe sua profunda e admirativa aprovação.

1   "Ó santo sodalício, ó gente eleita
    à ceia celestial, que vos reanima
    e vos deixa a vontade satisfeita!

4   Eis ao meu lado alguém que se aproxima
    feliz de vossa mesa iluminada,
    antes que a morte o tempo lhe suprima!

7   Cuidai de a sede lhe fazer saciada,
    aspergindo-lhe as gotas rorejantes
    da fonte em que bebeis, por ele amada!"

10 Assim Beatriz: e as almas, quedas antes,
    giraram como esferas, projetando
    uma efusão de raios deslumbrantes.

13 Tal num relógio o engenho trabalhando
    move a primeira roda lentamente,
    enquanto a última vai como que voando,

16 os focos, rodopiando variamente,
    pareciam a própria qualidade
    aos meus olhos mostrar, concretamente.

19 Do grupo de maior vivacidade
    um lume se adiantou, que refulgia,
    e a todos suplantava em claridade;

---

1. Ó santo sodalício, ó gente eleita: Beatriz se dirige por essa forma às almas que se apresentavam ali, no oitavo céu, ou céu das estrelas fixas, e que compunham o séquito do Salvador (a legião do triunfo de Cristo referida no Canto XXIII, versos 19 e 20). Beatriz pede àquelas almas que satisfaçam a curiosidade do poeta.
17. Pareciam a própria qualidade: girando sobre si mesmas, à guisa de esferas, e deixando uma esteira luminosa, como a dos cometas, aquelas almas pareciam demonstrar sua maior ou menor hierarquia segundo a maior ou menor luminosidade ou fulguração.
20. Um lume se adiantou, que refulgia: o lume que pelo seu fulgor a todos suplantava, ali (já na ausência de Cristo e de Maria), era a alma de São Pedro, como se verá a seguir, e cuja identificação é feita nos versos 34 a 36, especialmente.

PARAÍSO

22   e rodeou, por três vezes, minha guia,
     entoando uma canção de tal enlevo
     que não pôde retê-la a fantasia.

25   Por isto ora prossigo, e a não descrevo;
     que a nossa voz mortal e a nossa mente
     não têm, para fazê-lo, assaz relevo.

28   "Ó doce irmã, que nos falaste, ardente!
     O teu profundo e generoso grito
     fez-me deixar o coro resplendente!"

31   Junto de nós o luminar bendito
     à minha dama dirigia, então,
     sua palavra assim como foi dito.

34   E, pois, Beatriz: "Ó ínclito varão
     com que Nosso Senhor deixou as chaves,
     na terra, da celeste salvação!

37   Propõe ao meu amigo os pontos suaves,
     ou árduos, como queiras, dessa fé
     que susteve no mar teus passos graves.

40   Já sabes que ele ao bem se inclina, e crê,
     e o sabes pelo dom que te foi dado
     de apreender a verdade, tal como é.

43   Mas, pois que o Paraíso é reservado
     à fé tão-só, o ensejo de exaltá-la
     não deve ao que ora chega ser negado."

46   Como o aluno, que pensa, e, atento, cala,
     enquanto os termos ouve da questão,
     por debatê-la, e não por encerrá-la,

28. Ó doce irmã, que nos falaste, ardente: São Pedro se volve a Beatriz, afirmando que o apelo por ela dirigido às almas (versos 1 a 9) moveu-o a deixar o grupo em que se encontrava, para atendê-la.
31. O luminar bendito: São Pedro.
35. Com que Nosso Senhor deixou as chaves: Cristo confiou ao apóstolo Pedro as chaves da Igreja, quando lhe atribuiu a missão de dirigi-la e preservá-la (veja-se o Inferno, Canto XIX, versos 91 e 92).
39. Que susteve no mar teus passos graves: conforme narra São Mateus, Pedro, ao chamado de Cristo, caminhou a pé enxuto sobre as águas do mar de Tiberíades.

49 eu juntava razão e mais razão,
    por prover ao rigor devidamente
    de tal exame e tal demonstração.

52 "Dize-me, ó bom cristão, primeiramente,
    o que é a fé?" Fitei a flama pia,
    que destarte falava à minha frente.

55 A Beatriz me volvi, que me sorria,
    e, num gesto, incitou-me a libertar
    o caudal que em meu peito mal cabia.

58 "A graça que me trouxe a dialogar
    com nosso próprio arquétipo", falei,
    "há-de minhas palavras inspirar!"

61 "Como a pena o assevera", continuei,
    "que te apoiou no esforço benfazejo
    por Roma encaminhar à eterna lei,

64 é a fé, em si, substância do desejo
    e argumento do bem não aparente;
    e desta forma é que a concebo e vejo."

67 "Terás falado", disse, "retamente,
    se alcanças porque foi apresentada
    como essência e razão, seguidamente."

70 "Esta luz", respondi-lhe, "alta e sagrada,
    de que ora sinto o resplendor direto,
    não se vê lá na terra demonstrada;

---

59. Com nosso próprio arquétipo, falei: arquétipo, quer dizer, São Pedro, como primeiro chefe da Igreja, por delegação de seu fundador, Cristo.
62. Que te apoiou no esforço benfazejo: o colaborador de São Pedro (a pena que te apoiou) na tarefa de conduzir Roma ao bom caminho, ao caminho da Igreja, foi São Paulo.
64. É a fé, em si, substância do desejo: ao definir, a pedido de São Pedro (versos 52 e 53), a fé, o poeta limitou-se a referir o conceito que dela deu São Paulo: *Sperandarum substantia rerum, argumentum non apparentium*: a fé é a substância das coisas esperadas (isto é, da esperança, do desejo) e argumento das coisas não aparentes (isto é, do bem não aparente).
69. Como essência e razão, seguidamente: tua afirmação será rigorosamente exata (diz São Pedro ao poeta), desde que alcances o motivo pelo qual a fé foi apresentada como substância (essência) e, em seguida, como argumento (razão).
70. Esta luz, respondi-lhe, alta e sagrada: a luz divina, emanação direta de Deus, como visível no Paraíso, não se demonstrava aos homens na terra. Só podia ser apreendida, como sinal da bem-aventurança futura, pela fé; e assim, do ponto de vista humano, a fé se apresenta como a própria substância, ou essência, da aspiração à bem-aventurança.

73   de nossa fé é tão somente objeto,
     como sinal de um pressentido bem;
     por isto toma da substância o aspecto.

76   E como de tal crença, pois, convém
     raciocinar, sem outro termo à vista,
     em argumento ela se faz também."

79   "Se a doutrina que, a custo, se conquista
     na terra fosse assim fundamentada,
     já não houvera lá nenhum sofista."

82   Ouvi falar destarte a flama alçada;
     e continuou: "Assaz aqui, então,
     foi desta moeda a liga comprovada.

85   Mas dize-me se a levas, tu, à mão?"
     "Sim", respondi-lhe, "lúcida e sonante,
     sem vestígio nenhum de imperfeição."

88   A perguntar seguiu o lume adiante:
     "Onde encontraste joia tão preciosa,
     em que a virtude luz, reverberante?"

91   "A chuva", eu disse, "amena e dadivosa
     que a altura fez tombar difusamente
     sobre as folhas da velha e nova prosa,

94   foi o argumento que nutriu à frente
     a minha convicção, e em modo tal
     que nada a abalaria, certamente."

97   "Mas que te faz pensar que a lei atual
     e a antiga lei se veem manifestar
     como a própria linguagem celestial?"

76. E como de tal crença, pois, convém: crença, fé. E, pois, não podendo ser a revelação apreendida ou deduzida pela razão, e ser objeto, por exemplo, de um silogismo (sem outro termo à vista), segue-se que a fé contém em si mesma a sua própria razão, o seu próprio argumento.
84. Foi desta moeda a liga comprovada: e assim foi devidamente verificada a autenticidade desta moeda (a fé), na sua liga e no seu peso. Mas não basta comprovar o valor da moeda; mais importante é saber se a tens contigo.
91. A chuva, eu disse, amena e dadivosa: a revelação que, como uma chuva fecunda, vivificou as páginas do Novo e do Velho Testamento (a velha e nova prosa), foi, diz o poeta, o que me fez chegar a essa joia preciosa (a íntegra moeda, a fé).
97. Mas que te faz pensar que a lei atual: São Pedro testa, mais uma vez, o fundamento da doutrina exposta pelo poeta. Em que motivos se baseava ele para admitir que o novo Testamento (a lei atual) e o velho Testamento (a antiga lei) constituíam revelação divina (a própria linguagem celestial)?

100   "A prova", eu disse, "para assim julgar
       naquelas obras tive-a que natura
       não pode, com seus meios, operar."

103   Tornou-me: "Mas o que é que te assegura
       que foram reais? Quem sabe dás, então,
       por prova o próprio x que se procura?"

106   "Se o mundo", repliquei, "se fez cristão
       sem o milagre, em si já isto o seria,
       e a todos excedendo em dimensão.

109   Assim, faminto e pobre, entraste a via
       para semear na terra a boa planta,
       videira, então, e agora urze bravia."

112   A estas palavras, a assembleia santa
       foi o Louvemos Deus em coro entoando,
       na suavidade com que lá se canta.

115   E o mestre, que me estava interrogando,
       e gradativamente me soerguia
       às cimas que eu já ia divisando,

118   recomeçou: "A Graça excelsa e pia
       até aqui a tua boca abriu
       para exprimir-se como lhe cumpria;

121   e, pois, aprovo o que ela proferiu.
       Mas dize-me afinal em que tu crês,
       e como em ti tal fé se constituiu."

124   "Ó Santo Padre, espírito que vês
       a luz tão claramente, que venceste,
       correndo à campa, mais ligeiros pés",

---

100. A prova, eu disse, para assim julgar: esta prova, respondeu-lhe o poeta, foi-me proporcionada pelas repetidas obras que excediam, por si mesmas, os meios e as forças da natureza, isto é, pelos milagres.

103. Mas o que é que te assegura que foram reais?: mas, objetou São Pedro, como sabes que esses milagres existiram realmente? Se são os livros santos que lhes afirmam a existência, não estarás aceitando como demonstração a própria matéria a ser demonstrada?

106. Se o mundo, repliquei, se fez cristão: admitindo, para argumentar, que o mundo se converteu ao cristianismo sem a influência dos milagres, tê-lo-ia feito por força exclusivamente da pura e abstrata fé, o que já seria sem dúvida um milagre, e maior que todos.

111. Videira, então, e agora urze bravia: mais uma vez o poeta, de passagem, assinala a decadência da Igreja de seu tempo, observando que a vinha de Pedro, depois de florescer radiosamente, se transmudara em urze estéril e bravia.

126. Correndo à campa, mais ligeiros pés: a notícia de que Cristo havia ressuscitado, Pedro e João correram para o sepulcro; e o primeiro a nele penetrar foi Pedro, que deste modo superou a João, o qual, sendo muito mais jovem, deveria naturalmente ter-se antecipado ao seu idoso companheiro.

127   falei-lhe, então: "Queres que eu manifeste
a essência aqui dos sentimentos meus,
e como se formaram, qual disseste.

130   Assim respondo: Creio num só Deus,
que pela graça e o amor onipresente,
move, sem ser movido, os altos céus.

133   E tal crença eu a fundo, certamente,
além das coisas mesmas, nas corretas
palavras vindas repetidamente

136   à boca de Moisés e dos Profetas,
aos Salmos e Evangelhos e, afinal,
às vossas preces santas e diletas.

139   Creio na eterna essência celestial,
una em si mesma, e em si mesma trina,
a que este e sono digo, por igual.

142   Tão transcendente condição divina
decerto em minha mente foi gravada
pela doce evangélica doutrina.

145   Ela é o princípio vero, a chispa ateada
que a labareda vai nutrir, vivaz,
e em mim fulgura, como a estrela alçada."

148   E tal o bom senhor que se compraz
no que lhe vai o servo relatando,
e o abraça pelas novas que lhe traz,

151   assim o lume plácido, cantando,
três vezes me cingiu, quando calei,
e foi-me sua bênção ministrando

154   — tanto lhe satisfiz no que falei.

---

138. Às vossas preces santas e diletas: a revelação divina, fundamento da fé, e manifesta através de Moisés, dos Profetas, dos Salmos e dos Evangelhos, também se exprimia na prédica dos Apóstolos — que integravam ali a legião do triunfo de Cristo — e que por este haviam sido inspirados e iluminados.
141. A que este e sono digo, por igual: pois que a Santíssima Trindade (a eterna essência celestial) se constitui de três pessoas num só Deus, dela se pode dizer indiferentemente que é (este, terceira pessoa singular do verbo latino esse) ou que são (sono, terceira pessoa plural do verbo italiano essere).
151. Assim o lume plácido, cantando: São Pedro, que demonstrava a sua profunda satisfação pela maneira com que o poeta havia respondido às suas perguntas sobre a fé.

CANTO XXV

Adianta-se, agora, no oitavo céu, ou céu das estrelas fixas, a alma do apóstolo São Tiago. E, tal como São Pedro, que interrogara o poeta sobre a Fé, São Tiago o interroga sobre a Esperança. Reúne-se aos dois, a seguir, um terceiro lume, São João Evangelista, e esclarece a Dante ter subido ao céu somente em espírito, e não também em corpo, como se propalava.

1   Se porventura o poema alto e sagrado,
    a que puseram mãos o céu e a terra,
    e me deixou das forças extenuado,

4   a maldade vencer que me desterra
    do antigo ovil onde me achei agnelo,
    diante dos lobos que lhe movem guerra,

7   mudada agora a voz, alvo o cabelo,
    poeta, retornarei, para na fonte
    do meu batismo haver o laurel belo;

10 ali mesmo onde hauri, na quadra insonte,
    a fé pela qual Pedro me cingiu,
    por três vezes, com sua luz, a fronte.

13 Um lume, presto, então, vi que saiu
    do mesmo grupo em que antes a primícia
    que Cristo à sua Igreja instituiu.

16 E Beatriz, que sorria com delícia,
    "Olha, olha", bradou-me, "eis o Barão
    que atrai os peregrinos à Galícia!"

2. A que puseram mãos o céu e a terra: a intervenção, aqui referida, do céu e da terra na composição do poema, explica-se pela noção de ser este, em certo sentido, uma súmula do homem, na sua transitória passagem pelo estágio terreno, para a sublimação na vida eterna.
3. E me deixou das forças extenuado: é sabido que o poeta se dedicou por longo tempo à composição da Comédia, provavelmente por cerca de quinze anos, e essa enorme tarefa, em meio aos sofrimentos e dificuldades de seu exílio, deixou-o exaurido fisicamente.
5. Do antigo ovil onde me achei agnelo: o antigo ovil, Florença, seu berço. O poeta manifesta a esperança de que o poema lograria vencer a hostilidade que o mantinha longe de Florença, possibilitando, destarte, o seu regresso. E se lhe fosse concedida, em razão de sua obra, a coroa de louros, em nenhum outro lugar, senão ali, desejaria cingi-la.
10. Ali mesmo onde hauri, na quadra insonte: em Florença, mais especificamente na Igreja de São João Batista, onde o poeta foi batizado quando menino, isto é, entrou naquela fé, pela qual havia pouco São Pedro lhe cingira, ali no oitavo céu, a fronte, volteando com sua luz ao redor dela (veja-se o Canto precedente, versos 151 a 154).
13. Um lume, presto, então, vi que saiu: um novo lume adiantou-se, então, do mesmo grupo de que havia saído São Pedro (a primícia que Cristo à sua Igreja instituiu): era a alma de São Tiago, cujo túmulo em Compostela, na Galícia (Espanha), atraía constantemente multidões de peregrinos.

PARAÍSO

19 E como os pombos, que arrulhando vão,
    quando se encontram, no seu movimento
    exprimindo a recíproca afeição,

22 de um santo ao outro era o contentamento
    de modo semelhante demonstrado,
    na eterna glória ali do firmamento.

25 Mal foi o cumprimento terminado,
    o duo à nossa frente se aquietou,
    com seu fulgor deixando-me ofuscado.

28 Beatriz ao recém-vindo interpelou:
    "Ó alma a cuja luz toda a amplitude
    do templo celestial se desvendou,

31 revela-nos a glória e a excelsitude
    dessa Esperança, que encarnaste, quando
    Jesus fadou os três à beatitude."

34 "Levanta os olhos, o ânimo cobrando:
    é bom que a este fulgor o que do mundo
    dos vivos vem se vá acrisolando."

37 Assim me disse o lume, ali, segundo;
    a cimos tais ergui o olhar, então,
    inda obumbrado ao brilho seu profundo.

40 "Já que do Rei houveste a permissão
    de a este recinto vir, antes da morte
    — onde se reúne a egrégia convenção —

---

22. De um santo ao outro era o contentamento: os dois santos, o que já ali se encontrava, isto é, São Pedro, e o que acabava de chegar, isto é, São Tiago, demonstravam-se reciprocamente a sua alegria, cantando e dançando.
28. Beatriz ao recém-vindo interpelou: ao aproximar-se São Tiago (o recém-vindo), cujo apostolado e cujas obras tanto haviam exaltado o Paraíso (a basílica de Cristo, O templo celestial), Beatriz lhe dirigiu a palavra, pedindo-lhe que lhes falasse ali da Esperança, virtude que Cristo lhe infundira diretamente, como infundira a São Pedro a Fé e a São João a Caridade.
37. Assim me disse o lume, ali, segundo: a alma de São Tiago, que se aproximara logo depois da de São Pedro, dirigindo ao poeta as palavras de afeto e confiança mencionadas nos versos 34 a 36.
38. A cimos tais ergui o olhar, então: o poeta, ainda ofuscado (verso 27), fitou, então, os dois apóstolos à sua frente, que refere como cimos (ou montes) para significar sua alta hierarquia na ordem celeste como na ordem humana.
40. Já que do Rei houveste a permissão: o rei, o imperador, quer dizer, Deus; este recinto, quer dizer, aquele sítio no oitavo céu, destinado aos santos do antigo e do novo Testamento, entre os quais os Apóstolos — a legião do triunfo de Cristo.

43   para que, por influxo da alta corte,
      a Esperança, que as almas leva ao bem
      na terra, a ti e aos outros reconforte,

46   mostra como a compreendes e também
      se a tens contigo, e como em ti brotou."
      Destarte prosseguia o lume, além.

49   A santa dama, entanto, que me alçou
      as asas ao remígio fulgurante,
      a responder-lhe se me antecipou:

52   "Nenhum filho da Igreja militante
      se nutriu mais do que ele da Esperança
      no Sol que nos aclara, deslumbrante.

55   Teve, por isto, a bem-aventurança
      de vir do triste Egito à Sião celeste,
      sem deixar a terrena militança.

58   Quanto às outras perguntas que fizeste,
      porque na terra possa, brevemente,
      o dom mostrar que a tanta altura ergueste,

61   deixo que ele as responda; e certamente
      o fará sem jactância e com rigor,
      se a eterna graça o sustentar à frente."

64   Como o discente, diante do doutor,
      expondo com largueza o pensamento,
      na ânsia de demonstrar o seu valor.

67   respondi-lhe: "É a Esperança o sentimento
      de uma glória futura, e nos advém
      da graça e do pessoal merecimento.

---

46. Mostra como a compreendes e também: São Tiago faz ao poeta três perguntas sobre a virtude da Esperança: O que entendia ele por Esperança? Tinha-a consigo? E se a tinha, como eclodiu ela em sua alma?
52. Nenhum filho da Igreja militante: Beatriz se antecipou na resposta à segunda pergunta, a saber, se era o poeta dotado desta virtude. Nenhum cristão vivo — afirmou ela — se acha possuído, tanto quanto ele, da esperança em Deus (no Sol que nos aclara, deslumbrante). E por isto é que lhe fora concedida a graça de se trasladar ainda em vida dos sofrimentos da terra (o triste Egito) às graças do Paraíso (a Sião celeste).
60. O dom mostrar que a tanta altura ergueste: quanto às outras duas perguntas (versos 46 e 47) — continua Beatriz — o seu companheiro as iria diretamente responder; e elas haviam sido formuladas não para haver, na realidade, uma informação previamente conhecida pelas almas, mas para habilitar o poeta a, de volta à terra, explicar aos homens o valor da Esperança, virtude que São Tiago enaltecera tanto.

PARAÍSO

70 De vários astros esta luz provém:
    mas quem ma fez sentir primeiro um dia
    foi o sumo cantor do sumo bem.

73 — Em ti esperem — soava a melodia
    os que clamam teu nome: e quem não o clama
    tendo esta fé que eu tenho, ardente e pia?

76 Tu me instilaste, após, a tua flama,
    na Epístola, e de mim, agora, então,
    em outras almas ela se derrama."

79 Enquanto eu tal dizia, no clarão
    à minha frente um vívido fulgor
    vibrou, qual do relâmpago a eclosão;

82 e tornou-me, a seguir: "O longo amor
    que à Esperança votei, e me guiou
    até colher do sacrifício a flor,

85 a vir falar-te aqui me impulsionou,
    que a prezas tanto; e rogo-te me digas
    o que nela a tua alma divisou."

88 "As novas leis", eu disse, "e as leis antigas
    indicam-nos a meta pretendida
    pelas almas de Deus de fato amigas.

91 Cada uma delas surgirá vestida
    — Isaías o afirma — duplamente,
    em sua pátria, isto é, na doce vida.

---

70. De vários astros esta luz provém: esta luz (a virtude da Esperança) nos é proporcionada por muitos santos e autores sacros (vários astros), mas quem de início a instilou em meu coração foi Davi (o sumo cantor do sumo bem), quando exaltava em seus Salmos toda a glória e beleza da Esperança em Deus:
73. Em ti esperem — soava a melodia: alusão a um versículo do Salmo IX, de Davi, sobre a Esperança decorrente da fé em Deus.
76. Tu me instilaste, após, a tua flama: e depois de Davi me haver infundido no coração a graça da Esperança, tu mesmo (São Tiago) alimentaste ainda mais essa chama com tuas palavras na Epístola, e com tal plenitude que ela de mim se transfere — através do meu canto — a muitas outras almas.
79. No clarão à minha frente: na alma luminosa de São Tiago, a quem, então, o poeta falava.
84. Até colher do sacrifício a flor: até à hora em que, no martírio, deixei a vida terrena para ascender à beatitude.
88. As novas leis, eu disse, e as leis antigas: o novo e o velho Testamento nos demonstram a meta a que tendem as almas fiéis, isto é, a bem-aventurança.
91. Cada uma delas surgirá vestida: o anúncio do profeta Isaías — aqui referido — parece contemplar o Juízo Final, após o qual as almas estariam no Paraíso (a doce vida) com a dupla veste, quer dizer, com a alma e também o corpo.

94   Depois o teu irmão, mais amplamente,
     no ponto em que tratou das alvas vestes,
     esta revelação tornou patente."

97   Mal terminei, ressoou nos vãos celestes
     do *Sperent in te* a melodia,
     a que as luzernas responderam prestes.

100 Um lume tal, então, vi que fulgia,
     que, se Câncer lhe houvesse a claridade,
     um mês do inverno fora sempre dia.

103 Como a virgem que dança à alacridade
     do festejo nupcial, só por louvor
     da nova esposa, e nunca por vaidade,

106 assim aquele súbito esplendor,
     se aproximou dos dois que juntamente
     o canto entoavam do perene amor.

109 A ambos acompanhou na voz ardente;
     minha dama os fitava, ao suave jeito
     da esposa cuidadosa e continente.

112 "Eis o que a fronte docemente ao peito
     do nosso Pelicano declinou,
     e foi, da cruz, ao mor ofício eleito."

115 Assim disse Beatriz: mas não deixou
     de manter sobre o grupo o olhar atento,
     quando falava e quando se calou.

---

94. Depois o teu irmão, mais amplamente: o teu irmão, isto é, São João Evangelista (que, aliás, iria mostrar-se ali dentro em pouco; versos 112 a 114), insistiu mais extensamente nesta revelação, quando aludiu — no Apocalipse — às vestes brancas em que se envolveriam as almas.
98. Do *Sperent in te* a melodia: ao encerrar o poeta suas palavras, ouviu-se ressoar no oitavo céu o Salmo de Davi, mencionado no verso 73, e a que as almas ali responderam, em uníssono.
100. Um lume tal, então, vi que fulgia: o novo lume que o poeta viu fulgir mais vivamente ali, e que se aproximou dos dois que se encontravam diante dele (São Pedro e São Tiago), era a alma de São João Evangelista.
101. Que, se Câncer lhe houvesse a claridade: a alma de São João Evangelista se nimbava em tamanho esplendor que, se a fúlgida constelação de Câncer possuísse igual claridade, haveria na terra um inverno sem noites. Interpreta-se que, na quadra do inverno, quando o sol tramonta, Câncer aparece no céu, e, inversamente, ao tramontar Câncer, o sol reponta no horizonte; assim, se Câncer fosse dotado de resplendor igual ao daquela alma, aclararia as noites do inverno, transformando-as em dia.
113. Do nosso Pelicano declinou: o nosso Pelicano, Jesus, que deu o seu sangue por remir a Humanidade, e é assim comparado àquela ave de que se diz que nutre os seus filhos com o próprio sangue. O que recostou a cabeça ao peito de Jesus, na última ceia, isto é, o apóstolo São João Evangelista.
114. E foi, da cruz, ao mor ofício eleito: Jesus, do alto da cruz, pediu a João que velasse, como um filho, por Maria, sua mãe.

PARAÍSO

118   E como alguém que observa o movimento
       do sol a se eclipsar, mas, deslumbrado,
       se sente quase cego num momento,

121   eu contemplava o lume ali chegado.
       E ouvi-lhe, então: "Por que te ofuscas tanto
       por algo que não pode ser achado?

124   Meu corpo jaz da terra sob o manto,
       como os demais, e assim será à frente,
       até que se complete o reino santo.

127   Com dupla veste aqui vieram somente
       as duas almas que se alçaram antes;
       digo-o para que o narres lá à gente."

130   Assim disse: e as luzernas fulgurantes,
       estacando de súbito o bailado,
       suspenderam também os seus descantes,

133   como, para o repouso desejado,
       sustêm-se no alto os remos de repente,
       antes da água ferir, do mestre ao brado.

136   Ah! Como se turbou a minha mente
       quando, ao volver-me para ver Beatriz,
       não pude distingui-la, inda que em frente

139   dela estivesse, e em pleno céu feliz

---

123. Por algo que não pode ser achado: o que não podia ser achado ali, o corpo de São João Evangelista. Acreditava-se que São João havia ascendido aos céus com seu corpo terreno. Era, pois, natural que o poeta apurasse o olhar sobre aquele lume irradiante (a ponto de tornar-se ofuscado), no esforço por distinguir o corpo do Santo.
124. Meu corpo jaz da terra sob o manto: São João explica, então, ao poeta que era apenas alma, e que seu corpo ficara sepulto na terra, e lá permaneceria até o dia do Juízo (até que se complete o reino santo, isto é, até que Deus se satisfizesse com o número de almas qualificadas ao Paraíso).
127. Com dupla veste aqui vieram somente: com dupla veste, isto é, com a alma e o corpo, somente ascenderam ao céu Cristo e Maria, os quais haviam estado ali pouco antes, mas já subido ao Empíreo (veja-se o Canto XXIII, versos 85 a 87, quanto à ascensão de Cristo; e versos 118 a 121, quanto à ascensão de Maria).
129. Digo-o para que o narres lá à gente: lá, quer dizer, na terra, a que o poeta, como um homem vivo, deveria regressar.
130. As luzernas fulgurantes: As almas, reunidas diante de Beatriz e do poeta, dos apóstolos Pedro, Tiago e João Evangelista.
138. Não pude distingui-la, inda que em frente: ao volver-se, como de hábito, para Beatriz, o poeta não pôde, entretanto, divisá-la, pois estava completamente ofuscado ante a intensa fulguração daquela alma (São João Evangelista).

CANTO XXVI

Ainda no oitavo céu, ou céu das estrelas fixas, a alma do apóstolo São João Evangelista, que se aproximara, ofuscando o poeta, interroga-o sobre a virtude da Caridade. Pouco depois, a alma de Adão se reúne ali aos três Apóstolos, apressando-se em esclarecer ao visitante alguns pontos obscuros relativamente à sua própria vida.

1   Desarvorado, à perda da visão,
da flama que a extinguira ouvi brotando
estas palavras de consolação:

4   "Até que aos olhos teus vá retornando
a força ao meu fulgor destemperada
é bom que te distraias, arrazoando.

7   Fala-me, pois, da meta desejada
pela tua alma, e como a percebias
— sabendo que a visão só tens toldada,

10   e que a dama ao teu lado nestas vias
possui no olhar virtude semelhante
à das mãos milagrosas de Ananias."

13   "Que ela se sirva", eu disse, inda hesitante,
"de curar, quando queira, o viso meu,
por onde entrou seu brilho deslumbrante.

16   O bem que aclara a todos neste céu
é o Alfa e o Ômega do sentimento
que o eterno Amor no peito me acendeu."

---

1. Desarvorado, à perda da visão: quando, no oitavo céu, a alma de São João Evangelista se reuniu, diante de Beatriz e Dante, às almas de São Pedro e São Tiago, seu intenso fulgor ofuscou o poeta, que perdeu quase totalmente a visão (Canto precedente, versos 118 a 120 e 136 a 139). Mas São João (a flama que o cegara) tranquilizou-o, com a declaração de que ele recuperaria, logo, a vista.
7. Fala-me, pois, da meta desejada: remissão, provavelmente, à afirmativa do poeta sobre os motivos que haviam encaminhado sua alma a Deus (Canto precedente, versos 88 a 90), e que teria sido ouvida por São João.
12. À das mãos milagrosas de Ananias: ao ver Jesus surgir-lhe inopinadamente, na via de Damasco, São Paulo quedou-se ofuscado ao seu fulgor. Ananias lhe impôs as mãos, restituindo-lhe, assim, imediatamente a vista. Com a menção a este episódio, São João significa ao poeta que quando Beatriz o fitasse de novo também ele recuperaria a perdida visão.
14. O viso meu: os meus olhos, que foram a porta pela qual entrou no meu coração sua deslumbrante imagem (de Beatriz).

PARAÍSO

19 A voz que me aliviara o sofrimento,
    naquele instante acerbo e decisivo,
    à sua indagação deu seguimento:

22 "Convém passares por mais fino crivo:
    Que foi que a seta te orientou, então,
    a alvo como esse tão remoto e esquivo?"

25 Tornei-lhe: "A filosófica razão
    e o fundamento que no céu esplende
    combinaram-se em mim nessa impulsão;

28 que o bem, enquanto bem, como se entende,
    suscita amor, e amor tanto maior
    quanto mais de bondade em si compreende.

31 A essa substância ideal, tão superior,
    que mesmo o bem, dela não decorrente,
    é ainda emanação de seu fulgor,

34 deve render-se, pois, submissa, a mente
    de quem, desperto à sua refulgência,
    vislumbra esta verdade, alta e imanente.

37 Mostrou-a aquele à minha inteligência
    que a graça descreveu do primo Amor
    a cintilar na sempiterna essência.

40 Mostrou-ma, logo após, o sumo Autor,
    à frente de Moisés, anunciando:
    'Eu te farei fitar o grão Valor'.

---

19. A voz que me aliviara o sofrimento: a voz do recém-chegado apóstolo São João, que o havia tranquilizado sobre a transitoriedade de sua cegueira.
23. Que foi que a seta te orientou, então: o que foi que te encaminhou a alma para o amor de Deus?
25. A filosófica razão e o fundamento: a filosofia, através do ensinamento dos mestres, e a fé, como inspiração divina, combinaram-se para encaminhar minha alma ao amor de Deus.
31. A essa substância ideal, tão superior: a Deus, que é essência tão superior a tudo, que mesmo aquilo que, fora dele, se apresenta, erroneamente, como bem ou causa de prazer à precária visão humana, ainda constituirá, no fundo, uma distante emanação de sua luz.
37. Mostrou-a aquele à minha inteligência: a maneira pela qual o poeta refere quem primeiro lhe despertou a mente à ideia de Deus, torna, a rigor, quase impossível sua identificação. Algum filósofo, talvez, ou algum santo, ou algum escritor sacro.
40. Mostrou-ma, logo após, o sumo Autor: o sumo Autor, Deus, quando se apresentou a Moisés.

43 E em ti também a vi, quando iniciando
    teus vaticínios, o poder secreto
    foste aos homens, na terra, revelando."

46 E disse-me: "Por força do intelecto
    e da que o aclara condição divina,
    votas a Deus o teu inteiro afeto.

49 Conta-me, agora, se algo mais te inclina
    para ele, por mostrar toda a efusão
    da caridade que a alma te ilumina."

52 Não me escapou da santa águia a intenção,
    e o ponto vi, vendo-a com claridade,
    a que eu devia ater a confissão.

55 "Todas as forças que nossa vontade
    movem", eu disse, "para o alto poder,
    juntaram-se na minha caridade.

58 Aquela eterna essência, e em mim o ser,
    o justo que morreu por nos dar vida,
    e a salvação que espero merecer

61 por meio da doutrina certa e fida
    — tiraram-me do mar do erro sem fim,
    conduzindo-me à praia apetecida.

64 Amo as ramas florentes do jardim
    do eterno jardineiro, e as amo tanto
    quanto nelas o bem reponta, assim."

---

43. E em ti também a vi, quando iniciando: e tu também, São João, me revelaste esta eterna substância quando, na abertura de teu anúncio (o Evangelho, o Apocalipse), descreveste aos homens a glória e o poder dos céus.
46. E disse-me: Por força do intelecto: os argumentos da razão filosófica, iluminados pela autoridade das Escrituras, conduziram, pois, a Deus o teu amor, como tu mesmo o afirmaste (vejam-se os versos 25 a 28).
49. Conta-me, agora, se algo mais te inclina: mas dize-me se outros impulsos, além destes, não concorreram para nutrir o teu amor a Deus...
52. Não me escapou da santa águia a intenção: o profeta Ezequiel escolheu quatro animais para neles simbolizar os Evangelistas. O símbolo de São João era a águia (veja-se o Purgatório, Canto XXIX, verso 92, e respectiva nota). Pelas palavras de São João, o poeta percebeu claramente que sua intenção era interrogá-lo especificamente, sobre a Caridade.
58. Aquela eterna essência, e em mim o ser: várias inspirações, diz o poeta, uniram-se para fazer-me abandonar o amor profano (o mar do erro sem fim), levando-me ao amor divino (à praia apetecida). Foram estas inspirações: a fé na existência de Deus (aquela eterna essência); a certeza de minha alma imortal (em mim o ser); o sacrifício de Cristo na cruz; e a salvação prometida pela revelação divina.

PARAÍSO

67 Mal terminei, um belo e doce canto
    reboou nos céus, e ouvi acompanhar
    Beatriz aos outros: "Santo, santo, santo!"

70 Como alguém, que se sente despertar
    à intensa luz que no imo da visão,
    sob as pálpebras, lhe entra, a fulgurar,

73 e o que à princípio vê repele, então,
    à surpresa do súbito esplendor,
    antes que possa dar-se à reflexão,

76 aos poucos de meus olhos o torpor
    se desfez ao olhar resplandecente
    de Beatriz, no seu vívido fulgor.

79 E já podendo ver distintamente,
    eu lhe indaguei, com a alma inda enleada,
    sobre o quarto luzeiro ali presente.

82 "Naquela aura", tornou-me, "redourada,
    volve-se a Deus a criatura prima
    pela prima Virtude suscitada."

85 Como a fronde que dobra sua cima
    sob a pressão de rude ventania,
    mas logo se ergue, à força que a sublima,

88 assim, ouvindo-a ali, eu me sentia;
    e inda maravilhado, à mesma hora,
    o caudal da palavra em mim fluía:

91 "Ó fruto que, só tu, te viste outrora
    por Deus criado maduro, ó pai antigo,
    de quem qualquer esposa é filha e é nora,

94 não te recuses a falar comigo,
    pois que vês claro no meu pensamento:
    e porque o faças logo, eu nada digo."

76. Aos poucos de meus olhos o torpor: o poeta, ofuscado ante o fulgor da alma de São João Evangelista, que se aproximara, ficou privado da visão (versos 1 e 2; e Canto XXV, versos 118 a 121). Mas recuperou-a nesse instante, por efeito do olhar de Beatriz, que nele se fixava — tal como lhe fora prometido (versos 10 a 12).
81. Sobre o quarto luzeiro ali presente: antes da obnubilação de sua visão, o poeta tinha diante dele as almas de São Pedro, São Tiago e São João Evangelista. Mas, ao recuperar a força de seus olhos, verificou que um quarto lume se havia reunido ali aos outros. Era, como se verá a seguir, a alma do primeiro homem, Adão.

"E já podendo ver distintamente,
eu lhe indaguei, com a alma inda enleada,
sobre o quarto luzeiro ali presente."

(Par., XXVI, 79/81)

PARAÍSO

97 Como o animal que sob o envolvimento
de um manto inda revela externamente,
pelo ondular do estofo, o movimento,

100 assim aquela primordial semente
demonstrava em sua aura iluminada
que me saudava prazerosamente.

103 E disse: "Inda que não manifestada,
posso apreender tua vontade real,
como nem tu a vês mais aclarada;

106 pois que a distingo no veraz cristal
que reproduz o que é e o que existiu,
sem que se reproduza, em nada, igual.

109 Indagas quando foi que Deus me abriu
os olhos no jardim, de onde a esta escada
a dama peregrina te subiu;

112 e quanto lá fiquei, de alma inebriada;
mais o porquê de minha decadência;
e que língua inventei, então falada.

115 Não foi tão só, meu filho, a complacência
ao fruto a causa de meu longo exílio,
como se diz, mas a desobediência.

118 No sítio em que Beatriz foi ver Virgílio,
por quarenta e três séculos fiquei
clamando pela luz deste concílio.

100. Aquela primordial semente: Adão.
106. Pois que a distingo no veraz cristal: discirno claramente a tua vontade, os teus desejos, as tuas dúvidas, nesse divino espelho, Deus (no veraz cristal), que reflete em si todas as coisas, sem ser por nenhuma delas refletido.
109. Indagas quando foi que Deus me abriu: queres saber quando foi que Deus me criou no Éden, de onde Beatriz te alçou ao Paraíso, e quanto tempo me quedei ali, qual a causa de minha expulsão, e em que língua eu me exprimi na terra.
115. Não foi, tão só, meu filho, a complacência: digo-te que a causa de minha expulsão não foi simplesmente ter degustado o fruto, mas a minha rebelião contra o mandamento divino.
118. No sítio em que Beatriz foi ver Virgílio: Virgílio se encontrava no Limbo quando Beatriz foi procurá-lo para confiar-lhe a salvação do poeta (Inferno, Canto II, versos 52 a 70). Adão explica ao poeta que permaneceu por mais de quatro mil anos no Limbo, de onde Cristo o tirou para levá-lo ao Paraíso (Inferno, Canto IV, verso 55).

DANTE ALIGHIERI

121 De signo em signo, o sol, à eterna lei,
novecentos e trinta voos cumpriu,
enquanto lá na terra eu me quedei.

124 A língua que eu falava se extinguiu
antes que o rei Ninrode à interminável
obra pusesse a mão, como se viu;

127 que efeito algum do juízo é perdurável
por influição deste estelar composto,
que o torna caprichoso, vão, mudável.

130 Que o homem fale por Natura é posto;
mas o jeito em que fale, ela o confia
à sua própria escolha e próprio gosto.

133 Antes que eu me inclinasse à escura via,
I na terra era dito o Sumo Bem,
de que recebo agora esta alegria.

136 Chamou-se El a seguir, como convém
do uso dos homens à falaz figura,
que como a folha à fronde vai e vem.

139 No monte que se eleva à mor altura
passei, em vida limpa, ou degradante,
desde a hora prima à hora que se apressura

142 empós da sexta, à volta do quadrante".

---

121. De signo em signo, o sol, à eterna lei: o sol cumpre o seu giro completo, passando por todos os signos do Zodíaco, no prazo de um ano. Significa-se que Adão, após deixar o Éden, ou Paraíso terreal, onde Deus o criou, viveu na terra propriamente dita novecentos e trinta anos.
124. A língua que eu falava se extinguiu: a língua em que Adão se exprimiu, por ele inventada, já se havia extinguido muito antes que Ninrode levasse o seu povo, na planície de Senaar, ao fantástico e malogrado empreendimento da Torre de Babel (vejam-se o Inferno, Canto XXI, versos 76 a 81, e o Purgatório, Canto XIII, versos 34 a 37).
133. Antes que eu me inclinasse à escura via: antes de haver eu (fala Adão) descido ao Limbo, isto é, quando ainda me encontrava na terra, os homens deram a Deus (o Sumo Bem) o nome de I, e, em seguida, o de El.
139. No monte que se eleva à mor altura: no monte que se projeta, desde o nível do mar, à mor altitude, isto é, no Éden, imaginado sobre o ápice do Monte do Purgatório, estive (continua Adão), a princípio em estado de inocência, e, depois, de pecado, sete horas, desde o raiar do dia (a hora prima: seis horas da manhã) à hora que se segue imediatamente à sexta (a hora sexta: meio dia); a hora que se segue à sexta é obviamente a sétima.
142. Empós da sexta, à volta do quadrante: o quadrante (um quarto de círculo) é percorrido pelo sol em seis horas. A cada seis horas, portanto, verifica-se a volta do quadrante, isto é, o sol passa de um para outro quadrante.

CANTO XXVII

São Pedro recomeça a falar ao poeta (o cenário é ainda o oitavo céu), manifestando sua indignação contra os erros e transvios da Igreja do tempo. Do signo dos Gêmeos, onde ali se encontrava, o poeta inclina, pela segunda vez, o olhar para a terra distante. Em seguida, ascende, com Beatriz, ao nono e último céu, o Primo Mobile.

1   Ao Pai e ao Filho o seu louvor entoava,
    e ao Espírito Santo, o Paraíso,
    num canto que a minha alma arrebatava.

4   Era como se o mundo o seu sorriso
    abrisse ali, entrando-me vibrante
    pelos olhos e o ouvido, de improviso.

7   Ó alegria, ó graça irradiante!
    Ó plenitude de ventura e amor!
    Ó bem sem par, a toda ânsia bastante!

10 Dos quatro archotes via-se o esplendor;
    e o que primeiro abrira ali passagem,
    recrudescendo em súbito fulgor,

13 ia-se transformando em sua imagem,
    qual se tornara Jove, se ele e Marte
    permutassem, como aves, a plumagem.

16 A Providência, que no céu reparte
    tarefas e honrarias, à canção
    impusera silêncio em toda a parte.

---

1. Ao Pai e ao Filho o seu louvor entoava: após as palavras de Adão (parte final do Canto precedente), as almas reunidas ali entoaram um canto uníssono em louvor, de Deus.
10. Dos quatro archotes via-se o esplendor: as quatro almas luminosas que no oitavo céu estavam diante do poeta, a saber: São Pedro, São Tiago, São João Evangelista e Adão.
11 E o que primeiro abrira ali passagem: São Pedro, que foi naquele sítio o que primeiro se apresentara ao poeta (Canto XXIV, versos 19 a 21, e 34 a 36). São Pedro entrou a se demudar no seu aspecto, revestindo uma coloração mais rubra que anteriormente, tal como se o claro planeta Júpiter, ou Jove (Canto XVIII, versos 64 a 72), e o encarnado planeta Marte (Canto XIV, versos 85 a 87) permutassem, entre si, suas cores.
17. À canção impusera silêncio em toda a parte: à canção que as almas no Paraíso entoavam em louvor de Deus (versos 1 a 3).

"Ao Pai e ao Filho o seu louvor entoava,
e ao Espírito Santo, o Paraíso,
num canto que a minha alma arrebatava."

(Par., XXVII, 1/3)

PARAÍSO

19   "Não te surpreenda a minha mutação",
     foi começando, "pois ao que direi
     verás nos mais igual transformação.

22   O que na terra o posto que ocupei
     usurpa agora, e o deixa assim vacante
     aos olhos de Jesus, o nosso rei,

25   converteu em sentina degradante
     a minha própria tumba, onde o exilado
     dos céus se refocila, delirante."

28   O espaço eu vi de súbito tomado
     pela purpúrea cor com que no poente
     e na alba o sol faz o horizonte ornado.

31   E tal a dama honesta que somente
     ouvindo mencionar de outra a imprudência,
     segura embora, cora, e se ressente

34   — mudava de Beatriz a alva aparência;
     e assim o céu, suponho, se eclipsou
     no dia da suprema penitência.

37   E ei-lo que o seu discurso retomou,
     co' a mesma voz no timbre transformada,
     que, mais do que ela, a cor não se alterou:

40   "Não foi a Igreja ao sangue alimentada
     que derramamos Lino, Cleto e eu,
     por se fazer ao ouro afeiçoada;

43   e só por ter no bem o objeto seu
     é que de Xisto, Urbano e Pio, então,
     e de Calisto o sangue se verteu.

19. Não te surpreenda a minha mutação: São Pedro recomeça a falar ao poeta, advertindo-o de que a mutação que se operava em seu aspecto (em sua luz) era resultante das palavras que ia pronunciar, isto é, decorria da ira que o inflamava ao considerar a situação presente da Igreja (o texto da narrativa se reporta ao ano de 1300).
22. O que na terra o posto que ocupei: quem ocupava naquele instante, quer dizer, em 1300, a cátedra pontifícia era Bonifácio VIII — e tão mal a ocupava (segundo o poeta) que se podia ter como vacante aos olhos de Deus.
26. A minha própria tumba, onde o exilado: a tumba de São Pedro, a colina do Vaticano (e, por extensão, Roma), onde ele foi sepultado, após o seu martírio. O exilado dos céus, Lúcifer, o demônio.
34. Mudava de Beatriz a alva aparência: e nem só São Pedro adquirira ali a rubra aparência da ira. Às suas duras palavras, as demais almas também se transformaram (verso 21), e, com elas, Beatriz, cujo plácido brilho se tornou carregado, fazendo lembrar ao poeta a sombra que eclipsou o céu no instante do sacrifício de Cristo.
37. E ei-lo que o seu discurso retomou: São Pedro, que prosseguiu na acre censura aos que desviavam de sua missão a Igreja.
41. Lino e Cleto: Lino e Cleto (Anacleto) foram os primeiros Papas, em sucessão de São Pedro; Xisto, Urbano, Pio e Calisto, outros Papas, nos tempos primitivos da Igreja.

46   Não quisemos que à destra e à esquerda mão
de nossos sucessores, separado,
se visse, como agora, o orbe cristão;

49   nem pensamos que o signo a nós confiado
fosse possível como emblema vê-lo
de guerra, contra os fiéis, ao vento alçado;

52   e nem que eu fosse convertido em selo
de privilégios ímpios e mendazes,
diante dos quais, em ira, me rebelo.

55   Em vestes de pastor, lobos vorazes
pelos campos se espalham numerosos.
Ó vingança de Deus, que inerte jazes!

58   Gascões como Caorsinos, cobiçosos,
cercam-nos já, e a boa iniciação
de outrora adentra rumos perigosos.

61   Mas a Graça que a Roma enviou Cipião
por sustentar-lhe o símbolo imperial,
há-de prover em tempo à correção.

64   E tu, que voltarás, sendo mortal,
à terra, lá chegando, narra à gente
o que ora te anuncio, tal e qual."

67   E como aqui se vê frequentemente
a neve em flocos sobre o chão tombar,
quando a Cabra se põe do Sol à frente,

70   assim eu vi de súbito se alçar
o grupo dos espíritos triunfantes,
que haviam vindo para nos saudar.

---

49. Nem pensamos que o signo a nós confiado: as chaves da Igreja, confiadas por Cristo a São Pedro (Inferno, Canto XIX, versos 91 e 92), e por este transmitidas a seus sucessores.
52. E nem que eu fosse convertido em selo: referência ao anel pontifício, com a imagem de São Pedro, usado como chancela nos decretos da Igreja.
58. Gascões como Caorsinos, cobiçosos: na sua dura invectiva contra os desvios da Igreja, São Pedro profetiza um futuro ainda mais negro, com a referência aos próximos Papas (o ano era o de 1300), Clemente V, natural da Gasconha, e João XXII, natural de Cahors, os quais exerceriam a cátedra pontifícia na sua trasladação à França (Avignon).
69. Quando a Cabra se põe do Sol à frente: e como, no inverno, quando o Sol se encontra em Capricórnio (a Cabra), a neve tomba em flocos numerosos sobre o solo, assim eu vi, mas inversamente, moverem-se ali os espíritos, subindo em direção à esfera superior, até que, pela distância, não pude mais distingui-los.

PARAÍSO

73 Segui-os com o olhar, ágeis, vibrantes,
até que o vasto espaço percorrido
não me deixou fixá-los, como dantes.

76 Ao ver-me enfim Beatriz desimpedido,
"Inclina a face", disse-me, "e repara
quanto já temos por aqui subido."

79 Desde a outra vez que para baixo olhara,
vi que pelo arco posto desde o meio
ao fim do primo clima eu avançara.

82 Junto a Cadiz, do ulísseo mar o seio
eu vi, tal como a praia, do outro lado,
por onde Europa cavalgando veio.

85 E mais da terra houvera divisado
não fora o sol que já se intrometia,
um signo e pouco, apenas, distanciado.

88 Mas a alma apaixonada me impelia
a dirigir os olhos novamente
para onde se postava a minha guia.

91 Tudo o que arte e natura juntamente
lograram criar, como obra delicada,
que pelo olhar nos arrebata a mente,

94 se se reunisse ali, seria nada
diante do encanto que me dominou
ao lhe fitar a face iluminada.

---

79. Desde a outra vez que para baixo olhara: já uma vez o poeta se detivera, ali, na constelação dos Gêmeos, onde ainda se encontrava, a observar os sete céus, embaixo, e, no centro, a terra pequenina (Canto XXII, versos 127 a 153). Voltando-se, agora, a contemplar o mesmo espetáculo, percebeu que havia percorrido a distância entre o meio e o extremo do primeiro clima, quer dizer, a primeira das sete zonas em que se costumava dividir a superfície conhecida da terra, paralelamente ao Equador.
82. Junto a Cadiz, do ulísseo mar o seio: e, nesta segunda observação, o poeta pôde divisar, para além de Cadiz e do estreito de Gibraltar, parte do Oceano Atlântico (o ulísseo mar; veja-se o Inferno, Canto XXVI, versos 90 e seguintes, especialmente). Do outro lado, ao oriente, descortinava as praias da antiga Fenícia, onde, segundo a fábula, o deus Júpiter, transformado em touro, raptou a princesa Europa, conduzindo-a sobre o seu dorso.
86. Não fora o sol que já se intrometia: e somente esse trecho pôde o poeta observar da terra, porque embaixo (recorde-se que ele se encontrava na constelação dos Gêmeos, no oitavo céu) o sol, que se situava no quarto céu, já avançava para a constelação de Aríete, deixando livre, para a observação, apenas o espaço celeste que se abria entre Gêmeos e Touro (um signo e pouco, apenas, distanciado).

97   o seu fulgente olhar me retirou
     do ninho, então, de Leda celestial,
     e à esfera mais veloz me impulsionou.

100 Era esta em suas partes tão igual,
     que quando nela entramos eu não via
     nada por relembrar em que local.

103 Beatriz, porém, que os meus desejos lia,
     abriu-se num sorriso tão devoto
     que o próprio Deus, parece, é que sorria:

106 "A força", começou "que torna imoto
     o centro e põe o mais em rotação,
     tem seu princípio neste céu remoto,

109 o qual não se sustenta, pois, senão
     na vontade divina, em que se acende
     a luz que ele difunde em reflexão,

112 e à sua volta, eterna, se distende,
     como ele em torno aos mais, só compreendida
     por quem a pôs ali, como se entende.

115 Não tem seu moto noutros a medida,
     senão que os mede a todos juntamente
     como a dezena à quadra nela incluída.

118 Por isto o tempo neste céu somente
     mantém suas raízes, e aos demais
     estende os longos ramos, gradualmente.

121 Ó cobiça que arrastas os mortais
     de tuas águas na revolta esteira,
     que não podem deixá-las nunca mais!

---

98. Do ninho, então, de Leda celestial: a constelação dos Gêmeos, onde o poeta se encontrava, no oitavo céu, é dita o ninho de Leda, pois, segundo a mitologia, os gêmeos Pólux e Castor nasceram de um ovo gerado por Leda, fecundada por Júpiter, que revestira a aparência de um cisne. Como de outras vezes, o incremento da beleza de Beatriz, manifestada principalmente em seu sorriso, comunicou ao poeta a força que o impeliu ao céu superior, no caso o nono e último céu, o Primo Mobile, contíguo ao Empíreo.
106. A força, começou, que torna imoto o centro: o centro, quer dizer, a terra, que a cosmogonia ptolomaica pretendia imóvel, enquanto os nove céus, ao redor dela, mantinham-se em rotação. Do nono céu é que procederia o princípio motor que fazia girar o conjunto das esferas. Beatriz começa a falar aqui ao poeta sobre a cobiça e a cegueira dos homens, que não souberam conservar-se dignos da Vontade divina, que se espelha nas maravilhas da criação
114. Por quem a pôs ali: Deus.

PARAÍSO

124   Foi-lhes dada por Deus vontade inteira;
no entanto, a chuva intensa faz mudar
em abrunhos os frutos da ameixeira.

127   A inocência e a fé veem-se aflorar
tão só na infância, mas cada um recua
antes do buço à face lhe apontar.

130   Tal, quando aprende a se exprimir, jejua
mas ao se ver adulto e bem-falante,
devora tudo sob qualquer lua.

133   E tal, que à mãe não deixa, balbuciante,
ao ter enfim a língua desprendida,
deseja vê-la morta ou mui distante.

136   Assim se faz de branca enegrecida
a filha do que na alba, sobre a esfera,
surge, e se põe à tarde, em despedida.

139   E porque não te espantes, considera
que lá na terra já não há governo;
e, pois, a humanidade desespera.

142   Mas antes que janeiro deixe o inverno,
pela fração do tempo desprezada,
proverá de tal modo o céu superno

145   que a fortuna, entre prantos invocada,
a direção das proas mudará,
e, ligeira, fará correr a armada;

148   e a flor em fruto se transformará."

130. Tal, quando aprende a se exprimir, jejua: na primeira infância, quando começa a aprender a falar, a criatura é inocente e boa, seguindo os preceitos da religião, como o jejum. Mas ao crescer já não procede assim; e em qualquer tempo, mesmo nos dias de abstinência, é incapaz de coibir o prazer da gula.
136. Assim se faz de branca enegrecida: a filha do Sol (o que na alba, etc.), aqui referida, é a Humanidade, que não sabe conservar a inocência e a virtude originais e se degrada no pecado. De branca (inocente) torna-se enegrecida (pecadora).
143. Pela fração do tempo desprezada: ao proceder à divisão do tempo, o calendário vigente negligenciara, em cada dia, uma fração do tempo estimada na centésima parte do dia. Esta fração, acumulada, acabaria, num certo prazo, por fazer com que o mês de janeiro recaísse, na realidade, fora do inverno, isto é, no início da primavera. Beatriz vaticina, então, que antes de tal ocorrer, o desgoverno do mundo, causa dos males presentes, haveria de ter um fim.

CANTO XXVIII

Alcançado o nono céu, o poeta distinguiu, no alto, um intensíssimo foco de luz, ao redor do qual se postavam, em contínuo movimento, nove anéis, decrescendo em brilho e velocidade à medida em que se afastavam do centro. Beatriz explica-lhe, então, que o ponto luminoso representava a divindade, e os anéis móveis os coros angélicos, a cuja influência obedeciam, embaixo, os nove céus.

1   Depois de ouvir de tal maneira exposta
    dos míseros mortais a triste vida,
    pela que a mente ao bem me fez disposta,

4   como quem vê no espelho refletida
    de uma candeia a súbita efusão,
    inda dos olhos seus não percebida,

7   e que se volve a contemplá-la, então,
    vendo que ambas concordam totalmente,
    tal como a letra e o som numa canção

10 — assim se deu comigo quando à frente
    fitei de novo o peregrino olhar
    em que Amor me prendeu antigamente.

13 E ao me volver, surpreso, por mirar
    o que surgia na aura circundante,
    quanto nela é possível reparar,

16 um ponto vi de luz tão fulgurante
    que a minha vista se toldou, perdida,
    à irradiação do foco deslumbrante.

---

1. *Depois de ouvir de tal maneira exposta*: remissão ao final do Canto precedente (versos 121 a 148), em que Beatriz (a que a mente ao bem me fez disposta) profligara o declínio da humanidade, desviada da fé e da virtude.
4. *Como quem vê no espelho refletida*: se alguém vê, de súbito, num espelho colocado à sua frente, refletir-se uma luz acesa atrás de si, mas que não fora de início por ele percebida, volta-se naturalmente para localizá-la e certificar-se de que não se enganou, e que de fato é um reflexo.
10. *Assim se deu comigo quando à frente*: usando o símile da lanterna a refletir-se num espelho (versos 4 a 9), o poeta significa que, fitando Beatriz, viu refletido em seus olhos um ponto de luz intensíssima (verso 16), e volveu-se imediatamente para localizar, ali, no nono e último céu, onde se encontrava, o foco resplendente que se reproduzia nos olhos de sua companheira.
16. *Um ponto vi de luz tão fulgurante*: nesse ponto se simboliza a divindade, Deus; e era tão intenso o seu fulgor que o poeta, ao fitá-lo, teve imediatamente obumbrada a visão.

PARAÍSO

19   Decerto a estrela aqui mais reduzida
     seria como a lua, comparada
     à flama intensa e fina ali surgida.

22   A igual distância em que se mostra alçada
     a auréola em torno do astro que a irradia,
     por efeito da névoa acumulada,

25   daquele ponto à roda se movia
     um círculo a girar tão velozmente
     que ao céu que mais se apressa excederia.

28   Um segundo o volteava resplendente,
     mais um terceiro, e logo um quarto, perto,
     e um quinto e um sexto, sucessivamente.

31   Um sétimo se via, tão aberto,
     que inda que se fechasse a mensageira
     de Juno não o abarcaria, certo.

34   E o oitavo e o nono, enfim — menos ligeira
     de cada um a marcha, segundo ia
     do centro se afastando a sua esteira.

37   O giro que entre todos mais fulgia
     mais achegado estava à flama acesa,
     e, pois, de sua força mais se influía.

19. Decerto a estrela aqui mais reduzida: aqui, quer dizer, na terra, no mundo dos vivos. Significa-se que era tão minúsculo e concentrado o foco resplendente (representação da divindade) que, em comparação com ele, a estrela que da terra se via no céu mais reduzida, seria como a própria lua comparada com as outras estrelas.
22. A igual distância em que se mostra alçada: é frequente ver-se a lua ou o sol circundados por uma auréola, um halo, formado pela refração de sua luz sobre os vapores acumulados, a bruma. Diz-se, pois, que à mesma distância em que se costuma formar à roda do sol ou da lua semelhante auréola, em torno do foco resplendente (o ponto) postava-se um anel a girar com velocidade capaz de suplantar até à do nono céu — o mais ligeiro — e que era precisamente aquele em que o poeta se encontrava.
26. Um círculo a girar tão velozmente: o círculo que ali se movia representava, na realidade, o primeiro coro angélico, assim como os outros círculos, adiante mencionados, eram outros tantos coros angélicos, quer dizer, as Inteligências motrizes dos nove céus.
32. Que inda que se fechasse a mensageira de Juno: a mensageira de Juno, quer dizer, Íris, símbolo do arco-íris (veja-se o Canto XII, versos 10 a 18, e respectivas notas). O arco-íris aparece no espaço só parcialmente. Mas, se o seu arco se prolongasse, completando-se o respectivo círculo, ainda não seria suficiente para conter no seu âmbito a sétima auréola luminosa formada ao redor do ponto. A comparação visa a demonstrar a amplitude do sétimo coro angélico.
34. Menos ligeira de cada um a marcha: os nove coros angélicos, que giravam ao redor do foco luminoso, desciam de velocidade à medida em que se afastavam do centro, isto é, tornavam-se mais lentos quanto mais amplos.
37. O giro que entre todos mais fulgia: o giro, o halo, o coro angélico. Dentre os coros angélicos o mais luminoso e mais veloz era precisamente o menor, porque, estando mais perto do foco resplendente (Deus), mais se influía da virtude divina.

40 Notando o espanto de que eu era a presa,
    Beatriz me disse: "Aquele Ponto anima
    os céus aqui e toda a natureza.

43 Contempla o anel que mais se lhe aproxima,
    e vê que se se move de tal jeito
    é que mais em seu brilho se sublima."

46 "Se o mundo", respondi-lhe, "fosse feito
    similarmente aos coros irradiantes,
    o que ora ouvi ter-me-ia satisfeito.

49 Contudo, os céus se volvem, discrepantes,
    tanto, de grau em grau, mais velozmente,
    segundo estão do centro mais distantes.

52 E, pois, para que eu sinta exatamente
    o que se passa neste templo belo,
    só pela luz e o amor movido à frente,

55 é conveniente ouvir porque o modelo
    e a cópia estão assim a discordar;
    que não logro, decerto, compreendê-lo."

58 "Em vão te esforçarás por desatar
    este difícil nó com tua mão;
    nenhum ser vivo o pôde inda tentar"

61 — disse Beatriz; e após: "Presta atenção
    ao que te vou expor, e os teus sentidos
    aclara com a luz da reflexão.

---

46. Se o mundo, respondi-lhe, fosse feito: os nove coros angélicos, concêntricos, representavam as Inteligências dos nove céus. Uma das razões do espanto do poeta (verso 40) foi observar que os coros eram menos brilhantes e velozes à medida em que se afastavam do centro (o ponto luminoso), inversamente ao que ocorria com os céus materiais, mais velozes e brilhantes quanto mais se afastavam do centro (a terra). Por isto diz que se teria satisfeito com a explicação de Beatriz se os céus materiais apresentassem a mesma estrutura que os coros angélicos, o que, entretanto, não acontecia.
53. O que se passa neste templo belo: o templo belo é, obviamente, o nono e último céu, o Primo Mobile (em que se encontrava o poeta), e que, por estar contíguo ao Empíreo, sede da divindade, mais se influía da luz e do amor de Deus.
55. É conveniente ouvir porque o modelo e a cópia: o poeta não atinava com a razão pela qual a cópia (os nove coros angélicos, as Inteligências motrizes), se apresentava, quanto ao tamanho, brilho e velocidade de suas partes, contrariamente ao modelo (os nove céus propriamente ditos, os céus materiais).

PARAÍSO

64   São mais amplos os céus, ou reduzidos,
segundo o grau da essência primordial
de que se encontram eles imbuídos.

67   Um bem maior supõe influência igual;
e esta, quanto maior, corpo maior,
cujas partes se integrem para tal.

70   Donde este céu, que em sua luz e ardor
abrange os mais, o coro representa
que mais se toca de sapiência e amor.

73   Se fixares, porém, a mente atenta
no seu efeito e não só na aparência
de sua marcha mais ou menos lenta,

76   perceberás a real correspondência
entre este e aquele grau, no acordo pleno
de cada céu com sua Inteligência."

79   E tal se vê dilúcido e sereno
o horizonte da terra, entre esplendores,
quando Bóreas emite o sopro ameno,

82   enquanto o céu, sem sombras e vapores,
parece que se amplia, e que sorri,
na luz que a tudo leva os seus primores,

85   assim, ouvindo-a, presto me senti;
e a estas razões, que a sede me saciaram,
brilhar toda a verdade eu percebi.

---

64. São mais amplos os céus, ou reduzidos: Beatriz solve, então, ao poeta a sua dúvida (versos 55 a 57), explicando-lhe que o brilho, o tamanho e a velocidade dos nove céus se graduavam pela essência divina neles infundida. E isto significava que, quanto mais próxima de Deus a Inteligência motriz (os anéis girando em redor do Ponto), mais amplo, mais veloz e mais brilhante haveria de ser o céu material correspondente.

70. Donde este céu, que em sua luz e ardor: este céu, o nono céu, o Primo Mobile. Por ser ele o maior e o mais veloz correspondia, então, à primeira e mais alta Inteligência motriz, ou coro angélico (o que mais se toca de sapiência e amor, porque mais próximo do ponto luminoso, Deus). Influía-o, portanto, o coro dos Serafins (verso 99).

74. No seu efeito e não só na aparência: Beatriz, para esclarecer ao poeta aquela aparente contradição, concita-o a observar a força ou virtude íntima de cada coro, e não apenas os aspectos de sua amplitude e velocidade.

77. Entre este e aquele grau: quanto à sua força ou virtude intrínseca, a ordem (o grau) dos coros angélicos concordava, assim, perfeitamente, com a ordem dos céus materiais, ao contrário do que o poeta a princípio julgara.

81. Quando Bóreas emite o sopro ameno: os antigos imaginavam os ventos como produzidos pelo sopro de figuras mitológicas, entre as quais Bóreas. Ao sopro deste se atribuíam três ventos, inclusive o que, ao final do inverno, e à entrada da primavera, fazia desvanecerem-se as névoas e sombras que carregavam os horizontes, deixando-os limpos, claros, translúcidos.

85. Assim, ouvindo-a, presto me senti: ouvindo as explicações de Beatriz, o poeta teve esclarecidas as suas dúvidas, e pôde divisar toda a verdade, tal como uma estrela nítida e clara a fulgir no céu.

"E mal suas palavras se encerraram,
mais que o ferro nas forjas inflamadas
juntos os nove coros cintilaram."
(Par., XXVIII, 88/90)

PARAÍSO

88 E mal suas palavras se encerraram,
mais que o ferro nas forjas inflamadas
juntos os nove coros cintilaram.

91 Subiam no ar as chispas, redouradas,
mais numerosas que o multiplicar
das casas do xadrez quando dobradas,

94 De coro em coro o *Hosana* ouviu-se entoar
ao Ponto que os mantém à volta, assim,
onde sempre estiveram e hão de estar.

97 Mas Beatriz, que podia ler em mim,
seguiu, dizendo: "Os giros iniciais
cabem ao Serafim e ao Querubim.

100 Ei-los que voam, rútilos, iriais,
na ânsia de ao Ponto se irem igualando;
e mais o igualam quanto o veem mais.

103 Os lumes a seguir se demonstrando
os Tronos são daquele Amor dileto,
o primeiro ternário completando.

106 Repara como cresce o seu afeto
quanto mais sua vista se aprofunda
na luz que a sede aplaca do intelecto.

109 E podes deduzir que o bem se funda
essencialmente no ato da visão,
e não no amor, que apenas a secunda.

112 Tem na graça a medida a percepção,
e na vontade que tal graça almeja:
e, pois, de grau em grau, se aguça, então.

---

91. Subiam no ar as chispas, redouradas: em súbita cintilação, os nove coros desprenderam chispas (os Anjos, que os compunham); e fulguravam em tal quantidade os Anjos que, ainda que se dobrassem, uma a uma, desde a primeira, numa progressão geométrica, as casas do jogo de xadrez, o surpreendente resultado obtido ficaria aquém de seu número.
95. Ao Ponto que os mantém à volta, assim: os nove coros angélicos entoaram um canto de Hosana a Deus, o ponto a cuja volta giram e devem girar por toda a eternidade.
98. Os giros iniciais cabem ao Serafim e ao Querubim: Beatriz passa a explicar ao poeta a constituição dos nove coros angélicos, que se dividiam em três ternários (cada um deles abrangendo três ordens), decrescentemente. O primeiro ternário, o mais próximo do ponto luminoso, compreendia a Ordem dos Serafins, a dos Querubins e a dos Tronos, correspondentes, respectivamente, ao nono, ao oitavo e ao sétimo céu.
109. E podes deduzir que o bem se funda: a beatitude decorre essencialmente da visão de Deus, mais do que do amor de Deus, pois este há-de necessariamente seguir-se àquela, como sua natural consequência.
112. Tem na graça a medida a percepção: a visão de Deus (a percepção) decorre simultaneamente da graça divina e da inclinação da vontade ao bem.

115   O segundo ternário, que viceja
       nesta perene primavera santa,
       sem que Áries lhe arrebate a grã beleza,

118   perpetuamente um doce Hosana canta,
       a desdobrar-se em tríplice harmonia,
       segundo o coro de onde se levanta.

121   De três ordens compõe-se esta hierarquia:
       Dominações, Virtudes, mais, assim,
       as Potestades, vindo na teoria.

124   No ternário restante estão, por fim,
       os Príncipes e Arcanjos, a girar,
       e dos Anjos o lúcido festim.

127   Todos, unidos, mantêm fixo o olhar
       no Ponto a resplender no último céu,
       e imantados, se imantam, sem cessar.

130   O bom Dionísio, que a estudar se deu
       o mundo angelical, os distinguiu
       tal como agora o faço também eu.

133   Mas Gregório, que dele dissentiu,
       deve do próprio engano ter sorrido
       quando os seus olhos nesta esfera abriu.

136   E se tanto daqui foi referido
       por um vivo, na terra, é natural;
       pois de um, que o viu, o teve conhecido,

139   com muito mais do arcano celestial."

---

115. O segundo ternário, que viceja: o segundo ternário, no conjunto dos nove coros angélicos, se constituía pela Ordem das Dominações, pela das Virtudes e pela das Potestades (versos 122 a 123), correspondentes, respectivamente, ao sexto, ao quinto e ao quarto céu. A beatitude do nono céu é comparada a uma eterna Primavera, a que nunca a constelação de Áries surge para despojá-la de suas galas, tal como se verifica com a primavera terrena (a constelação de Áries é visível pelas noites do Outono).
124. No ternário restante estão, por fim: o derradeiro ternário dos coros angélicos era composto pela Ordem dos Príncipes, pela dos Arcanjos e pela dos Anjos propriamente ditos, correspondentes, respectivamente, ao terceiro, ao segundo e ao primeiro céu.
130. O bom Dionísio, que a estudar se deu: Dionísio Areopagita, que escreveu longamente sobre a essência e a natureza dos Anjos, distinguindo-lhes as Ordens e Hierarquias (veja-se o Canto X, versos 115 a 117, e respectiva nota). Beatriz (que é quem fala neste momento) diz ter adotado para sua explicação a mesma classificação e terminologia usadas por Dionísio.
133. Mas Gregório, que dele dissentiu: São Gregório Magno, entretanto, discordou da classificação feita por Dionísio das Ordens angélicas, e as escalonou diversamente. Mas, naturalmente, ao ascender aos céus, verificou que se havia equivocado.
136. E se tanto daqui foi referido: daqui, quer dizer, do céu (é Beatriz quem fala). Significa-se que se tantas coisas celestes, e, portanto, secretas, tornaram-se conhecidas na terra, é porque alguém que certamente as viu, pôde ali referi-las. Alude-se, provavelmente, a São Paulo, que teria ascendido, em vida, aos céus (veja-se o Inferno, Canto II, versos 28 a 30), transmitindo depois aos seus discípulos o que observara. Em tal relato é que se fundou Dionísio para descrever, exatamente, as Hierarquias angélicas.

CANTO XXIX

Ainda no nono e último céu Beatriz, antecipando-se às dúvidas do poeta, fala-lhe, longamente, sobre a criação e a natureza dos Anjos. A seguir, detém-se numa acre censura aos falsos pregadores, que deixam de lado as Escrituras para ilaquear com mentiras, chalaças e invenções a boa-fé dos ouvintes.

1   Mais depressa que os filhos de Latona,
    postos sob o Carneiro e sob a Libra,
    brilhando no horizonte à mesma zona,

4   em balança que o zênite equilibra,
    permutam-se o hemisfério, lado a lado,
    e enquanto um se despede, o outro se libra

7   — eu vi Beatriz, co' o rosto iluminado,
    calar-se ali, o Ponto contemplando,
    cujo brilho me havia deslumbrado.

10 "Sem que o peças", falou-me, "irei mostrando
    o que anseias saber, por tê-lo visto
    na luz em que confluem o ubi e o quando.

13 Não por haver mor perfeição com isto,
    o que não pode ser, mas tão somente
    por proclamar, a resplender — subsisto,

---

1. Mais depressa que os filhos de Latona: os filhos de Latona, Apolo e Diana, quer dizer, o Sol e a Lua, quando se encontram na mesma faixa longitudinal do horizonte, mas em pontos opostos, e a igual distância do Zênite, que, do alto, os equilibra, como numa balança (o Sol sob o signo de Áries, o Carneiro, e a Lua sob o signo da Libra). Os dois astros assim se mantêm só por breve instante, pois o seu movimento logo faz com que um se eleve no horizonte, e o outro decline, passando ao hemisfério oposto.
7. Eu vi Beatriz, co' o rosto iluminado: o poeta usa o símile precedente para significar que viu Beatriz calar-se ali por um momento, fitando o Ponto refulgente (a divindade), em torno ao qual giravam os nove coros angélicos, e cujo brilho o deixara, havia pouco, ofuscado (Canto XXVIII, versos 16 a 18, especialmente).
12. Na luz em que confluem o ubi e o quando: o ubi, o lugar onde, o espaço; o quando, o tempo. Em Deus se confundem o espaço e o tempo, e, pois, nele, tudo é aqui e agora. Como de outras vezes, Beatriz se antecipava às dúvidas do poeta, dispondo-se a satisfazê-las antes que ele as declarasse.
13. Não por haver mor perfeição com isto: o eterno Amor (verso 17), isto é, Deus, entendeu, em sua eternidade preexistente ao tempo e ao espaço, de engendrar outras criaturas (novos amores, verso 18), quer dizer, os Anjos que ali se apresentavam. E decerto Deus os criou não para acrescer a sua glória (por haver mor perfeição), sendo Deus perfeitíssimo, mas tão só para expandir a sua luz.

16 na sua eternidade, preexistente
    ao tempo e espaço, o eterno Amor radiante
    novos amores engendrou à frente.

19 Nem fora, até então, inoperante;
    que do antes e do após a notação
    não se iniciou senão em tal instante.

22 Matéria e forma, e o seu composto, então,
    saíram acabados afinal
    como três setas do arco, em propulsão.

25 Como no âmbar, no vidro, ou no cristal,
    incide a luz do sol, de tal maneira
    que os toca e se refracta por igual,

28 em seu triforme efeito a luz primeira
    em tudo cintilou inicialmente,
    idêntica a si própria, e verdadeira.

31 E ao mesmo tempo uma ordem pertinente
    se concriou — na parte superior
    ficando as formas puras tão somente,

34 enquanto ia a matéria à inferior;
    e entre as duas a forma pura aliada
    à matéria, o celeste resplendor.

37 Jerônimo supôs ter sido criada
    a angélica natura previamente
    a ser a obra do mundo começada.

19. Nem fora, até então, inoperante: inoperante, inativo, ocioso. Beatriz significa que Deus não se poderia ter por ocioso antes da criação, pois a noção do tempo (o antes e o depois) só surgiu com a mesma criação, sendo mera função dela.
22. Matéria e forma, e o seu composto, então: a divina criação se objetivou em forma pura (os Anjos), em matéria pura (os corpos elementares, a terra) e no composto de matéria e forma (os nove céus). Segundo a doutrina aqui exposta, a criação destas três ordens ocorreu simultaneamente, como três setas que fossem disparadas de um arco tricorde.
28. Em seu triforme efeito a luz primeira: a luz primeira, Deus, que criou o mundo sob o tríplice aspecto da forma, da matéria, e do composto de matéria e forma, isto é, os nove céus, como referido no verso 22.
31. E ao mesmo tempo uma ordem pertinente: a todas as coisas criadas foram estabelecidos lugar e grau na ordem universal: A forma pura, isto é, a natureza angélica, ficou na parte superior; a matéria, isto é, a terra, na parte inferior; e o composto de matéria e forma, isto é, os nove céus, na parte intermediária.
37. Jerônimo supôs ter sido criada: São Jerônimo pretendeu que os Anjos tivessem sido criados muito antes que o mundo propriamente dito. Esta opinião, entretanto, não parece corroborada pelas Escrituras, das quais se pode inferir haver sido feita, simultaneamente, a criação do universo. Aliás, sendo a função dos Anjos (o seu mister) mover os nove céus, a própria razão comum ou intuitiva se recusa a admitir ficassem os Anjos por tanto tempo à espera da tarefa para que foram criados.

40 Mas o fato se viu diversamente
pela santa Escritura descrever,
como o podes sentir mui facilmente:

43 que a razão se recusa a conceber
a existência das lúcidas criaturas
independente da de seu mister.

46 Vês onde, como e quando estas figuras
foram feitas por Deus, e a explicação
tens afinal daquilo que procuras.

49 Não transcorrera inda um minuto, então,
e eis que parte dos Anjos conturbou
a área que aos homens coube na criação.

52 A outra parte, entretanto, iniciou
o seu giro de luz no céu erguido,
e dele nunca mais se separou.

55 A queda se deveu ao desmedido
orgulho do que viste anteriormente
sob o peso do mundo constrangido.

58 Os que ficaram fiéis, humildemente
souberam discernir a alta bondade
que a condição lhes deu mais eminente;

61 e de sua visão foi a acuidade
exaltada co' a graça e o dom desperto,
nos quais se aperfeiçoou sua vontade.

64 E não duvides, pois, tendo por certo
que o amor se torna em si mais meritório
quanto se faz à graça mais aberto.

---

44. Das lúcidas criaturas: dos Anjos.
47. E a explicação tem afinal: remissão aos versos 10 a 12, quando Beatriz, lendo na mente do poeta, se apressou, mesmo antes de ser interrogada, em solver as dúvidas que naquele instante o preocupavam.
50. E eis que parte dos Anjos conturbou: mal se ultimara a obra da criação, uma parte dos Anjos, Lúcifer à frente, rebelou-se contra o seu Criador, e foi arremessada à terra (a área que coube aos homens na criação). Recorde-se que o Inferno, segundo a concepção medieval (e dantesca), se localizava no interior da terra — e ao Inferno se destinaram os Anjos rebelados.
52. A outra parte, entretanto, iniciou: a parte dos Anjos que permaneceu fiel encetou imediatamente o seu movimento em redor do Ponto luminoso (Deus) — tal como o poeta o via ali — como Inteligências motrizes dos nove céus.
55. A queda se deveu ao desmedido orgulho: a causa da queda dos Anjos foi exatamente a soberba de Lúcifer, que o poeta divisara antes no fundo da caverna infernal, ao centro da terra, e assim esmagado, literalmente, pelo peso do mundo (veja-se o Inferno, Canto XXXIV, versos 28 a 69).

67 A ver melhor o eterno consistório,
    se o meu discurso não ressoou em vão,
    já não precisarás de outro adjutório.

70 Mas como entre os mortais se diz, então,
    que a natureza angélica é dotada
    de intelecto, memória e volição,

73 eu farei com que vejas restaurada
    a verdade que, assim, nessa doutrina,
    se encontra, em sua essência, defraudada.

76 Postos, de início, sob a luz divina,
    não cessaram os Anjos de a mirar;
    e a eles, por ela, tudo se ilumina.

79 E como algo de novo interceptar
    não lhes pode a visão, é comprovado
    não terem eles de que se lembrar.

82 Decerto sonha quem, mesmo acordado,
    o contradiz, de boa-fé, ou não,
    e em erro aqui mais do que ali pesado.

85 Dos mortais a fragílima razão
    não segue via igual, porque a enlouquece
    da aparência das coisas a ilusão.

88 No entanto, culpa tal no céu merece
    menos repúdio que quando se nega
    a sagrada Escritura ou se a obscurece.

91 Não se imagina quão dura refrega
    foi difundi-la, e quanto a Deus apraz
    quem com sinceridade a ela se apega.

---

67. *A ver melhor o eterno consistório*: o eterno consistório, a assembleia dos Anjos a girar em torno do Ponto luminoso, como referido no Canto precedente. Beatriz afirma ao poeta que, se ele bem apreendera suas palavras, já estaria em condições de entender perfeitamente o problema da criação e da natureza dos Anjos, objeto de sua curiosidade inicial.

72. *De intelecto, memória e volição*: Beatriz refuta aqui a doutrina de que os Anjos eram dotados de inteligência, memória e vontade. A refutação limita-se ao espectro da memória, e se funda no argumento de que os Anjos, partícipes da essência divina, possuíam, através desta, o conhecimento simultâneo e total do presente, do passado e do futuro; e não tinham, assim, nada de que se recordar.

82. *Decerto sonha quem, mesmo acordado*: quem divulga, na terra, falsidades como esta (a existência da memória angélica) é como se sonhasse acordado, ainda que o faça de boa-fé; mas se o faz conhecendo a verdade (isto é, de má-fé), cometerá certamente falta mais grave.

86. *Não segue via igual, porque a enlouquece*: em seus julgamentos e especulações filosóficas os homens nunca seguem um só caminho (subentenda-se: o caminho da verdade), mas se dispersam e se confundem levados pela aparência enganadora das coisas.

PARAÍSO

94 Cada um, por mais brilhar, presto a refaz;
e se ensina no púlpito a heresia,
ficando os Evangelhos para trás.

97 Um diz que a lua se atrasou à via,
no martírio de Cristo, e o sol velou
quando na cruz os raios incidia.

100 Mente, porém, que a luz só se ocultou
por ato próprio, e ao Espanhol e ao Indo,
como ao Judeu, a sombra se mostrou.

103 Mais que em Florença Lapo se ouve, ou Bindo,
escutam-se estas fábulas narradas
por pregadores, no sermão infindo.

106 E volvem as ovelhas, dispersadas,
de seu redil, nutridas só de vento,
sem que lhes valha o fato de enganadas.

109 Não foi de Cristo aos seus o mandamento:
'Ide, por divulgar a fantasia',
mas, 'Fazei da verdade o fundamento'.

112 E assim fizeram eles, dia a dia,
os Evangelhos com vigor usando
como broquel e lança na porfia.

115 Prega-se, agora, entanto, motejando;
e em meio à multidão que burburinha
brilha o capuz em mor vaidade inflando.

---

94. *Cada um, por mais brilhar, presto a refaz*: Beatriz inicia neste ponto uma rude invectiva contra os pregadores incompetentes e mal-preparados, que, levados pela vaidade, a ignorância e a presunção, afastam-se das Escrituras, difundindo mentiras e heresias.
97. *Um diz que a lua se atrasou à via*: referência à sombra que desceu sobre o cenário do martírio de Cristo, e que os pregadores apressados explicavam cada qual a seu modo. Um, por exemplo, afirmava que a lua teria retardado ou invertido o seu curso e, interpondo-se entre o sol e a terra, ocasionara um eclipse.
100. *Mente, porém, que a luz só se ocultou*: mas a versão do eclipse era, evidentemente, falsa, porque a sombra não se restringiu à área de Jerusalém, e foi observada em regiões distantes, e opostamente situadas, como na Espanha e na Índia. A razão da sombra foi, de fato, um milagre.
103. *Mais que em Florença Lapo se ouve, ou Bindo*: Lapo e Bindo, nomes muito populares em Florença, e, portanto, ouvidos com frequência.
108. *Sem que lhes valha o fato de enganadas*: sem que lhes sirva de escusa (aos fiéis, às ovelhas) o fato de haverem sido ilaqueados em sua boa-fé quanto à verdadeira lei.
109. *Não foi de Cristo aos seus*: aos seus apóstolos.

118 Mas dentro dele um pássaro se aninha,
que se o avistasse o vulgo, bem depressa
se esquivara a indulgência tão daninha.

121 Por ele a insensatez, que nunca cessa,
sem nenhum testemunho ou prova isenta,
rende-se dócil a qualquer promessa.

124 Assim, de Santo Antônio se alimenta
o cerdo, e outros ainda, em profusão,
dando-se em troca moeda fraudulenta.

127 Mas, porque já vai longa a digressão,
fita outra vez a altura resplendente,
que se aproxima o instante da ascensão.

130 Dos Anjos é tão vasta a coorte à frente
que o conceito mortal, à voz aliado,
não pode figurá-la exatamente.

133 E no que por Daniel foi mencionado,
verás que nos milhões que discrimina
não se indica um total determinado.

136 Assim, diversamente a luz divina
na natureza angélica irradia,
quantas as partes são que ela ilumina.

139 E pois que ao ato que concebe ou cria
se segue o afeto, a força desse amor
em cada qual de um modo se anuncia.

141 Já podes apreciar do alto Valor
a imensidade e a graça, nos radiantes
cristais em que fracciona o seu fulgor,

145 mantendo-se uno, em si, tal como dantes."

118. Mas dentro dele um pássaro se aninha: o pássaro que se aninha no interior do capuz, inflado pela vaidade dos falsos pregadores, é obviamente o demônio. E se os que ingenuamente os escutam se dessem conta disso, apressar-se-iam em fugir das indulgências por eles prometidas.
124. Assim, de Santo Antônio se alimenta o cerdo: Santo Antônio era quase sempre representado tendo aos pés a figura de um porco, símbolo do demônio (ou da tentação concupiscente), por ele vencido no seu eremitério. A objurgatória se aplica aos frades da Ordem de Santo Antônio, como aos de outras Ordens, que se valiam de falsas indulgências para granjear vantagens pessoais.
127. Mas, porque já vai longa a digressão: a digressão, iniciada por Beatriz (a partir do verso 94), com a censura aos maus pregadores.
130. Dos Anjos é tão vasta a coorte à frente: é tão vasto o número dos Anjos, etc.
133. E no que por Daniel foi mencionado: o profeta Daniel referiu-se ao número dos Anjos: Millia millium ministrabant ei, et decies millies centena millia assistebant ei. De uma forma indeterminada, como se vê.

CANTO XXX

À medida em que se apagavam os nove coros angélicos e crescia a radiosa beleza de Beatriz, viu-se o poeta trasladado ao Empíreo, a imota sede da divindade. E achou-se diante de um rio de luz, que logo assumiu forma circular, como a de uma imensa rosa, em cujas pétalas, bem como na aura luminosa sobre elas suspensa, se demonstravam os ocupantes do Paraíso, as almas beatificadas e os Anjos. respectivamente.

1   Enquanto a seis mil milhas, para o oriente,
    ferve a hora sexta, e a terra, deste lado,
    a sua sombra alonga obliquamente,

4   vai-se tornando, em cima, o céu mudado,
    que à alba difusa o raio cintilante
    das estrelas se apouca, desmaiado;

7   e indo a serva do sol mais para diante,
    eis que de todo a abóbada se exclui
    da luz que delas vinha rebrilhante.

10 Assim o coro angélico que aflui
    em torno ao Ponto ali que me ofuscou
    — como se incluísse a quem de fato o inclui —

13 a pouco e pouco, inteiro, se apagou;
    e pois que eu nada via, novamente
    para Beatriz o amor me impulsionou.

1. Enquanto a seis mil milhas, para o oriente: quando o sol se encontra a pino (a hora sexta, o meio-dia) em algum local, acontece que a seis mil milhas dali, para o ocidente, em linha reta, já se anunciará a aproximação da aurora, começando o céu a se despojar, pouco a pouco, das estrelas que nele brilhavam. O poeta, segundo o consenso de seu tempo, atribuía à circunferência da terra vinte e quatro mil milhas, aproximadamente, sendo de seis mil milhas o respectivo quadrante (percorrido pelo sol em seis horas).
7. E indo a serva do sol mais para diante: a serva do sol, a Aurora. À medida, pois, em que a Aurora se aproximava, já no espaço celeste sobre a cabeça do poeta não refulgia mais nenhuma estrela, isto é, estava iminente o raiar do dia (entre cinco e seis horas da manhã).
10. Assim o coro angélico que aflui: através desta comparação com a hora matinal, em que as estrelas se extinguem no céu, o poeta mostra como se apagaram, diante dele, os nove anéis representativos das ordens angélicas, vistos a girar em torno do Ponto (Deus) que o ofuscara, e referidos nos Cantos precedentes.
12. Como se incluísse a quem de fato o inclui: a auréola luminosa (o coro angélico), formada pelas nove ordens dos Anjos (Canto XXVIII, versos 25 a 36, especialmente), parecendo incluir o Ponto luminoso a cujo redor girava, era na realidade incluída por ele, posto que Deus a tudo o que existe inclui.
15. Para Beatriz o amor me impulsionou: ao se extinguir, como se extinguem as estrelas, o brilho dos luzentes anéis em cuja contemplação o poeta se alheara, o amor imediatamente o levou a buscar os olhos de Beatriz.

16   Inda que as loas que lhe entoei, ardente,
     eu juntasse num único louvor,
     não lograria descrevê-la à frente.

19   Fulgia de tal modo o resplendor
     de sua formosura, que sustido
     pudera ser tão só por seu Fautor.

22   E me confesso, de antemão, vencido,
     como nunca decerto algum artista
     o foi por tema que este mais subido;

25   que, como ao sol fraqueja a humana vista,
     do seu sorriso à mera evocação
     foge-me a mente, sem que eu lhe resista.

28   Desde que nesta vida a essa visão
     volvi o olhar, até aqui, jamais
     dela se separou minha canção.

31   Mas a hora soa em que não posso mais
     de tanta luz seguir empós, poetando,
     como um cantor nos estos seus finais.

34   E assim, tal como a vi, e a vou deixando
     a lira mais que a minha poderosa,
     meu terno e longo tema rematando,

37   com jeito inda de guia cuidadosa,
     "Partimos", começou, "da esfera mor,
     e ascendemos ao céu que é luz radiosa;

40   que é luz intelectual, plena de amor,
     amor do bem, repleto de alegria,
     alegria que a tudo é superior.

---

28. Desde que nesta vida a essa visão: desde que vira Beatriz pela primeira vez, quando era ainda um menino, com nove anos de idade, até àquele instante (isto é, ao longo de vinte e seis anos), o poeta jamais deixara de a exaltar em seus versos.
32. De tanta luz seguir empós, poetando: mas aqui porá um ponto final no seu louvor a Beatriz, porque sente ter atingido o limite extremo que a sua arte e as suas forças lhe permitiam. E, de fato, Beatriz está prestes a deixá-lo definitivamente, dando por terminada a sua missão de guia tutelar e retornando ao seu lugar no Empíreo.
38. Partimos, começou, da esfera mor: informa-lhe Beatriz que haviam acabado de deixar o nono e último céu, o Primo Mobile (a esfera mor), e já se encontravam no Empíreo, a sede da divindade, o qual não era, como os outros, um céu material, mas pura fonte de luz, iluminando e movendo as esferas embaixo.

PARAÍSO

43   Contemplarás dos Anjos a teoria,
       mais a dos Beatos, e estes na figura
       que assumirão no derradeiro dia."

46   Como o raio que, súbito, fulgura,
       e dos olhos nos tira a percepção
       mesmo para outra luz mais viva e pura,

49   fui envolvido ali por um clarão
       em meio a cujo rutilante véu
       eu nada pude divisar então.

52   "O Amor que imobiliza o Empíreo céu
       saúda assim a todos à chegada,
       por prepará-los para o brilho seu."

55   Mal me ressoou no ouvido a voz amada,
       senti profunda força em mim brotar,
       e expandir-se a minha alma, alcandorada.

58   De tal vigor tocou-se o meu olhar
       que mesmo a luz que todas mais brilhante,
       sem esforço, eu lograva suportar.

61   E vi de Rama um rio deslumbrante
       a correr, tendo as margens adornadas
       por uma primavera irradiante.

64   Saltavam dele chispas redouradas,
       que tombavam, fulgindo, sobre as flores,
       como gemas em ouro encastoadas.

67   E logo, novamente, os resplendores
       ressaíam, tornando à grã torrente,
       transfigurados pelos mil odores.

---

45. Que assumirão no derradeiro dia: no dia do Juízo final. Beatriz significa que, ali, no Empíreo, iriam demonstrar-se ao poeta não só os Anjos como as almas bem-aventuradas, e estas na forma que deveriam assumir no dia do Juízo final, isto é, revestidas de seus corpos.
52. O Amor que imobiliza o Empíreo céu: Deus, que criou o imoto Empíreo — onde, aliás, se localiza — como princípio motor do Universo.
55. Mal me ressoou no ouvido a voz amada: a voz de Beatriz, explicando ao poeta (versos 52 a 54) que o subitâneo clarão que o envolveu constituía, na realidade, uma saudação aos que ali chegavam.
64. Saltavam dele chispas redouradas: as centelhas que se desprendiam, aos milhares, do rio luminoso, e as flores, nas margens, sobre as quais as chispas caíam — representavam, como se verá a seguir, uma velada antecipação das duas cortes celestiais que ao poeta iriam demonstrar-se ali, concretamente: os Anjos e os Beatos (vejam-se, adiante, os versos 76 a 78 e 94 a 96).

70   "O desejo que mostras, claramente,
     de compreender o que se passa além,
     apraz-me tanto quanto é mais ardente.

73   Mas que desta água proves te convém,
     antes de haveres a revelação."
     Assim dos olhos meus falou-me o bem.

76   "Este rio e os rubis", seguiu, então,
     "que vão e vêm, e mais as flores puras,
     são da verdade mera prefação.

79   Não que em si sejam coisas imaturas;
     mas pelo vício de teu próprio estado,
     que exige, por senti-las, tais figuras."

82   Mais depressa que o infante alvoroçado
     que busca, em pranto, o leite maternal,
     quando de um longo sono despertado,

85   eu avancei para a torrente irial,
     por vê-la mais de perto, até chegar
     à borda ali daquela aura lustral.

88   Assim que em seu eflúvio o meu olhar
     se banhou, pareceu-me transformada
     de comprida, a princípio, em circular.

91   E, depois, como a gente mascarada
     que volta a ser como era anteriormente,
     mal se vê dos disfarces despojada,

94   mudaram-se também, festivamente,
     as centelhas e as flores, e então vi
     a dupla corte celestial à frente.

---

78. São da verdade mera prefação: o rio luminoso, as centelhas a saltar (os rubis) e as flores que esmaltavam as margens constituíam apenas anúncio, sinal ou antecipação de uma realidade mais profunda. O rio significava a Salvação, as centelhas os Anjos e as flores as almas bem-aventuradas.
79. Não que em si sejam coisas imaturas: não que as coisas que por essa forma se demonstravam fossem em si mesmas imperfeitas ou imaturas, o que era impossível no Paraíso. Mas porque a própria condição humana (mortal) do poeta não lhe permitiria chegar ao conhecimento de tão alta verdade sem o auxílio de tal representação.
90. De comprida, a princípio, em circular: quando o poeta se aproximou, assim, do rio luminoso, e tanto que a irradiação de suas ondas lhe tocou as pálpebras, percebeu que a torrente, de comprida que era, tornara-se arredondada, assumindo, como se verá a seguir, a forma de uma imensa rosa (verso 124).
96. A dupla corte celestial à frente: a corte dos Anjos e a corte dos Beatos, que se haviam de início demonstrado sob a forma de centelhas e flores, respectivamente. Observe-se que o poeta, neste e no terceto seguinte, emprega, por três vezes, como rima, a flexão verbal vi (*vidi*), naturalmente para acentuar a importância desta visão final do Paraíso.

PARAÍSO

97   Ó luz de Deus, em cujo brilho vi
     a glória superior do céu veraz,
     possa eu mostrá-la agora como a vi!

100 Seu resplendor é tal que por si faz
     patente o Criador à criatura
     que nele encontra enfim a sua paz.

103 Era tão vasta a circular figura
     que ultrapassava na circunferência
     do próprio sol a amplíssima cintura.

106 Compunha-lhe um só raio essa aparência,
     o qual no Primo Móvel refractado
     influía-o de vida e de potência.

109 E como, à praia, um monte alcantilado,
     projetando nas águas sua imagem,
     de matas e de flores adornado,

112 distingui na dilúcida voragem
     a falange das almas, numerosa,
     que da terra subiu a tal paragem.

115 Se o grau menor de luz tamanha goza,
     pode-se facilmente imaginar
     quão mais acima fulge a imensa rosa.

118 Sua extensão e altura o meu olhar
     com firmeza abarcava, atentamente,
     na gradação difusa a reparar.

121 Nela, o estar perto, ou longe, é indiferente;
     pois onde Deus sem mediação impera
     cede a lei natural completamente.

---

106. Compunha-lhe um só raio essa aparência: a aparência circular daquela torrente de luz, à semelhança de uma rosa, decorria de um único raio, que, emanado do Ponto refulgente (Deus), e incidindo sobre o Primo Mobile, transmitia a este a força que movia e animava os nove céus, a saber, todo o Universo.
115. Se o grau menor de luz tamanha goza: o grau menor, o mais baixo, o que se localizava na base da imensa rosa, e que foi o ponto de que o poeta primeiro se aproximou. Exprime-se aqui uma ideia de qualificação das almas, ainda que apenas aparente (versos 121 e 123). Se os Beatos se tocavam naquela parte inferior de tão intensa luz, o que não seria nos graus ascendentes, mais próximos do fulgor do Empíreo?

124 Ao próprio centro, ali, da rosa vera,
que distende a corola, difundindo
o olor ao Sol da eterna Primavera,

127 fui por Beatriz levado, a qual, sorrindo,
me disse: "Eis ao redor a multidão
das almas, a alva estola revestindo.

130 Vê de nosso sacrário a vastidão!
Vê como o espaço inteiro está tomado,
que só bem poucos inda aqui virão!

133 o sólio que contemplas, encimado
de uma coroa, a Henrique se assegura
— antes que a núpcias tais sejas chamado —

136 o qual, chegando à suma investidura,
sacudirá a Itália, mas em vão,
pois a achará hostil e não madura.

139 Enredados em sórdida ambição,
os teus são como a criança que esfomeada
teima, entretanto, e foge à nutrição.

142 Alguém, alçado à cátedra sagrada,
fingirá, com enganos e artifício,
seguir com ele pela mesma estrada.

126. O olor ao Sol da eterna Primavera: expandindo o seu aroma até Deus (o Sol), que fazia reinar ali uma eterna Primavera.
129. A alva estola revestindo: São João, no Apocalipse, referiu-se às vestes brancas (a alva estola) em que as almas bem-aventuradas estariam envolvidas (Canto XXV, versos 94 a 96, e respectiva nota).
132. Que só bem poucos inda aqui virão: Beatriz, nesta última alocução que dirige ao poeta, dá a entender que o Paraíso já se encontrava quase lotado (veja-se o Canto XXV, versos 124 a 126, e respectiva nota), e só pouca gente deveria ainda ter acesso à Salvação. Segundo alguns comentadores, exprime-se aqui uma espécie de anúncio do fim do mundo.
133. O sólio que contemplas, encimado: Beatriz indica ao poeta, ali, um assento vago, encimado por uma coroa, explicando-lhe que o lugar se destinava a Henrique de Luxemburgo, que iria ocupá-lo depois de sua sagração (1309) como Imperador dos Romanos, com o nome de Henrique VII. Tal fato se verificaria ainda em vida de Dante (antes que a núpcias tais chamado, isto é, antes de passares tu mesmo à bem-aventurança). Henrique, com efeito, iria morrer em 1313, em Buonconvento, Itália, enquanto o poeta lhe sobreviveria até 1321.
137. Sacudirá a Itália, mas em vão: Vaticínio da ida de Henrique VII, da Alemanha à Itália, como Imperador dos Romanos (o que efetivamente ocorreu em 1910), com o objetivo de pacificar o país e restaurá-lo em sua grandeza. Mas a empresa de Henrique se malogrou, visto que a Itália não se encontrava, segundo o poeta, amadurecida para compreender e apoiar essa obra salvadora.
140. Os teus são como a criança que esfomeada: os teus, quer dizer, os teus compatriotas, os Italianos (palavras de Beatriz a Dante).
142. Alguém, alçado à cátedra sagrada: referência ao futuro Papa, Clemente V, conhecido como o Gascão (Canto XVII, verso 82, e respectiva nota), e em cujo pontificado (1305 a 1314) ocorreu a traslação da Santa Sé à França. Diz-se que Clemente V fingiu apoiar Henrique na sua expedição à Itália, em 1310, mas na realidade sabotou-lhe a iniciativa, estimulando, em toda a parte, a resistência contra ele.

PARAÍSO

145   Mas pouco ficará no santo ofício,
       que Deus o impelirá ao vão profundo
       que coube a Simão mago por seu vício,

148   indo o de Alagna, então, mais para o fundo."

145. Mas pouco ficará no santo ofício: mas Deus não conservaria por muito tempo Clemente à frente dos destinos da Igreja. E, de fato, em 1314, ele falecia. Ao visitar, no Inferno, a vala dos simoníacos, cujo protótipo era Simão mago, o poeta ali encontrou o Papa Nicolau III, dele ouvindo que estava a aguardar a chegada do Papa então reinante, Bonifácio VIII (a narrativa se reporta ao ano de 1300), e, em seguida, do Papa Clemente V (Inferno, Canto XIX, versos 1 a 3, e 52 a 84, e respectivas notas).
148. Indo o de Alagna então mais para o fundo: o de Alagna era precisamente o Papa então reinante (1300), Bonifácio VIII, natural da referida localidade. No Inferno, os simoníacos permaneciam enterrados de cabeça para baixo, com os pés a arder numa fogueira à superfície. Assim se mantinham até à chegada de um novo condenado, a quem cediam, então, o seu lugar, descendo mais para o interior da cava.

"Na forma de alva rosa imaculada
aos meus olhos surgia a corte santa,
por Cristo, com seu sangue, desposada."

(Par., XXXI, 1/3)

CANTO XXXI

Diante da imensa rosa, em cujas pétalas estavam as almas bem-aventuradas, e dos Anjos, que revoavam no alto e em torno, o poeta procura Beatriz, mas já não a encontra. Em vez dela, apresenta-se-lhe São Bernardo, que o convida a erguer os olhos à orla superior da rosa paradisíaca, onde se lhes demonstra, enfim, a figura mais que todas gloriosa de Maria.

1 Na forma de alva rosa imaculada
   aos meus olhos surgia a corte santa,
   por Cristo, com seu sangue, desposada;

4 mas a outra, que revoa, e vê e canta
   a eterna glória de que se enamora
   e a graça que a elevou a altura tanta,

7 como o enxame de abelhas que demora
   sobre as flores, por logo se guindar
   onde seu mel dulcíssimo elabora.

10 vinha na imensa rosa, então, pousar,
   afagando-lhe as pétalas, somente,
   antes de à aura suspensa retomar.

13 Vi-lhes a face acesa em flama ardente,
   e as asas de ouro, e as vestes cintilando,
   mais brancas do que a neve alvinitente.

16 E sem cessar, de grau em grau baixando,
   difundiam a paz e o vivo ardor
   de que se penetravam, sobrevoando.

---

2. Aos meus olhos surgia a corte santa: sobre a imensa rosa, aberta em pleno Empíreo, como referido no Canto precedente, o poeta via a corte santa, isto é, as almas que se haviam intitulado à Salvação. Eram as flores que, de início, observara às margens do rio luminoso (Canto XXX, versos 61 a 66), e que, finalmente, se apresentavam em sua forma verdadeira (idem, versos 76 a 78 e 94 a 96).
4. Mas a outra, que revoa, e vê e canta: a outra corte, isto é, a dos Anjos, e que, por igual, ali se via, adejando no alto e ao redor da rosa (as centelhas, os resplendores a que se referia o Canto XXX, versos 67 a 69 e 94 a 96, e também, por sua vez, já transformados).
16. E sem cessar, de grau em grau baixando: as pétalas, em razão naturalmente da forma da imensa flor, dispunham-se, como numa gradação, umas sobre as outras. E assim os Anjos, vindos do alto, tocavam-nas ora aqui, ora ali.

19   Mas nem por interpor-se entre a aura e a flor
     a alada multidão se me tolhia
     a vista, ou se turbava o resplendor;

22   pois tão profunda é a luz da graça pia
     que no reino divino se projeta,
     que nada pode interceptá-la à via.

25   Aquela Pátria altíssima e dileta,
     por gente nova e antiga frequentada,
     volve-se unida para a mesma meta.

28   Ó trina luz, numa só luz alçada,
     a cujo brilho a ânsia mortal se apaga,
     vela por nossa terra conturbada!

31   Se os Bárbaros, deixando a sua plaga,
     onde Élice se alteia diariamente,
     ao lado de seu filho, com quem vaga,

34   espantaram-se ao ver erguida à frente
     a imponência da Roma de Latrão,
     mais que tudo no mundo preeminente

37   — eu, que da humana à celestial região,
     do tempo à eternidade, era chegado,
     e de Florença a um povo justo e são,

40   de que estupor não fora dominado!
     E entre o prazer e o espanto, eu só queria,
     sem nada ouvir, permanecer calado.

19. Mas nem por interpor-se entre a aura e a flor: o fato de se mostrarem, em tão grande número, os Anjos (a alada multidão), adejando entre a aura luminosa, em cujo meio incidia o Ponto (Deus), e a rosa (a flor), na qual se postavam os Beatos, em nada impedia a minha vista de devassar o rútilo cenário...
26. Por gente nova e antiga frequentada: aquela Pátria, o Empíreo, o céu propriamente dito, povoada pelos seguidores de Cristo (a gente nova), e pelos Santos do Velho Testamento (a gente antiga), volvia, num só impulso, o seu amor e o seu olhar a Deus, à Santíssima Trindade (a mesma meta).
28. Ó trina luz, numa só luz alçada: o raio luminoso, a dimanar do Ponto (uma só luz), visto que representava Deus, continha em si uma tríplice luz. O poeta invoca, pois, aqui, a Santíssima Trindade, rogando-lhe que volva a sua atenção para o mundo dos vivos, conturbado por procelosas paixões.
31. Se os Bárbaros, deixando a sua plaga: a região (a plaga) de que nunca se desprende a ninfa Élice (isto é, a constelação da Ursa maior, em que Élice, segundo a fábula, fora transformada) é a região nórdica ou boreal. A Ursa maior nela fulgura continuamente, acompanhada no seu giro pela constelação de Boote ou Artur (Artur era o filho de Élice).
34. Espantaram-se ao ver erguida à frente: e se, quando se deslocaram das regiões nórdicas para descer à península do Lácio, foi tão grande o espanto dos Bárbaros vendo à sua frente a imponência arquitetônica de Roma, especialmente em Latrão, onde residiam os Papas — imagine-se qual não foi o meu espanto ao me defrontar, ali, com a própria corte celestial.
39. E de Florença a um povo justo e são: recorde-se que a data ficta da narrativa era o ano de 1300. Dante vivia, ainda, em Florença, pois só se expatriaria em 1302. Por isto diz que da corrupta, agitada e violenta Florença se havia trasladado a um povo por excelência justo, santo e puro (as almas bem-aventuradas).

PARAÍSO

43   Tal o romeiro, que olha, co' alegria,
     a meta de seu culto, a ela chegando,
     por poder descrevê-la aos seus um dia,

46   quedei-me, a luz na altura contemplando,
     e aqui e ali os olhos repassava,
     todo o cenário, aos poucos, abarcando.

49   E vi semblantes a que iluminava
     a luz da caridade, e em cujo riso
     fulgia a glória e a graça irradiava.

52   O conspecto geral do Paraíso
     aos meus olhos se havia demonstrado,
     mas inda, nos detalhes, impreciso.

55   Volvi-me à minha dama, alvoroçado,
     na ânsia de lhe indagar, primeiramente,
     sobre algo que me punha embaraçado.

58   Assim pensei, mas foi mui diferente:
     em lugar de Beatriz, um velho eu via,
     trajando tal e qual a mais da gente.

61   A luz do bem no rosto lhe incidia,
     e no gesto lembrava, quando o olhei,
     o pai que com carinho ao filho guia.

64   "Onde está ela?" — ansioso, perguntei.
     "Por explicar-te", disse, "este esplendor,
     a rogo de Beatriz me aproximei.

67   Podes vê-la na parte superior,
     no giro ali terceiro, a fulgurar,
     sobre o trono erigido ao seu valor."

70   Sem responder, eu levantei o olhar;
     e a vi, em meio à rútila coroa,
     do lume celestial se emoldurar.

---

55. Volvi-me à minha dama, alvoroçado: depois de haver observado, na sua forma geral, o Paraíso, o poeta volveu-se, como de hábito, para Beatriz, para ouvi-la sobre algo que o preocupava. Mas já não a encontrou: ela havia regressado, como se verá a seguir (versos 70 a 73), ao lugar que lhe estava destinado na rosa paradisíaca.

59. Em lugar de Beatriz, um velho eu via: o ancião que se apresentou, em lugar de Beatriz, para guiar o poeta naquela etapa final de sua jornada, era São Bernardo de Clairvaux, nominalmente referido no verso 102, e que se notabilizara por sua extrema devoção ao culto de Maria.

73   Mesmo da altura em que o trovão reboa,
     o olhar mortal decerto mais não dista,
     quando a fita do mar, que se abre à proa,

76   que de Beatriz, então, a minha vista;
     mas nada, na distância, me impedia
     de sua imagem distinguir benquista.

79   "Ó dama, a que minha alma se confia,
     e que por bem de minha salvação
     acedeste em descer do Inferno à via,

82   a ti somente devo esta visão,
     que me vem por tua ínclita bondade,
     e de tua virtude é projeção.

85   Da servidão me alçaste à liberdade,
     através destes reinos, na evidência
     do dom que te outorgou a divindade.

88   Conserva em mim tua munificência,
     até que possa, acrisolada e pura,
     desprender-se do corpo a minha essência."

91   Assim lhe disse; e, pois, da suma altura
     em que estava, fitou-me, sorridente;
     e o olhar volveu à fonte da ventura.

94   "Porque", seguiu o ancião, "rapidamente
     alcances o final desta jornada,
     chego, atendendo à sua prece ardente.

97   Fita os teus olhos na aura iluminada,
     e poderás assim, sem mor retardo,
     o foco divisar da luz sagrada.

73. Mesmo da altura em que o trovão reboa: o ponto mais alto da atmosfera, onde se geram os trovões, não estaria a maior distância do olhar de quem o perscrutasse desde o mar (o ponto mais baixo da terra) do que Beatriz estava ali de meu olhar, na terceira fila, de cima para baixo, na gradação da imensa rosa. E era espantoso que tão grande distância não me impedisse de vê-la e distingui-la com perfeita nitidez.
79. Ó dama, a que minha alma se confia: estas são as últimas palavras que o poeta dirige a Beatriz, visto que esta, pedindo a São Bernardo para se encarregar de seu companheiro, já havia retornado, definitivamente, ao seu lugar no Empíreo.
81. Acedeste em descer do Inferno à via: a fim de prover à salvação do poeta, perdido na selva escura, Beatriz havia descido do Empíreo ao Inferno, para, no Limbo, pedir a Virgílio que o socorresse (Inferno, Canto II, versos 52 a 72).
90. Desprender-se do corpo a minha essência: até que a minha alma (a minha essência) por fim se liberte do meu corpo, isto é, até à hora de minha morte.
93. E o olhar volveu à fonte da ventura: ante a prece do poeta (versos 79 a 90), Beatriz fitou-o e lhe sorriu; e, em seguida, afastou dele o seu olhar, volvida, já agora, inteiramente, à contemplação de Deus (a fonte da ventura).
96. Chego, atendendo à sua prece ardente: venho, para guiar-te, atendendo ao rogo de Beatriz.

PARAÍSO

100   A Rainha, por quem de amor eu ardo,
      há-de nos acolher, bondosa e pia,
       visto que sou o seu fiel Bernardo."

103   Qual peregrino que, da Croácia fria,
      vem por ver a Verônica, e no antigo
      desejo de fitá-la se extasia,

106   e treme, e não se afasta, e diz consigo:
      "Ó Senhor Jesus Cristo, ó Deus veraz,
      enfim contemplo o teu semblante amigo"

109   — assim eu me sentia ante a vivaz
      caridade daquele que, no mundo,
      gozou, pela oração, da eterna paz.

112   "Filho da graça, o céu aqui jucundo
      jamais verás", falou-me, "plenamente,
      quedando-te a mirar somente o fundo.

115   A vista eleva ao grau mais eminente,
      por reencontrar na altura a Mãe divina,
      de que este reino é súdito obediente."

118   Assim fiz; e como à hora matutina
      fulgura o oriente mais, sobre o horizonte,
      do que o lugar no qual o sol declina,

121   e como se de um vale olhasse a um monte,
      vi expandir-se súbito clarão,
      que obumbrava, ao redor, toda outra fonte.

124   E tal o céu, que à vista do timão
      do carro de Fetón, de luz se inflama,
      que irradia, a perder-se na amplidão,

---

100. A Rainha, por quem de amor eu ardo: a Rainha, Nossa Senhora, a cujo culto Bernardo votara, com ardor inexcedível, a sua vida.

104. Vem por ver a Verônica: a Verônica, o sudário em que se imprimiu a imagem de Cristo, relíquia que se conservava na Basílica de São Pedro, em Roma. Como um peregrino que se deslocasse de longes terras (por exemplo, da Croácia) só por ver a Verônica, assim se sentia o poeta ao saber que falava com Bernardo, o santo a que, por sua virtude e caridade, fora dado o privilégio de se antecipar, na terra, à paz celeste.

114. Quedando-te a mirar somente o fundo: o poeta esquecera-se a contemplar a figura de São Bernardo, mal este se identificou. O santo o convida, então, a erguer os olhos à sumidade da rosa, onde se encontrava Maria.

123. Que obumbrava, em redor, toda outra fonte: o irradiante esplendor que se anunciava no ápice (no grau mais eminente, verso 115) da rosa paradisíaca era produzido pela presença, ali, de Maria (a dulcíssima auriflama, verso 127). E tão intensamente refulgia que as demais luzes ao seu redor (toda outra fonte) pareciam apoucar-se, desmaiadas.

124. E tal o céu, que à vista do timão: mal o timão do carro de Fetón (isto é, o Sol) reponta no horizonte, o céu se toca de radiosa luz, cuja claridade ofusca qualquer outra que ainda por ali se demonstrasse (a claridade das estrelas).

"Por entre seus remígios e seus cantos,
vi fulgir a beleza imaculada,
que ali prendia o doce olhar dos santos."

(Par., XXXI, 133/5)

PARAÍSO

127　divisei a dulcíssima auriflama,
　　　em raios envolvida, resplendentes,
　　　que à distância alargavam sua chama.

130　Na aura difusa, as asas transparentes,
　　　anjos felizes voavam, tantos, tantos,
　　　mas no brilho e aparência diferentes.

133　Por entre seus remígios e seus cantos,
　　　vi fulgir a beleza imaculada,
　　　que ali prendia o doce olhar dos santos.

136　E se de mor poder fosse dotada
　　　a minha voz, inda não ousaria
　　　tentar pintar-lhe a face aureolada.

139　Bernardo, que os meus olhos então via
　　　fitos na luz da rutilante estrela,
　　　os seus com tanto afeto a ela volvia,

142　que fez dobrar em mim o ardor de vê-la.

---

134. Vi fulgir a beleza imaculada: a Virgem Maria, em cuja contemplação se embeveciam os santos que ali se encontravam.

CANTO XXXII

São Bernardo descreve ao poeta a composição da rosa paradisíaca, e lhe aponta, nela, algumas personalidades de prol. Mostra-lhe como a rosa se dividia num corte vertical, agrupadas num hemiciclo as almas do Velho Testamento e no outro as almas do Novo Testamento; e como, a seguir, se dividia também num corte horizontal, a parte superior destinada aos adultos e a inferior às crianças.

1   Absorta na visão do seu encanto,
    a alma contemplativa reencetou
    por esta forma o seu discurso santo:

4   "O mal de que Maria nos curou,
    a que se encontra ali, sob os seus pés,
    foi quem um dia em nós o suscitou.

7   No terceiro degrau, por sua vez,
    fulge a doce Raquel, abaixo dela,
    e ao lado de Beatriz, como tu vês.

10 Sara e Rebeca, e mais Judite, e aquela,
    a bisavó do rei que, penitente,
    o Miserere entoou na lira bela

13 — a todas podes ver, distintamente,
    como eu as vejo, enquanto as vou nomeando,
    uma por uma, à linha decrescente.

2. A alma contemplativa reencetou: a alma de São Bernardo, o qual, absorto na contemplação de Maria, cujo nicho acabara de indicar ao poeta, como referido no Canto anterior, recomeçou, então, a falar, para descrever a composição da rosa paradisíaca. Recorde-se que estavam no centro da rosa translúcida (*nel giallo de la rosa*, Canto XXX, verso 124), e assim como que em plano inferior em relação às imensas pétalas que se erguiam ao alto, e numa de cujas pontas se encontrava Maria.
5. A que se encontra ali, sob os seus pés: a que se encontrava sob os pés de Maria, isto é, no degrau imediatamente inferior ao mais elevado (a rosa, do local em que se encontravam o poeta e Bernardo, semelhava a um vasto anfiteatro), era Eva, que abrira na Humanidade, com o pecado original, a chaga depois curada por Maria, através de seu filho, Cristo.
8. Fulge a doce Raquel, abaixo dela: no terceiro degrau, e imediatamente abaixo de Eva, estava Raquel, filha de Labão, e amada de Jacó — tendo ao seu lado, exatamente, Beatriz (vejam-se o Canto XXXI, versos 64 a 69, e, no Inferno, o Canto II, versos 100 a 102).
10. Sara e Rebeca, e mais Judite, e aquela: abaixo de Raquel estava, no quarto degrau, Sara, esposa de Abraão; no quinto, Rebeca, mulher de Isaac; no sexto, Judite, que libertou seu povo, matando Holofernes; e, no sétimo, Ruth, bisavó de Davi, o rei cantor que no salmo *Miserere mei* chorou os seus pecados — todas formando uma linha vertical que, como se verá a seguir, dividia em duas seções distintas a rosa translúcida.

16 E assim por diante, vão-se demonstrando
    pelos demais degraus outras Hebreias,
    de cima a baixo a rosa separando

19 em duas partes, mais ou menos cheias,
    segundo foi da fé a variação
    dos que ora vês nas lúcidas aleias.

22 Do lado esquerdo, já repleto, estão
    os que creram em Cristo, com fervor,
    antes de sua vinda e da Paixão;

25 e do outro lado, onde apresenta a flor
    alguns vazios, surge o coro alçado
    que a Cristo vindo deu o seu amor.

28 Assim como do nicho alcandorado
    a Rainha do céu, ao seu clarão,
    marca, acima das outras, o traçado,

31 posta-se, em face dela, o grande João,
    que arrostou do deserto os sofrimentos
    e por dois anos do orco a servidão,

34 tendo aos seus pés, pela ordem dos assentos,
    Francisco, Benedito e inda Agostinho,
    e outros, na série ali dos pavimentos.

37 Que a Providência, neste alto escaninho,
    acolhe a fé no dúplice sentido
    que revestiu ao longo do caminho.

18. De cima a baixo a rosa separando: do sétimo degrau em diante também se postavam outras damas hebreias, completando a linha (iniciada por Maria e as damas já referidas) que separavam em duas partes a rosa, segundo os dois aspectos da fé, antes e depois de Cristo; e enquanto uma das partes estava cheia, a outra ainda apresentava alguns claros.
21. Nas lúcidas aleias: na série dos degraus, ou patamares distintos, formados, como num anfiteatro, pela imensa rosa translúcida.
22. Do lado esquerdo, já repleto, estão: o lado que já se apresentava literalmente cheio era o destinado aos mortos antes da vinda de Cristo ao mundo, isto é, os fiéis do Antigo Testamento (um dos aspectos da variação da fé, como referida no verso 20).
25. E do outro lado, onde apresenta a flor alguns vazios: o outro lado se destinava naturalmente aos mortos depois da vinda de Cristo, isto é, os fiéis do Novo Testamento. Os assentos vagos se reservavam a futuros bem-aventurados, embora estes não devessem ser muito numerosos, a teor de que fora afirmado no Canto XXX, versos 131 a 134.
31. Posta-se, em face dela, o grande João: no extremo oposto ao local em que, sobre a rosa, Maria e as damas hebreias lhe assinalavam a divisão vertical em duas partes, estava São João Batista (o qual morto dois anos antes do sacrifício de Cristo, teve que aguardar no limbo a sua redenção), encimando uma linha idêntica, e abaixo dele, um em cada degrau, São Francisco de Assis, São Benedito de Nórcia e Santo Agostinho, seguindo-se outros fundadores de ordens religiosas.

40 Abaixo do degrau que, de comprido,
abre também na flor duas seções,
ninguém foi por seu mérito trazido,

43 mas pelo alheio, e em certas condições
almas libertas são, antes de à frente
exercerem as próprias decisões.

46 Bem podes distingui-los, facilmente,
pelos rostos e as vozes infantis,
vendo-os e ouvindo-os, cuidadosamente.

49 Mas vacilas, e calas, e sorris,
tolhido, como o sinto, à confusão
dos raciocínios vagos e sutis.

52 Olvidas que, nesta feliz região,
acolhida não tem o acaso cruel,
assim como o apetite e a frustração.

55 Que tudo, sob o fúlgido dossel,
a uma só lei atende, exatamente,
e a ela se adapta, como ao dedo o anel.

58 Não sem razão a pressurosa gente
chegada antes do tempo à vida vera,
se distribui aqui diversamente.

61 O rei que neste firmamento impera,
aquecendo-o da luz de seu afeto,
que ao mais extremo anseio ainda supera,

64 ao suscitar tais almas, o conspecto
lhes foi, com variedade, modelando,
ao bel-prazer de seu amor dileto,

---

40. Abaixo do degrau que, de comprido: além da referida divisão, em sentido vertical (versos 16 a 21), ressaltava ao longo da rosa mística uma linha ininterrupta que a dividia, horizontalmente, em duas partes distintas. São Bernardo, indicando ao poeta esta segunda linha divisória, esclarece-lhe que as almas abaixo dela não haviam chegado ao Paraíso em razão de seu próprio mérito, mas pelo mérito alheio (isto é, de seus pais, posto que se tratava de crianças), e em certas condições (estas condições vão mencionadas nos versos 76 a 84).
45. Exercerem as próprias decisões: como crianças, não haviam ainda adquirido a capacidade de orientar-se por suas próprias decisões.
49. Mas vacilas, e calas, e sorris: ao ouvir estas explicações de Bernardo, o poeta entrou naturalmente em grande dúvida, patente, aliás, nos seus olhos e no seu sorriso. Se o mérito de cada uma não havia influído para a sua ascensão ao Paraíso, como poderiam aquelas crianças ocupar ali graus de diferente hierarquia, umas mais no alto, outras mais embaixo?
61. O rei que neste firmamento impera: Deus.

67 como se vê do próprio Livro, quando
    referiu dos dois Gêmeos o atropelo,
    no ventre maternal se digladiando!

70 Assim, a eterna graça imprime o selo
    em cada ser da predestinação,
    tal como a cor lhe dá de seu cabelo.

73 Se têm aqui diversa posição,
    não é por suas obras desiguais,
    mas pelo dom somente da criação.

76 Bastava-lhes, nos tempos iniciais,
    para alcançar a suma beatitude,
    no estado de inocência, a fé dos pais.

79 Ao se encerrar aquela idade rude,
    só a circuncisão aos recém-nados
    dotava de asas para esta altitude.

82 Mas nos tempos da graça, após chegados,
    por merecer a salvação em Cristo
    era mister que fossem batizados.

85 Agora, fita o olhar que o olhar de Cristo
    com tanta semelhança em si copia,
    que nele podes ver o próprio Cristo."

88 Tal era a luz que em torno lhe fulgia,
    subindo aos Anjos que, profusamente,
    dela inundavam, voando, a etérea via,

67. Como se vê do próprio Livro, quando: a Bíblia (o próprio Livro) já se referia à diversidade com que a graça divina se distribui entre as crianças, no episódio de Esaú e Jacó (os Gêmeos), os quais pareciam lutar entre si ainda no ventre materno.
76. Bastava-lhes, nos tempos iniciais: os primeiros tempos da Humanidade, de Adão a Abraão, segundo o consenso dos comentadores. A lei então dominante não exigia, para a salvação das crianças, mais do que a fé de seus pais. E esta era uma das condições a que se refere o verso 43.
79. Ao se encerrar aquela idade rude: ao se extinguir aquele estágio inicial da fé (de Adão a Abraão), a lei da fase subsequente (de Abraão a Cristo) condicionava a salvação das crianças (dos meninos) à circuncisão, que era como uma forma preliminar do batismo. E aqui está outra das condições do verso 43.
82. Mas nos tempos da graça, após chegados: a partir de Cristo, somente o batismo, segundo a lei da Igreja, podia intitular os inocentes à salvação; sem este sacramento, haveriam de permanecer no Limbo. Era a última das condições a que aludia o verso 43. Observe-se que o poeta, neste e no terceto seguinte, não dá a Cristo outra rima senão a de seu próprio nome, como o fez, também, no Canto XII (versos 70 a 75), no Canto XIV (versos 103 a 108), e no Canto XIX (versos 103 a 108).
85. Agora, fita o olhar que o olhar de Cristo: o olhar que se igualava ao olhar de Cristo era naturalmente o de sua Mãe, Maria. Ao terminar sua descrição da rosa mística, Bernardo convida o poeta a fitar novamente Maria.

91 que jamais o que eu vira anteriormente
    maior admiração não me causou,
    nem Deus me descobriu tão claramente.

94 E dentre os Anjos um ali pousou,
    cantando "Ave Maria, gratia plena",
    e diante dela as asas desdobrou.

97 Ao doce canto, vi a inteira cena,
    a uma só voz, unida, se juntar,
    na sua glória plácida e serena.

100 "Ó santo pai, que por me acompanhar,
    acedeste em descer do resplendor
    de que estavas, tranquilo, a desfrutar,

103 que Anjo é aquele que, com tal fervor,
    se aproximou do olhar da Mãe divina,
    enamorado pelo seu fulgor?"

106 À alma falei, destarte, peregrina,
    que da luz se tocava de Maria,
    como do sol a estrela matutina.

109 Respondeu-me: "A perfeita cortesia
    que viste em nós, os Anjos têm-na igual,
    como o dispôs a grã Sabedoria.

112 Foi ele que agitou a palma ideal
    à frente de Maria, quando Deus
    quis dar ao Filho o invólucro mortal.

115 Mas põe os olhos teus empós dos meus,
    enquanto falo, porque assim divises
    outros grandes luzeiros destes céus.

118 Os dois que vês, na altura, mui felizes,
    por se encontrarem perto da Rainha,
    são desta rosa como que raízes.

---

94. E dentre os Anjos, um ali pousou: o Anjo que desceu do alto e se quedou diante de Maria era o Arcanjo Gabriel, como Bernardo explica a seguir ao poeta (versos 112 a 114).
118. Os dois que vês, na altura, mui felizes: os dois que, no alto da rosa mística, estavam ao lado de Maria, um à sua esquerda (na ala do antigo Testamento), e o outro à sua direita (na ala do novo Testamento).

PARAÍSO

121 O que, na esquerda, mais se lhe avizinha,
     é o pai por cujo paladar ligeiro
     tornou-se a fruta aos homens tão daninha.

124 O da direita o padre foi primeiro
     da Santa Igreja, o que deteve as chaves
     deste reino imortal e verdadeiro.

127 Segue-se-lhe o que viu os tempos graves
     da que Jesus tornou sua consorte,
     suspenso já da cruz às duras traves.

130 Junto de Adão, avulta ali o porte
     do guia de grandeza sobre-humana,
     que os seus, pelo maná, livrou da morte.

133 Contrapondo-se a Pedro, posta-se Ana,
     que de mirar a filha, tão contente,
     nem sequer move o olhar, cantando Hosana.

136 E do grão chefe de família à frente,
     Lúcia se vê, que à tua dama pura
     correu, quando tombavas, cegamente.

139 Mas visto que inda o tempo te apressura,
     aqui nos deteremos, como o obreiro
     que do pano à feição faz a costura,

142 para erguer nosso olhar ao Bem primeiro;
     e, no êxtase feliz, talvez acedas
     ao seu fulgor eterno e verdadeiro.

---

121. O que, na esquerda, mais se lhe avizinha: o que ladeava Maria, pela esquerda, era Adão, cuja impaciência e cuja gula tornaram à Humanidade tão amargo o fruto da árvore do bem e do mal.
124. O da direita o padre foi primeiro: São Pedro, a quem Cristo confiara as chaves de sua Igreja (e, portanto, da Salvação).
127. Segue-se-lhe o que viu os tempos graves: ao lado de São Pedro estava São João Evangelista, que previra, no Apocalipse, as dificuldades e atribulações que se reservavam à Igreja, desposada por Cristo nos sofrimentos da cruz.
131. Do guia de grandeza sobre-humana: Moisés, que conduziu os Hebreus através do deserto, e, com o maná, livrou da morte aquela gente desconfiada, ingrata e rebelde.
133. Contrapondo-se a Pedro, posta-se Ana: no outro extremo do círculo formado pelas pétalas superiores da rosa translúcida, via-se Ana, a mãe de Maria. Posto que estava bem diante de Pedro, é claro que ocupava, naquele ponto, o degrau mais alto, ao lado, então, de São João Batista (veja-se o verso 31).
137. Lúcia se vê, que à tua dama pura: em face de Adão (o grão chefe de família), e, portanto, ao lado de São João Batista, estava Santa Lúcia, a mesma que havia corrido a Beatriz, quando o poeta se encontrava quase a sucumbir na selva escura (vejam-se o Inferno, Canto II, versos 100 a 108, e o Purgatório, Canto IX, versos 55 a 57).
139. Mas visto que inda o tempo te apressura: mas visto que és um homem vivo, e sujeito, assim, ao tempo, que condiciona com suas leis mesmo a visão que agora experimentas...
142. Para erguer nosso olhar ao Bem primeiro: Para erguer o olhar a Deus...

145 É bom, porém, porque não retrocedas,
ao impulso do voo, crendo avançar,
que recorras, humilde, às graças ledas

148 daquela que te pode ora ajudar:
escuta a minha voz, com devoção,
sem dela o teu espírito apartar."

151 E começou, contrito, uma oração.

---

148. Daquela que te pode ora ajudar: Maria, a cujas graças o poeta deveria recorrer, segundo o conselho de Bernardo, para se elevar, enfim, à visão de Deus.
151. E começou, contrito, uma oração: Bernardo dirigiu então uma prece a Maria, prece que vai reproduzida nos tercetos iniciais do Canto seguinte.

CANTO XXXIII

São Bernardo roga a intercessão de Maria para habilitar o poeta à contemplação da essência divina. A seguir, convida o seu companheiro a erguer os olhos ao raio resplendente, em que pôde divisar a forma universal, na sua substância, no seu acidente, e no respectivo composto. E viu o ponto luminoso desdobrar-se em três anéis, como numa representação do mistério da Trindade, sendo que num deles se instilava a forma de um rosto, numa representação do mistério da Encarnação.

1   "Ó Virgem mãe, ó filha de teu Filho,
    mais alta e humilde que qualquer criatura,
    dos eternos desígnios termo e brilho!

4   Em ti se sublimou a tanta altura
    a humana condição, que o seu Fautor
    em tornar-se acedeu sua feitura.

7   No teu seio fulgiu o doce amor
    a cuja luz intensa e resplendente
    germinou deste modo a eterna flor.

10 Aqui és para nós a transparente
    face da caridade; e da esperança,
    entre os mortais, és fonte permanente.

13 Tamanha é nestes céus tua pujança,
    que quem o bem, sem ti, busca, hesitante,
    como que a voar sem asas se abalança.

16 Não só a quem te invoca, suplicante,
    brilha o fulgor de tua caridade,
    senão que às vezes vem do rogo adiante.

---

1. Ó Virgem mãe, ó filha de teu Filho: aqui (e até ao verso 39) o poeta reproduz a oração dirigida a Maria por São Bernardo, como referido no último verso do Canto precedente.
6. Em tornar-se acedeu sua feitura: Deus, dada a suma perfeição em que se sublimou a natureza de Maria, escolheu-a para, através dela, tornar-se de Criador em sua própria criatura, no desígnio de promover a redenção do gênero humano.
7. No teu seio fulgiu o doce amor: o amor de Deus, através do qual a Encarnação do Verbo, repondo os homens na senda da salvação, fez florir ali aquela imensa rosa, que o poeta contempla, e na qual se postavam as almas beatificadas (vejam-se o Canto XXX, versos 124 a 129, e o Canto XXXI, versos 1 a 3).

19   Em ti todo o perdão, toda a piedade,
     toda a doçura, no padrão superno
     confluem da mais ínclita bondade.

22   Este, que dos desvãos finais do inferno
     chega, já tendo visto, uma por uma,
     as três partes do reino sempiterno,

25   roga-te, qual na terra, lá, costuma,
     a graça de lhe abrires a visão
     ao resplendor da claridade suma.

28   E visto que não ardo mais, então,
     no meu desejo do que pelo seu,
     eu te dirijo agora esta oração,

31   porque de seu estado o espesso véu
     tu lhe removas com tua bondade,
     e a vera luz possa enxergar do céu.

34   E como tudo podes, na verdade,
     peço-te, ó Mãe, que após esta visão
     tu lhe conserves da alma a integridade,

37   por dominar a humana inquietação:
     Olha Beatriz, olha os beatificados,
     a orar comigo, unindo mão a mão!"

40   Os olhos do bom Deus tanto admirados,
     atentos em Bernardo, revelaram
     como os apelos seus lhe eram prezados;

---

22. Este, que dos desvãos finais do inferno: este, quer dizer, Dante, que desde o recôndito centro do Inferno chega agora ao Empíreo, depois de ter percorrido, uma a uma, as três partes do reino eterno (o Inferno, o Purgatório e o Paraíso).
25. Roga-te, qual na terra, lá, costuma: o poeta, com efeito, se confessara devoto de Nossa Senhora, cujo nome invocava, na terra, dia e noite (veja-se o Canto XXIII, versos 88 a 90).
28. E visto que não ardo mais, então: Bernardo observa, gentilmente, que o seu próprio desejo de fruir da contemplação de Deus não excedia, ali, ao de seu companheiro, e por isto é que implorava à Virgem que propiciasse ao poeta essa visão.
31. Porque de seu estado o espesso véu: posto que o poeta ali se encontrava ainda em vida, era mister que a inspiração divina lhe removesse as limitações (o espesso véu) de sua condição mortal, para poder alçar-se, depurado, à contemplação de Deus.
38. Olha Beatriz, olha os beatificados: Beatriz e as almas escalonadas pelas pétalas da imensa rosa pareciam juntar-se ali à prece de Bernardo, quedando-se de mãos postas, enquanto o Santo pronunciava estas palavras.
40. Os olhos do bom Deus tanto admirados: os olhos de Maria, que estavam postos em Bernardo pelo tempo que durou sua oração.

PARAÍSO

43 depois, no eterno lume se fixaram,
    como outros olhos tão profundamente
    jamais em sua essência penetraram.

46 Eu, que da meta de minha ânsia ardente
    me aproximava, então, como devia,
    de todo afã me despojei à frente.

49 Bernardo me acenava, e me sorria,
    por os olhos erguer; mas eu já estava,
    por mim, fazendo o que ele me pedia.

52 E minha vista, cristalina, entrava
    pela própria raiz do resplendor
    que em si, tão só, e só por si, brilhava.

55 Tornou-se, então, minha visão maior
    que a voz humana, e foi insuficiente
    o senso da memória a tal fulgor.

58 A jeito de quem sonha, e apenas sente,
    após o sonho, uns restos da impressão,
    enquanto o mais se lhe desfaz na mente,

61 eu me encontrava, ao fim desta visão,
    que apesar de desfeita ainda instila
    sua doçura no meu coração.

64 Assim ao sol a neve se destila;
    e assim ao vento as folhas fugidias
    se perdiam do augúrio da Sibila.

67 Ó suma luz, que ali me transcendias
    o conceito mortal, dá-me somente
    um sinal do esplendor em que fulgias,

70 e torna a minha voz ora potente
    por que um vislumbre ao menos de tal glória
    possa eu deixar à porvindoura gente!

55. Tornou-se, então, minha visão maior: o poeta se escusa por não poder descrever, exatamente, como, naquele instante, via Deus, pois que tal visão excede ao poder da expressão humana, e nem a memória mortal, por sua vez, poderia conservá-la na sua miraculosa realidade.
64. Assim ao sol a neve se destila: a visão divina, de que eu desfrutei, diluiu-se naturalmente, após manifestar-se, no meu pensamento, como a neve que se desfaz ao calor do sol, e como os oráculos da Sibila que, escritos nas leves folhas, eram logo dispersados pelo vento.
71. Por que um vislumbre ao menos de tal glória: e já que lhe era impossível, com os seus próprios meios, narrar exatamente o que vira, o poeta implora à graça divina que lhe proporcione, ao escrever, a força por manifestar ao menos um vislumbre daquela luz celeste, para deixá-lo às gerações futuras como um humilde serviço à glória de Deus e da Igreja.

73 Se algo de ti me vier inda à memória,
e no meu canto acaso for lembrado,
mais na terra soará tua vitória!

76 Feriu-me de tal modo o lume iriado
que se desviasse os olhos acredito
jamais de novo o houvera divisado.

79 E, pois, fitei-o, agora mais convicto
de suportá-lo, e minha vista, assim,
ao bem se prolongou, alto e infinito.

82 Ó graça eterna, que me fez, por fim,
o lume desvendar, sublime e terso,
cujo esplendor repercutia em mim!

85 E no seu fulcro vi brilhar converso,
em perfeita e veraz composição,
tudo o que pelo mundo está disperso.

88 A substância e o acidente, e sua união,
subitamente ali pude abranger,
na sua própria e primordial razão.

91 A forma universal, a essência e o ser,
eu divisei no módulo subido,
que a mencioná-lo sinto igual prazer.

94 Mas trouxe-me um instante mor olvido
que vinte e cinco séculos à empresa
de Argos, que fez Netuno surpreendido.

97 Concentrava-se ali, atenta e presa
a tal contemplação, a minha mente,
no objeto da visão somente acesa.

100 Ó luz que nos atrais tão fortemente,
que abandonar-te por um outro efeito
jamais a quem te vê não se consente!

---

94. Mas trouxe-me um instante mor olvido: o poeta significa que um só segundo transcorrido após a visão acarretava-lhe um esquecimento maior do que o que vinte e cinco séculos poderiam ter trazido à empresa dos Argonautas, cuja nau (Argos) singrou os mares para espanto de Netuno. Dois milênios e meio não bastaram para fazer olvidar aquele feito; um breve instante, entretanto, já lhe apagava da memória os traços da sublime visão.

PARAÍSO

103 Pois o bem, que o querer nos traz sujeito,
em ti se acolhe e só de ti promana;
e só em ti se encontra o que é perfeito!

106 Por narrar o que vi é a voz humana
mais que a de uma criança insuficiente,
que ao seio da nutriz inda se afana.

109 Não que vários aspectos, simplesmente,
na luz se demonstrassem, que eu fitava,
e que era em si a mesma e permanente,

112 mas porque meu olhar se incrementava
tanto, fitando-a, que uma só essência,
à minha mutação, se transmudava.

115 Na profunda e dilúcida aparência
da luz vi três anéis, tendo três cores,
mas uma só e igual circunferência.

118 Um refletia no outro os seus fulgores,
como dois Íris, e o terceiro, à frente,
de ambos colhia a um tempo os esplendores.

121 Ah! Como é vã a voz, e incompetente,
por demonstrá-lo! E creio ser melhor
calar do que dizer tão pobremente!

127 Ó luz que vives de teu próprio ardor,
que em ti te sentes, e és por ti sentida,
que em ti, e só por ti, és graça e amor!

130 A auréola, da primeira refletida,
tal como à minha vista ressurgia,
quando sobre ela um pouco foi detida,

114. À minha mutação, se transmudava: à medida em que contemplava a luz divina, maior penetração adquiria o olhar do poeta. E, assim, como que se ia transmudando em sua vista aquela luz, que era, entretanto, em sua essência, imutável.
116. Da luz vi três anéis, tendo três cores: nessa aparente e apenas reflexa transmutação do foco luminoso (Deus), o poeta viu destacarem-se três anéis, coloridos e de igual circunferência, significando, obviamente, o mistério da unidade e da trindade divina.
118. Um refletia no outro os seus fulgores: os dois anéis, um refletindo no outro os seus fulgores, como um arco-íris que se desdobra, eram a representação, na Santa Trindade, do Pai e do Filho; e o terceiro, que recolhia dos outros a sua flama, o era do Espírito Santo.
127. A auréola, da primeira refletida: a auréola referida no verso 118, que recebia o reflexo da primeira, quer dizer, o Filho (o Verbo divino), parecia configurar na sua irradiação uma face humana, como representação do Verbo unido à natureza mortal, Cristo, a Encarnação.

133   um rosto humano ali me parecia
       ter instilado em sua irradiação;
       e, pois, todo para ela me volvia.

136   Como o geômetra, que intenta a medição
       do círculo, e porfia, e não atina
       co' o princípio de sua indagação,

136   eu me sentia ante a visão divina:
       e buscava apreender como essa imagem
       na auréola se estampava, fidedigna.

139   Mas não bastava ao voo minha plumagem;
       e súbito um relâmpago eclodia,
       que me aclarou, na lúcida voragem.

142   Aqui findou, sem força, a fantasia:
       mas já ao meu querer soltava as velas,
       qual a roda, co' o moto em sincronia,

145   o Amor que move o sol, como as estrelas.

Fim
da
Divina Comédia

---

133. Como o geômetra que intenta a medição: a medição aqui referida seria, segundo o consenso dos comentadores, a especulação sobre o problema da quadratura do círculo.
139. Mas não bastava ao voo minha plumagem: minha força (minha plumagem) era insuficiente para tal voo, isto é, para alcançar a razão porque se demonstrava no círculo luminoso a imagem humana. Mas um súbito relâmpago eclodiu ali, e deixou-me entrever, no seu lampejo, aquilo que eu procurava.
142. Aqui findou, sem força, a fantasia: neste ponto, extinguiu-se a minha fantasia; quer dizer, a minha visão terminou.
143. Mas já ao meu querer soltava as velas: extinta a minha visão, senti que a Providência (o Amor que move o sol, como as estrelas) já impelia os meus anelos e aspirações para outros rumos (as preocupações e tarefas da vida terrena, ou quotidiana, provavelmente).
Observe-se que tanto o Cântico do *Paraíso*, como o do Inferno e o do Purgatório, têm por fecho a palavra estrelas. O poeta dedica especial apreço à doutrina corrente em seu tempo de que o destino dos homens se influía pelas estrelas.